新潮文庫

メリーゴーランド

荻原　浩著

JN286260

新潮社版

8080

メリーゴーランド

0.

山頂へ続く車道の両側は一面の淡黄色だ。菜の花が春の風に揺れている。その先は萌《も》えはじめた新緑の木立。

道は快適だった。アスファルトは真新しく、片側二車線の道幅はゆったり広く、対向車の姿も後続車の影もない。道を走るワゴンのワインカラーは、緑と黄色に塗り分けられた風景には少々そぐわない配色だったが、もちろん車内の二人はそのことに気づく由《よし》もない。初めのうち、いつまでも続く菜の花畑に歓声をあげていた女が、不安そうな声をあげた。

「ほんとにこの道でいいの?」

運転席の男がサングラスをひたいに押し上げて、カーナビが付いていないことを隠すようにダッシュボードの上へ観光案内を広げる。手書き文字がモノクロ印刷されたリーフレットだ。

「こまたに観光ホテルってとこの手前を右折だろ。合ってるよ」

「ホテルなんてあった?」

「うん、屋根が赤で、壁が緑の――」

「まじ?! あれホテル? 倉庫だったんじゃない?」

「いや、ホテルだったよ」

じつは男も人けのないそこを空き家だと思った。ホテルだとわかったのは、入り口のレリーフ看板を見逃さなかったからだ。

ようやく菜の花畑が途切れ、窓の外が草地になった。今度はどこまで走っても土色と黄緑色。

「やっぱり道を間違ったんだよ。ね、行くのやめよ」

「お、牛だ」

「ねえ、聞いてる。牛を見に来たんじゃないでしょ」

「珍しいな、牛。案外、いいとこじゃん。ちょっとヨーロッパ風?」

ヨーロッパに行ったことはないが、男はそう言い、サイドウィンドゥを下ろす。緯度は東京と変わらなくても、山間部にあるこの地方の風はまだ冷たい。そして臭い。堆肥《たいひ》の臭いだ。男があわてて窓を閉めたのは、女の顔をさらにこわばらせた後だった。

「やめよう。帰ろうよ。もうこんな時間だし」

そうはいかない。まだこんな時間だ。男にとっては、女との初めての遠出を一泊旅行にしてしまうチャンスだった。あと二時間もすれば日が暮れる。夜になってから昼間遊んだ湖畔へ戻り、リゾートホテルのイタ飯屋で夕飯を食べ、軽く酒を飲ませれば、女だって嫌とは言わないはずだ。東京から五時間もかかる、あまり名の知られていないこの土地をドライブの最終目的地に選んだのはそのためだった。

道はしだいに上り坂になり、カーブが続くようになった。ガードレールの両側では杉木立が太い幹を並べている。あいかわらずクルマの姿も人影もない。急勾配《こうばい》に耐えきれず、4WDエンジンが喘《あえ》ぎ声をあげはじめた頃には、女はすっかり無口になってしまった。

「ほら、やっぱりこの道でいいんだ」

男が安堵《あんど》の声をあげる。じつは男も少々心配になりはじめていたのだ。杉木立になかば埋もれた小さな看板には、『直進3キロ』という表示とともに、こんな文字が記されていた。

『駒谷《こまたに》アテネ村』

「三キロ？」

機嫌が直るどころか、女の声がまたまた尖《とが》った。真上から杉の葉が降ってきた。

杉の葉が千筋模様をつくったウィンドゥガラスの先に現れたのは、ヨーロッパの神殿風の門柱だ。色はくすんだ白。高さは五メートル以上あるだろう。凝った彫刻を施した門柱の上部にはアーチ型の看板が掲げられている。案内看板と書体はまったく違うが、間違いなく「駒谷アテネ村」と書いてある。

「おお、すげえ。けっこう本格的じゃん。意外と穴場だったりして」

女が門柱に目を奪われていることに男は気をよくする。女が遠い目をして言った。

「でも、これって、トレビの泉の凱旋門《がいせんもん》だよね。アテネじゃなくてローマだよ。地中海に旅行した時に見たもん」

「地中海？　いつ行ったの？　誰と？」

「友だち。昔の話」

「どういう友だち」

「ねぇ、駐車場、まぁだ」

表示に従って、門柱の前を右折し、敷地に沿って進む。門の壮大さのわりには施設の外壁は平凡だった。民家の生け垣風。男は名前を知らなかったが目隠しとして植えられているのは満天星《どうだん》つつじだ。

どこまでいっても満天星つつじの生け垣が続く。想像していたよりもずっと広い施設だった。観光案内リーフレットに載っていた、

『神々が宿る天にいちばん近いアミューズメント』という大げさなキャッチフレーズは、まんざらこけ威《おど》しでもなさそうだ。「天にいちばん近い」のは、ただ単に海抜が高いだけなんじゃないかと男は疑いはじめていたのだが。またもや道に迷ったかと思うほど先に駐車場があった。都心のアミューズメントのパーキングに比べたら夢のように広大で、しかも駐車しているクルマの数はかぞえるほどだ。

「ラッキー」

男は思わず口に出した。デートには必ずクルマを使う男にとって、駐車場はいつも悩みのタネだ。『満車』という表示を見ると、たいていの女は不機嫌になり、空車待ちの列に並ぼうとすると、お前のせいだと言わんばかりの視線を投げかけてくる。まさに穴場だな。口笛を吹きたい気分だった。今夜泊まることになるはずの湖畔のリゾートホテルが満室じゃなければいいんだけれど。

駐車場の奥の出口で二人は立ち止まる。そこにチェーンが張られていたからだ。チェーンから下がったプレートの『関係者以外立ち入り禁止』という文字が、心なしか誇らしげに見えた。かたわらのコンクリートフェンスで、ちぎれかけた手書きの貼り紙が風に踊っている。『チケット売り場』と読めた。その下の矢印はいま来た道の方向をさしている。「最初から言ってよね」女は毒づいたが、男は心の中で呟《つぶや》いていた。ラッキー、また少し時間が稼げる。日没まであと一時間四十分！

日没まであと一時間半になる頃に、神殿風のゲートへ戻る。門の片側に宝くじ売り場のような簡素なチケット販売所があり、入園料金が掲げられていた。

大人　千六百円　　小人　千二百円
微妙な金額だ。ここが本格的なテーマパークなら高くはないが、外からはよく見えない園内が田舎のただの観光スポットだとしたら、かなり高い。女を連れていなければ迷うところだ。女も料金表を見上げたが、特に感想はないようだった。デート代は全部男持ちだからだろう。

「二枚」

返事がない。チケット売り場の中にいるのは二人の老人だ。一人は白髪頭《しらが》。もう一人はつるりと禿《は》げている。ガラスを叩くと、二人揃って不機嫌そうな寝ぼけ眼《まなこ》を向けてきた。男が万札を差し出すと、白髪のほうが言った。

「支払いは後。まず申請」

役所の窓口係みたいな口調だ。男は自分と女を片手でさし示して、見ればわかるだろう、というしぐさをしたのだが、じろりと睨《にら》まれただけだった。

「……大人二枚」

トレイに一万円札を載せるとまた睨んできた。

「細かいのないの？」

「ええ」

白髪の係員は舌打ちをし、万札への報復かと思うほどゆっくりと、釣りの札をかぞえる。かぞえ終わったかと思うと、指を舌で舐《な》めてまたかぞえ直し。ふむ、とひと声あげてから、今度はひとさし指で小銭を一枚一枚並べ、それからもう一度札の数を確認する。日没まであと一時間二十五分。さすがに男も苛立《いらだ》った。

「なぁ～んか感じ悪いね。いばっちゃってさ」

女がチケット売り場を振り返って舌を出した。

「ま、でもさ、マニュアル通りって感じで、むりやり笑い顔をされるよりましかもよ。ソボクっていうの？　行列の出来る店の頑固オヤジみたいなもんだと思えばさ」

自分がこの「アテネ村」という名のテーマパークに誘った手前、つい、かばいだてする口調になってしまう。

ゲートをくぐり抜けた女が歓声をあげた。

「わぁ、きれい」

目の前はゆるやかな丘になっていて、中央に伸びた小径《こみち》の両側にバラが咲き乱れていた。『ロマンチック薔薇《ばら》園』という看板が立っている。女はすっかり機嫌を直した様子だった。

「ねぇ、見て見て。これ、オールドローズっていうんだよ」

「おお」花に興味のない男は適当にあいづちを打っただけだが、心の中ではガッツポーズをしていた。よかった。ここ、正解。ロマンチックの後はエロチック！

「あ、これもオールドローズ。あたし、バラにはくわしいんだ。あたしの誕生日に年の数だけバラを贈ってくれてた友達がいて。その日はいつも——」

女がまた遠くを見る目をした。女の言葉を耳から耳へ素通りさせていた男は、今夜の段取りに思いをめぐらせて、同じく遠い目をした。

「見て、全部、赤い花よ」

「ああ、うん、きれいだな」

「これも、あれも、オールドローズ」

「よかったよ、喜んでくれて」

「つまんない」

「……え？」

「全部同じ花じゃない。色までおんなじ。まったく、なに考えてるんだろ」

そういうお前も何を考えているんだ、と男は言いたくなったが、もちろん我慢した。ここまでこぎつけるのに、この女にはずいぶん金をつかっているのだ。

薔薇園の中の小径を昇りつめると、フェンスに突きあたる。女の言うとおり、フェンスにからみついているバラも、庭園のものと同じ濃い赤色ばかりだ。頭上までバラが生い茂ったトンネル状の花棚を抜けて、次のスペースへ進む造りになっている。先に入った女が悲鳴をあげた。

「どうしたっ」

「……誰か……いる」

薄暗いトンネルの片隅、茂みの中に身を隠すように、誰かが立っていた。男はとっさに女の前に体を入れ、両手を広げる。テレビドラマで見た、主人公が暴漢に囲まれて女をかばうポーズだ。ついでに軽く女に体を密着させる。人影は動かない。

おそるおそる近づいてみると、等身大の石像だった。ギリシア神話に出てくる神様なのだろうか。鼻が欠け落ちたうつろな表情をこちらに向けている。一瞬、自分も声をあげそうになったことを気づかれないように、余裕を見せて彫像を叩く。中が空洞のプラスチック製であることがわかる安っぽい音がしたが、中途半端にリアルなのが不気味だった。

「ただの人形だよ」

すぐそこで立ちすくんでいる女へ声をかけたつもりだったのだが、それは髪が蛇になった女の像だった。男はこらえきれず、ひっ、と声を漏らしてしまった。

バラのトンネルを抜けた先で、ようやく平地になった。四百メートルトラックがすっぼりおさまりそうな広場だ。敷きつめられたレンガに巨大な絵が描いてあるらしいのだが、平地だからどんな絵なのかわからない。

正面に噴水。大きなホタテ貝をバックに女神の石像が立っている。男も美術の教科書で見たことのある『ビーナスの誕生』の裸のビーナス。本物の絵画と違うのは、ビーナスがちゃんと服を着ていることだ。

薔薇園にはまったく人影がなかったから、マイケル・ジャクソンにでもなった気分だったのだが、さすがにそうはいかなかった。広場にはちらほらと人影がある。

しかし、よく見ると、人影のいくつかは、広場や周辺の植え込みのいたるところに立っている等身大の神々の像だ。そうでなければ、青色のスタッフジャンパーを着た係員や施設管理の作業員。植木を剪定《せんてい》したり、水を撒《ま》いたり、何の役目なのかは知らないが腕章をつけてぼんやり歩いていたり。入園者らしいのは、自分たちをのぞけば家族連れが一組、と老夫婦が一組ぐらいのものだ。

「ずいぶん、空《す》いてるねぇ」

女の声があくびのように聞こえた。男はけんめいに女の気分を盛り上げようとする。

「穴場ってやつだな。これだけの場所なのに、入ってる客はほんの少し」

「それって、流行《はや》ってないってことじゃないの？」

「考えてみれば、すげえ贅沢だぜ。これで潰《つぶ》れずに続いてるってことは、大金持ちが道楽で経営しているのかも」

広場の一角、髭面《ひげづら》で筋肉ムキムキのひときわ偉そうな彫像の隣に、園内案内板があった。

『ゲームセンター』『ミニゴルフ場』『パイプスライダー〝メドゥーサ〟』『こども広場』『アクロポリスの丘』

マップはなく名称と矢印が列記してあるだけだから、どこが近いのか遠いのか、広いのか狭いのかさっぱりわからない。『神話の館《やかた》おりんぽす』というのは、広場の両側に立っている古代ギリシアの遺跡を模した建物のどちらかだろう。なぜ古代ギリシアだとわかったかと言うと、女がそう言ったからだ。

「あ、あれはパルテノン神殿だ。あっちは、クノッソス宮殿。去年、地中海ラバーズ・ツアーに行った時に見たのと同じ〜」

「なに？　その地中海なんとかって……」

「あ、未来ランドだって。なんだろう」

「いいね、いいね、そこ、行ってみよう」

案内板の矢印どおりに歩いたら、薔薇園へ戻ってしまった。『未来ランド』はここから右手に登ったところで、広場から直接行ったほうがどう考えても早い。早く言えよ、女でなくてもそう思う。

このテーマパークは山林を切り拓《ひら》いて造られたらしい。道がまたもや急勾配になる。片側は杉木立。ハイヒールを履いてきた女が背後で舌打ちをしているのを聞いて、男は背中を緊張させた。

いきなり眼前が開けた。小学校の校庭ほどの窪地《くぼち》だ。のしかかってくるようだった杉の大木がここには一本もない。そのかわりに妙なものがそこここに立っていた。「ＮＡＳＡ」という文字が入ったロケット。四角い顔に丸い目玉、両手が「Ｃ」の字になった昭和半ばのセンスのロボット。おざなりにデフォルメされた恐竜。どれもコンクリート製だ。中央のひときわ大きな塔のてっぺんで、天馬の像が空へ向かっていなないている。礎石にかかれた「駒谷の輝く未来の像」という大きな彫刻文字がここからでもわかった。

杉の木がないのは、この『未来ランド』という場所だけすっかり伐採されているためだ。芝の植えられた敷地のあちこちに、大きな切り株がベンチや飛び石がわりに残されている。何百年かの年輪が刻まれた直径一メートルを超える切り株は、上に屋根が組まれ、休憩所になっていた。

正面の山裾に荒れ寺が見える。瓦《かわら》の落ちた屋根に草が伸び放題になった姿は、お化け屋敷さながらだが、「立入禁止」という看板が立っているところを見ると、アトラクションのひとつではなさそうだ。その手前の斜面には大蛇のようにパイプスライダーが這《は》っている。降りてくる人間はおらず、高台になった広場の隅でぽかりと間のぬけた口を開けていた。左手にはコンクリート塀がめぐらされている。

「げ、なによ、ガキの遊び場じゃん」

「でも、眺めはいいぜ」男が首を伸ばして塀の下をのぞく。「ほら、さっきのバラが見える」

　真下からむくれた声が飛んできた。

「見えないよ」

『登るな危険！』という看板が五メートルおきに掲げられた塀は、背の低い女にはやっと首の出る高さで、展望どころではなかった。来た道へ戻ろうとする女の背中からは怒りのオーラがほとばしっていた。男はあわてて女の尻を追いかける。

「パイプスライダーのとこに行ってみる？」

「服が汚れる」

「……あ、そうか」

「ここ、つまんな〜い」

「でも広いじゃん。これだけの場所ってそうないぜ。ディズニーランドよりでかいかもしんない。東京ドーム何個分かってやつだな」

「ふん、何個分でもいいわよ。男って馬鹿のひとつ覚えみたいに東京ドームと比べるんだから。どうせならベルサイユ宮殿とかスペイン広場と比べてよ」

まずい。このテーマパークの退屈さがイコール男自身の退屈さ、という評価が下されようとしている。男はなんとかここの美点を見つけて自分を正当化しようと思ったが、それがとても難しいことに気づきはじめていた。

案内板へ戻って、次に行く場所の相談をしようと思っていたのだが、女はもうどこにも行きたくないという顔だ。せめて暗くなるまでここにいれば、帰りの高速に乗る前にディナータイム。そうだ、がんがん酒を飲んで、もう運転できないって居直る手もあるな。もう少し粘らなくちゃ。

女がクノッソス宮殿と言っていた建物には看板がかかっていた。

「レストラン、タベルナだって、つまんねえしゃれだな。日本一まずいラーメンみたいなノリか？」

「タベルナって、ギリシア語で食堂のことよ」

最終学歴が自分より女のほうが高いことを男は気にしていたから、ちょっといじけた声を出した。

「あ、そうなの。俺、地中海とか行ったことないし……お茶でも飲んでく？」

「いい」

「お、土産物も売ってるぞ。入ってみようか？」

クノッソス宮殿風のレストランの前には、和風そのものの幟《のぼり》が何本も立っている。『美味　こまたに蕎麦《そば》饅頭《まんじゆう》』『銘品　駒谷焼』『駒谷牛しぐれ煮』。

「いいよ、なんか、ダサそうなのしか置いてないみたいだし」

「『アクセサリー・香水　駒谷琥珀《こはく》』っていうのはどう？　いいのがあるかもしれない。俺が買ってやるよ」

男が「値段が安ければ」とつけ加える前に女が店へ歩きだした。男が財布の残高がいくらだったかを思い出そうとしながら後を追ったその時、いきなり「蛍の光」のメロディが鳴りはじめた。それに続いて中年女の声のアナウンス。

――まもなく閉園の時間となりますので、園内にいるお客様は、退園の準備を始めてください。

「嘘」

振り向いた女の目が大きく見開かれていた。男は携帯のフリップを開けて時刻を確かめる。まだ四時四十五分だ。第一、ほんの数十分前に入ったのに、チケット売り場のおっさんは、もうすぐ閉館だなんて、ひとことも言ってなかったぞ。

クノッソス宮殿へ駆けこもうとした女の前に「ＣＬＯＳＥ」と書かれた札を手にしたおばちゃんが現れ、フック付きの棒でシャッターを下ろしはじめた。

「おみやげだけ買いたいんですけど」

六十過ぎに見えるおばちゃんの係員が背中を向けたまま答える。

「今日は終わり」

「だって、まだ音楽が鳴ってるじゃない。『まもなく閉園時間』って言ったばかりだし」

女が頭上にひとさし指を突き立てる。流れる蛍の光のメロディを指さしたつもりらしい。おばちゃんが振り向き、常識を知らない若い娘をたしなめる、という口調で言った。

「だめだめ、もうレジ閉めちゃったから」

女の背中が震えはじめたのを、男は暗澹《あんたん》たる面持ちで眺めた。

遠くで改造マフラーの走行音が聞こえている。男はぶるりと身を震わせた。田舎っていまだに暴走族が多いんだよな。妙な奴《やつ》らが街道へ出てくる前に、帰ったほうがよさそうだった。やけに足早な女を追って、三十分ほど前に入ったばかりのゲートへ戻る。男はこの「アテネ村」とかいうテーマパークでのさんざんな時間が自分の落ち度と思われないように言葉を選び、女への深い同情と矛先のわからない憤《いきどお》りをさりげなく口にした。

「たまんねぇなぁ」

女から返事はない。

「このまま帰るのはなんだかなぁ。どこかで休んでいく？」

しばらくしてから返事が戻ってきた。

「ううん、いい」

迷ったが、荒くなる鼻息を抑えて、男はストレートに切り出した。

「今夜は、泊まっていこうか」

女が迷わず言った。

「やだ」

「……あのさ、また誘ってもいいかな。今度はもっといいとこ探しとくから」

「それも、い、や」

1.

「なぁ、俺のしまうま知らない？」

啓一《けいいち》は、鼻唄を歌いながら朝食の皿を洗っている背中に声をかけた。

「何よ、しまうまって」

振り返った路子《みちこ》に、ネクタイを締めるジェスチャーをしてみせた。昔、少々演劇をやっていたせいか、人に何か説明する時には、つい言葉より身振り手振りを使ってしまう。

「どうしたの、喉が痛いの？」

首をかしげられてしまった。アマチュア劇団では端役《はやく》しかもらえず、もっぱら裏方だったから、啓一のボディランゲージはたいていの場合、うまく伝わらない。

「違う違う、ほら、しまうま」

「それじゃあ、わからないよ」

再び首を伸ばしてネクタイを巻くジェスチャー。玉子焼きをチャイルド・スプーンでスクランブルエッグにしていた楓《かえで》が目を輝かせた。

「きりんさん？」

のどにあてた拳を上下に動かすと、テーブルの上に首しか出ていないかえでも同じしぐさをする。

「ぞうさん？」

まだ三歳のかえでには、理解不能のようだった。啓一の演技力のいちばんの理解者である息子の哲平《てっぺい》は、もういない。この春から小学一年生で、今日から授業が始まる。始業時間のずいぶん前に、新しいランドセルをジェット噴射機みたいに背負って、玄関からすっ飛んでいった。

「あれだよ、しまうまの模様が入ってるやつ」

「ネクタイのこと？」

「そう」

視線を宙に泳がせていた路子が、突然眉をしかめた。

「げ」

「なんだよ、げ、って」

啓一よりよほど演技に説得力がある。とってつけたような笑顔と、まばたきを繰り返している目だけで答えがわかった。

「捨てちまったのか？」

「ううん、この間、バザーに出しちゃった」

「え〜〜っ」

「ごめん。だって、ぜんぜん使ってないでしょ。もう要らないのかと思って」

「……ショックだな。あれは特別な時だけ締めるやつなんだ。だから、ふだんは使わないようにしてたのに」

「なんで急にしまうま？」

「ほら、新しい部署に移ったから。ジンクスなんだ。あれを締めてるとうまくいく気がするんだよ」

そう、しまうまのネクタイは、啓一のラッキーアイテムだ。いつも幸運をもたらしてくれた。東京から駒谷へ戻り、公務員試験を受けた時も、市役所に初登庁した時も、あれを締めて行った。路子は覚えていないだろうが、お前にプロポーズをした時だって。

「転勤するわけじゃあるまいし。ただのお役所の中の異動なんでしょ。おおげさねぇ」

「いや、俺、出遅れちまってるし。それにさ――」

あとの言葉を呑《の》みこんだ。正確に言えば、新しい職場は市が出資している第三セクターだ。異動が出向であることはまだ路子に話していない。役所の出向は片道ではなく、必ず帰りの切符が用意されているから、深刻さはないのだが、それでも言い出しづらかった。

「ようするに不安なわけね。大きな図体《ずうたい》して、情けない。この小心者」

「しょうしんもも」かえでにも言われてしまった。

出向の場合、通常は何週間も前に打診があるものだが、今回はいきなりだった。役所の通例の異動と同じく、言い渡されたのは、新年度の始まる数日前。しかも啓一はその夜、浴室でかえでを抱きあげた瞬間、ぎっくり腰になり、一週間以上ふとんの中で唸《うな》っていた。今日はもう四月七日だ。

「だいじょうぶ、そんなのに頼らなくたって。私がもっといいおまじない、してあげる」

路子が対面式キッチンのカウンターに置いているプレーヤーに手を伸ばし、トースターへ薄切りパンを入れる手つきでCDをセットする。いきなりトランペットの合奏が始まった。『ロッキーのテーマ』だ。

「ケイちゃん好きでしょ、この曲。私もバーゲンに行く時とかにかけるんだ。ほらね、タタンタ～ン、タタンタ～ン」

菜箸《さいばし》をタクトがわりにして路子が言う。どちらかといえば細身の体からは想像もつかないのだが、路子は学生時代、空手部に所属していた。啓一よりよほど男らしい。

トランペットの響きに背中を押されて二階へ戻り、いつものネクタイの中からひとつを選び出す。市役所勤めの場合、ノーネクタイの日もあるから、数はそれほど多くない。しまうま柄と似た色合いのものを首にひっかけて戻ると、ロッキーのテーマのボリュームがあがっていた。かえでがスプーンでテーブルを叩き、早く食べなさい、と路子に叱《しか》られている。

路子は額縁の曲がりを点検するように首をかしげてから、啓一のネクタイの結び目を直し、サビの部分の女性コーラスと声をそろえて、呪文《じゅもん》のように囁《ささや》きかけてきた。

「だいじょうぶ、だいじょうぶ、どこへ行ったって、なんの問題もないよ。あなたにはできる。あなたは強い。チャンピオンを倒せ。ほら、ファイティング・ポーズとってみて」

つい乗せられて、シャドーボクシングまでしてしまった。

「そうそう、あらら、ちょっとお腹《なか》が出てきたわね。ああ、いいのいいの、無理してひっこめなくても。自然に、自然に。腰のひねりを生かして、打つべし、打つべし」

「でも腰が……」

「少しずつ動かしたほうがいいってお医者さんも言ってたじゃない。もう平気よ」

「へーきよ」ぎっくり腰の原因にも言われた。

確かに、少し前まで匍匐《ほふく》前進でトイレに這《は》って行っていたのが嘘のように腰の痛みは消えている。つまらないジンクスにこだわっている自分が馬鹿に思えてきた。騙《だま》されているだけのような気もするが。

「いってらっしゃい。戦うのよ、ロッキー」啓一よりよほど様になったファイティング・ポーズをとって路子が言った。

「かうのよ、ぽっきー」かえでがスプーンを握った腕を突き出して、玉子焼きをテーブルにまき散らす。

玄関で靴べらを手にとると、路子が顔を寄せてきた。

「もうひとつ、おまじない」

両手で啓一の頰をはさむ。おおっ。子供ができる前には毎朝の習慣だった、おでこチューか。目を閉じようとしたら、路子は化粧水をつける時の手つきで啓一の頰を叩いてきた。

「はいっ、これで完璧。気合入ったでしょ」

「……お、おう」

「がんばってね。今日は私も出かける日だから、もし先に帰ってたら、哲平をお願い」

路子は週に三回、隣街のカルチャーセンターで染め物を教えている。

「お買い物しておいてもらえると助かるな。今夜は哲平のリクエストでハンバーグ。年度替わりで新しい生徒さんが入ってくるから、時間通りには終わらないと思う」

路子が出かける日は、啓一が買い物の担当だ。メニューさえ言ってもらえれば、何を買うべきかはすぐわかる。そうか、路子だって大変なわけだ。

「お前もがんばれ。俺のおまじないもいる？」

「遠慮しとく」

するりとかわされた両手を自分の顔に持っていき、自分の手で頰を叩いた。

「よっしゃ、いってくる」

トヨタ・エスティマの助手席に散らばっている哲平のおまけカードを片づけ、イグニッション・キーを回す。カーラジオから地元のFM放送が流れてきた。ガレージを出ると、目の前に田植えを待つ薄紫色のれんげ田が広がる。

啓一たちの住む家は、駒谷《こまたに》市の市街地と田園地帯の境目あたり、民家より田畑のほうが多い場所にある。五年前に建て替えた家は洋風の造りで、パンフレットの中ではとてもシックに見えたのだけれど、完成してみると、周囲の風景には少々そぐわない。とくに田植えの季節には。

午前七時四十分。いつもの出勤時間より三十分早いことをのぞけば、この八年間くりかえしてきた同じ朝だ。信号が少ないし、渋滞もないから、JR駒谷駅近くにある市庁舎には一分の誤差もなく到着する。今日の場合なら、到着時間は七時四十九分三十秒から五十分三十秒の間。地元FM局のDJが眠そうな声で喋《しゃべ》っている内容も、なんだか昨日と同じ話であるような気がしてくる。

右折と左折を一度ずつ繰り返すと県道へ出る。四車線道路の先には、まだ雪が残る駒谷連山の粉砂糖をまぶした食べかけのシフォンケーキのような姿が望める。日本百名山のひとつに数えられる景観だが、毎日見ていれば、リビングの壁紙の模様といっしょだ。

遠野《とおの》啓一が生まれ故郷であるこの駒谷へ戻ったのは、九年前。東京の私大を出て、都内にある家電メーカーに勤めはじめたのだが、父親が亡くなり、母親が一人きりになってしまったのを機にUターンした。

すでに結婚していた妹の嫁ぎ先は市内だったし、母親はまだ癌《がん》の宣告を受けておらず、「一人のほうが気楽だから帰ってくるな」などと強がりを言っていたぐらいだったから、切迫した事情というわけでもなかった。半分は自分自身の都合。入社四年目の啓一は、残業と休日出勤とつきあい酒だけで過ぎていく毎日に疲れ果てていたのだ。

駒谷市より大きな隣街の会社に就職のアテがあったのだが、結局、市役所を選んだのは、たまたま受けた公務員試験に合格したというだけの理由だった。母親はいたく喜んだものだ。公務員という職業は、地方ではいまだにちょっとしたステータスがある。大学時代の友人や職場の同僚からは、口々に言われた。「馬鹿だな、お前」「公務員は退屈じゃないの」「給料だいぶ減るだろ」。勤めていた家電メーカーがそこそこの大手だったのだ。

つきあっていたガールフレンドと別れたばかりだったから、「結婚相手を探すのが大変なんじゃないか」という心配もされた。いちおう駒谷は「市」なのだが、東京で暮らす彼らには過疎《かそ》の村と同じイメージしかないらしい。まぁ、その想像はまんざらはずれているわけでもない。

最近は電話で話すばかりになった東京の友人たちのセリフが変わってきたのは、転職して何年か経《た》ってからだ。「お前がうらやましいよ。もう民間はだめ」「ボーナスカットなんてないんだろ」「いいよな、リストラの不安のないやつは」。就職した総合商社が事業統合したあおりを食って子会社の居酒屋チェーンに飛ばされた一人は、冗談とは思えない口調でこう言った。「結局、お前が勝ち組だったな」

どうだろう。隣の芝生が青く見えているだけかもしれない。

道の両側の田植え前の耕作地には、れんげやたんぽぽがとりどりの花を咲かせている。

その先の山々では冬枯れの木が芽吹きはじめたばかりで、裾野にだけ桜の花色が見えはじめていた。

交差点で右折すると、駒谷の中心街が見えてくる。中心といってもほとんどの建物が土産物屋か観光客相手の飲食店で、いくつかのホテルと地方銀行の支店ビルをのぞけば、たいていが二、三階建て。だから交差点を曲がったとたん、ＪＲ駒谷駅の向こうに頭を突き出している市庁舎の姿が、嫌でも目に飛びこんでくる。

駅を過ぎたところでスピードをゆるめ、左にウインカーを出した。八年間続けている動作だから、鉄道高架をくぐって目の前が暗くなると同時に自然と手が動く。

駒谷市役所は地上六階、地下一階。横幅も奥行きもたっぷりあり、正門前は公園風の広場になっている。大きさだけでなく、地元出身の建築家がガウディに触発されて設計したというだけあって、波切りにした羊羹《ようかん》のような外観も、駒谷の凡庸な街並みの中では異彩を放っていた。屋上では「タツノオトシゴ」と陰口を叩かれている馬の首のオブジェが、誇らしげに朝日を照り返らせている。

まず先月までの職場である国民健康保険課に立ち寄った。デスクの私物は異動を告げられた日にあらかた整理してある。段ボール箱ひとつぶん。箱は十日前のままデスクの袖《そで》に置かれていた。誰かが気をきかせてくれたらしく、デスクの上に残したままだったスタンド式カレンダーや、マウスパッドや、ペン立て（哲平からの誕生日プレゼント）

や、スチール製のそのペン立てにしか使えないマグネット（かえでからの初めての誕生日プレゼント）なども箱の上に載せられている。

ロッカールームの中にもたいしたものは入っていない。この職場には三年しかいなかったし、新しい部署はまったくの畑違いだから、荷物の整理はあっけなく終った。引き継ぎも離任の挨拶もしていないままだったから、座り慣れた椅子でみんなを待とうとしたのだが、そこに女性のものらしいキャラクターイラスト入りの座ぶとんが敷かれていることに気づいて、そうそうに部屋を出た。

フレックスタイムなどという言葉が話題にもならない駒谷市役所に、一斉に職員が登庁しはじめる時刻だ。二階のエレベーターから大量の人間が吐き出されている。この本庁舎で働く人間は、市の行政職の九割にあたる五百人ほど。人口七万人の駒谷市には数が多すぎるという批判はあるが、いまより人が減ってしまうと、市庁舎はがらんどうになってしまい、今度は広すぎる建物を非難されるだろう。

障害者を考慮した市役所のエレベーターは動きがゆったりしている。階段を使うべきかどうか迷ったが、ぎっくり腰の痛みを思い出して、無理をしないことにした。運動不足だ、と医者には言われた。どこへ行くにもクルマを使う田舎の生活は、東京にいた頃より歩くことが少ない。今年で三十六歳。年々、自分がまだ信じこんでいる若さに裏切られることがふえてきた。

「よお、遠野」背中に声をかけられた。広聴広報課の下平《しもだいら》だった。「ぎっくり腰は、もういいのか？」

「まんずまんず、だ」

土地の言葉で答えると、やりすぎだな、お定まりのジョークを口にし、妙な腰つきをして笑いかけてくる。下平とは入庁年次が違うが同い年。三十半ばは、自分の珠玉のジョークがオヤジギャグと呼ばれはじめる年代でもある。

「どこへ行く？　あ、そうか、異動したんだっけ。どこ？」

「ペガサスリゾート開発に出向」

「ペガサス？　あそこは商工会議所ビルだろ」

「うん、でも、まだ受け入れ態勢が整っていないらしくて。とりあえず観光課に準備室があるって話なんだ」

「準備室？　なんの準備室さ？」

「アテネ村再建対策室」

第三セクター「ペガサスリゾート開発」は、駒谷市が建設したテーマパーク「アテネ村」の運営会社だ。プロジェクトチーム「アテネ村再建対策室」は、その中に置かれる新設のセクション。啓一に出向を打診してきた商工部長からは「市長直々に設置を決めた特命チームだ」と聞かされている。

「期待してるよ」即答を迫るように何度も肩を叩かれているうちに、なぜ自分がそんな重要な部署のメンバーに選ばれたのか聞きそびれたまま承諾してしまった。

「ああ、あれか。アテネ村ねぇ。忙しくなるかもな」

下平がお気の毒に、という顔をする。忙しいと言っても、駒谷市役所の場合、八時半から五時までの勤務時間内にヒマな時間が少なくなるという意味だ。先月まで働いていた国民健康保険課も忙しいと言えるのは保険料の計算をする三月だけ。その前にいた国際交流課など、一日の大半は英会話の教材を眺めて過ごしていた。駒谷に国際交流などないからだ。

地方公務員はヒマだという世間の声は必ずしも当たっていない。仕事量より慣例に従って人員数を決めてしまうから、割を食って多忙をきわめる部署もある。選挙や災害の時には休日でも駆り出されるし、地域のつきあいにまっさきにひっぱり出されるのも公務員だ。しかし、バブル終焉《しゅうえん》直後の悪あがきを続けていた民間企業で、過労死と隣合わせの日々を経験してきた啓一は、転職して八年たったいまでも思う。やっぱり、ヒマだ。

以前の勤務先だった家電メーカーでは、職場で人が死んでいた。啓一がいた三年数カ月の間に、過労死が三人。課内のほぼ全員が神経性の胃潰瘍か円形脱毛症を患《わずら》っていた。入社三年目に同期の一人が自殺した。無理難題のノルマを押しつけられ、一カ月間休みなく、睡眠時間三時間で働いたあげくだった。遺書には仕事の引き継ぎのための連絡事項が書かれていたそうだ。その話を聞いた時が転職を考えはじめた最初だったろう。

まず自分の人生があり、そのために仕事がある。自分をそこなってまで成すべき仕事などありえない。そう思ったのだ。

いまでもその気持ちは変わらないし、あの異常な日々に戻りたいと思うこともない。だが、いざ地方公務員に転職してみると、しばらくの間は、ボクシングの試合をしに来たのに、ヘッドギアをつけ、減量の心配のいらないボクササイズをさせられているような気がしたものだ。

多くを望まなければ、駒谷市役所には出世争いもない。中途採用の啓一の場合も、前職のキャリアが考査に入っていて、主任、係長と、同じ卒業年次の人間と同時期に昇任することができた。キャリアを生かす仕事にめぐり合ったことはないのだが。

学校の進級と何ら変わらない。中間管理職以上をめざしたい人間も、仕事で努力する必要はない。上司に取り入ることがいちばんの仕事になるからだ。

朝、職場へ来て茶をすすり、新聞をすみずみまで読み終えてしまうと、夕方まで何もすることがないことに気づく。そんな日は、転職したことを後悔することもしばしばだった。

とはいえ、朱に交われば、だ。いつしか啓一も駒谷名産の五郎柿《ごろうがき》のようにすっかり赤くなった。市役所の仕事にかぎらず、駒谷での暮らしそのものが、都会とは流れている時間の速度が違うせいだろうか。いまでは仕事のスケジュールがまったくない一日を、うまくやり過ごせる。まず最初に心の中でこう呟《つぶや》くのだ。「ま、いいか。のんびりいこう」。この地方の方言でいえば「ゆっくらいかず」。

仕事以外は何も問題はない。夏場は帰宅してから釣りに行ける。台風と選挙の時をのぞけば休日出勤はありえない。年休もたっぷり。取らないと叱《しか》られるぐらいだ。

友人たちから心配された「嫁」も駒谷へ帰ってすぐに見つけた。OLを辞め、駒谷染めを勉強するためにこの街へ来ていた路子だ。駒谷へ帰った年に、むりやり駆り出されたボランティア活動で知り合い、翌年結婚した。そして哲平が生まれ、かえでが生まれ――。

自分の人生を、そこそこいい人生だと思う。最近の流行《はや》り言葉で言えば、スローライフ。大きな満足がないかわりに、大きな不満もない。

役所の部屋割りはどこも習い性のように細かく、廊下の両側にずらりとドアが並んだ様子は蜂の巣を思わせる。四階の右手は商工部の縄張で、いちばん奥が観光課。新しいプロジェクトチームは、ここに仮のデスクを置いている。

観光課が同じ間取りの他の部署より手狭に感じるのは、デスクの数が多いせいだろう。観光都市としては周辺地域に遅れをとっているとはいえ、他に大きな産業のない駒谷の市役所の中では、大所帯だ。

午前八時二十五分。この時間にいるのはたいていが入庁一、二年目の若手か年配の人間。役所の場合、年配イコール管理職だから、若手職員たちは皆、居心地が悪そうな顔をしている。去年の新人研修の時に面倒を見てやった男に声をかけた。

「おはよう。アテネ村再建対策室ってどこ？」

「アテネ村再建対策室？」男が首をかしげる。「アテネ村再生検討室のことじゃなくてですか？」

「ああ、それ、アテネ村リニューアル促進室のことだよ」近くにいた観光課長代理が声をかけてきた。「上からお達しがあって名前が変わったそうだ。再建じゃイメージが悪いとか、検討だと前向きな姿勢が伝わらないとか、そんな理由でさ。ほら、あそこだ」

顎《あご》でさした部屋の奥に、パーティションで仕切られた一角がある。各課のドアプレートと同じ高さに書道用の横長半紙が張られ、墨の痕《あと》も真新しい筆文字が躍っていた。

『アテネ村リニューアル推進室　準備室』

また名称が変わったらしい。パーティションは四方を囲っているわけではなく、奥まで歩くと、向かい合わせになったデスクが四つ、それをサンドイッチするように二つのデスクが置かれているのが見えた。いちばん向こう側の役職者用の席だけに人の姿がある。

「おはようございます。遠野です。今日からお世話になります」

Yシャツの上に紺ベストを着た男が顔をあげた。五十代半ば、細面の肉の薄い顔に載った眼鏡が重そうだ。林業課課長だった丹波《たんば》。彼がこのプロジェクトチームの室長であることは聞かされていた。

「やぁやぁ、待ってたよ。体のほうはもういいのかね」

病欠で出遅れたことを詫《わ》びたが、丹波は気にするふうもない。定年まではまだ数年あるだろうが、すでにリタイアした好々爺《こうこうや》を思わせる柔和な表情で頷《うなず》くだけだ。一緒に仕事をするのは初めてだが、職員食堂でざるそばをすすっている姿はよく見かける。

「これでようやく陣容が固まった。磐石《ばんじゃく》の布陣だ」

大仰な言葉に照れて頭を掻《か》きながら歩み寄ろうとすると、組んだ手に載せた干し首みたいな顔がにこやかに笑いかけてきた。

「ところで遠野君」

ひとさし指を立て、遠近両用らしい眼鏡の中の始終《しじゅう》何かに驚いているような目をまばたきさせる。

「はい」

「次からでよいのだが、ここへ入る時はノックをしてくれないか。かりそめにもプロジェクトチームだからね。守秘の姿勢を徹底せねばならんのだ」

「は？」

言われたとおり、踏み出した足を戻し、片手でパーティションをノックする。守秘も何も、パーティションのこちら側に回れば中はまる見えなのだが、丹波は満足そうに頷いた。

「すまないね。ではあらためて。室長の丹波だ。よろしく」

啓一のデスクは室長席のすぐ右手だった。駒谷市役所の慣例に従えば、ナンバー・ツーの席。ここでは年功序列も確固たる慣例だから、残りのメンバーは、みな年下というわけだ。頂上だけが三角で後は真四角のピラミッドを構成している、役職者がだぶついたこの市役所で、啓一がこの位置に座るのは初めてだった。

靴を脱ぎ、サンダルに履き替えていると、ノックの音がした。現れたのは、ずんぐりした体格の日焼けした男だ。ジャケットの下はポロシャツ。確か市役所の野球部のキャッチャーで四番バッター。仕事よりそっちの印象しかない。名前は——なんだっけ。

「林田です」

太い声で名のり、キャッチャーミットみたいな手を差し出してくる。あわててズボンの裾で手をぬぐった。初対面の挨拶で握手を求める人間というのは、いるようでいないものだ。林田は握力を自慢するように啓一の手を強く握ってきた。

「遠野さんですね、よろしく」

「あ、よろしくお願いします」

啓一より二つほど年下のはずだが、白髪まじりの短髪と顎の張ったいかつい顔は、どう見ても四十代。思わず敬語を使ってしまった。林田は啓一の向かいの席に座り、長袖のポロシャツを二の腕までまくり上げた。腕ずもうを挑んできそうな雰囲気だった。

八時三十分。始業を告げるチャイムが鳴りはじめた。とりあえず荷物の中からシステム手帳とドライアイ対策の目薬を取り出して顔を上げると、いつ現れたのか、斜め向かいに女が座っていた。

「久しぶり。今日からなんだ。よろしく」

答えるかわりに、女は長いストレートヘアをゆらりと振った。彼女とは国際交流課が所属していた市民生活部で一緒だった。課が違っていたから多くのことは知らないが、五時すぎに彼女がデスクにいるのを見たことがなかった。若い職員がほぼ例外なく参加しているサークル活動にも入っておらず、酒宴や部内行事に顔を出したこともない。啓一は彼女と会話をした記憶がなく、名前も忘れてしまった。あだ名は覚えている。幽霊だ。

「徳永《とくなが》君、お茶たのむよ」

丹波が待ってましたという感じで声をかける。そうそう、徳永雪絵だ。徳永は自分の向かい側の空席にちらりと目を走らせ、ほんの一、二ミリ眉根を寄せてから、音もなく席を立った。

始業時間になったのを潮に、丹波に声をかけた。

「あのぉ、突然の異動でしたので、詳しいことをまだ聞いていないのですが」

「まぁまぁ、全員が揃ってからにしようよ」

八時三十七分。いつのまにか机の隅に湯呑《ゆの》みが置かれているのに驚いていると、パーティションの向こうから派手な足音が聞こえてきた。いきなり飛びこんできた足音の主は、丹波の咎《とが》める視線に気づき、片手に握った携帯電話でノックをする。五人目のメンバーはまだ若い男だった。

「おっはようっす」

「早かぁないだろ」

林田の皮肉に首を縮めて見せたが、悪びれる様子はない。襟ぐりの小さいモード系のスーツに黄色のシャツ。完全に耳が隠れた長い髪をブラウンに染めている。

たいていの地方自治体には厳しい服務規定がないから、民間よりも服装は自由だが、田舎町の場合、周囲の目という厳格な規制がある。こんなヤツいたっけ。過剰と言われてはいるが、五百人ほどだから、職員のほとんどとは顔見知りだ。新入職員ならまだ研修中のはずで、前々から市役所にいたら、ニワトリの中の孔雀《くじゃく》みたいに目立つはずなのだが。

全員が揃ったところで、丹波が咳払《せきばら》いをして一同を見まわしたが、携帯の着信をチェックしはじめた茶髪は気づいていない。三回目の咳払いで、ようやく顔をあげた。

「今日は四月七日。二十四節気によりますと、清明。玄鳥至《きた》り、虹《にじ》始めてあらわる
――」

丹波が結婚式の親類のおじさんみたいなスピーチを始めた。それが世間話ではなく朝礼であるらしいと気づいたのは、啓一の名を呼び、全員に紹介した後だ。

「えー、というわけで、いよいよアテネ村リニューアル促進室は――」

「室長、アテネ村リニューアル推進室です」林田が訂正する。

「ああそうだった。もとい、アテネ村リニューアル推進室は――」

「あ、また名前が変わったんすか？」

若い男が言う。

「うん、我がチームは上層部に多大な期待をかけられているのだよ。名前ひとつにも上は敏感になっているようだね。まぁ、そのたびに筆をとるこちらもたいへんなのだが」

誰かの称賛の声があがりはしまいかと、丹波が一同を見まわす。この男は県の書道展の常連で、市役所の書道サークルの顧問だ。

「アテネ村リニューアル推進室にも、ようやく顔ぶれが出そろい、本格始動することになった。えー紹介しよう、健保課の遠野君だ。今日から我々の新たな戦力となった。遠野君からも挨拶をひとつお願いしたいね」

挨拶もなにも茶髪をのぞけば知っている顔だし、いましがた一人一人に声をかけたばかりだったが、言われるままに、「遠野です、よろしく」と挨拶をした。

「というわけで、清明、正式に称すれば清浄明潔。我々の門出にふさわしい言葉ではありませんか――」

スピーチの途中で丹波が痰《たん》をつまらせ、茶で喉を湿らしている間に、隣の茶髪に声をかけた。

「そう言えば、まだ君の名前を聞いてなかったね」

「俺？　柳井《やない》っす。よろしく」

ヤナイ。駒谷市とその周辺地域に多い名字だが、柳井の言葉には、この土地の臭いがなかった。最近では高齢者をのぞけば、方言を昔ながらのまま使う人間は減ってはいるのだが、「――っす」という東京の若者言葉の「っ」を正確に発音できる人間はそう多くない。

「まぁ、そう言うことで、がんばろう」

丹波が茶をすすり、もう一度、遠近両用眼鏡を光らせて四人を見まわした。

私物をデスクに並べ、パソコンの電源をコンセントへ差しこむ。さて、まず何をすればいいのだろう。パソコンを起動させたものの、画面を眺めることしか思いつかなかった。

「とりあえず僕は何をすればいいですか？」

「まぁまぁ、遠野君、あわてるコジ——おっと、これは差別用語だな。行政マンにあるまじき発言でした。もとい、遠野君、あわてる路上生活者はもらいが少ないと言うよ。まだ九時前じゃないか」

「とりあえず、ペガサスへ着任の挨拶をしたほうがいいでしょうか」

カタチだけのようだが、いちおう今月からはペガサスの社員だ。

「名称がまた変わっただろ。新しい名刺がまだできていないのだよ。明後日、ペガサスの理事会がある。その時、君を紹介しよう」

「今日は？」

「第一会議室が十一時になったら空《あ》く。そうしたら会議だ」

「第二が空いているようですけど？」

「あっちは狭いからね。見晴らしも悪いし」

林田も頷く。

「換気も悪いですな。会議室で煙草を吸う不届きな輩《やから》が多くて」

駒谷市役所では長らく職場内の喫煙に規制はなかった。前任の総務部長がヘビースモーカーだったからだ。二年前、嫌煙家の新しい部長になったとたん、全面禁煙となった。煙草は三年前にやめた啓一は、どちらでも構わないのだが、喫煙率の高い四、五十代は勤務時間の何分の一かを、デスクと喫煙室を往復することに費やしている。

徳永はパソコンに頭を沈め、柳井は机の下でメールを打ち、林田は日経新聞のスポーツ欄を読んでいる。丹波はカッパみたいに口を尖《とが》らせて茶をすすっていた。本当に十一時までは会議が開かれないようだ。

室長席の対岸にあるデスクは空席で、『資料・室外秘』と筆文字で書かれた三角プレートが置かれ、ファイルや冊子が積まれている。空いているのを幸い、啓一はそのデスクで資料を読みはじめた。

駒谷アテネ村が開園したのは、いまから七年前だ。市と県内の建設会社が共同出資する第三セクター方式で事業がスタートした。年間見込み客三十万人、見込み売り上げ十五億が、当初の計画だったが、開園初年度の来場者数は、その四分の一。売り上げは六分の一。翌年はそれすら下回り続け、開園から数年で、第三セクターに名を連ねていた建設会社が撤退。現在、運営はほぼ全面的に駒谷市に委《ゆだ》ねられている——。

去年の来場者数は四万七千人。一日あたりで換算すると百数十人だ。累積《るいせき》赤字四十七億円を抱えているにもかかわらず存続しているのは、市が多額な補助金を投入しているからだ。アテネ村に巨額の予算が使われているのはもちろん知っていたが、具体的な数字を見るのは初めてだった。想像以上の惨状。

十一時を十五分過ぎた頃、会議というより雑談の笑いが聞こえていた会議室のドアがようやく開いた。もうすぐ昼休みだが、丹波はあわてず騒がず日本茶の残りを飲み干してから、茶髪に指をつきつけた。

「柳井君、お茶」

徳永と違って柳井は嫌な顔をしない。

「まいどっ。みなさんいつも通りでいいっすよね」

駒谷市役所では、年次の一番下の人間が、部署内の茶を淹《い》れるのが不文律になっている。以前は年齢がいくつであれ「女の子」がお茶を入れることになっていたのだが、一昨年、インターネット上に、駒谷市役所内部の男女格差についての内部告発が掲載されていることが発覚して以来、女性市民グループからのつきあげを恐れてそういうことになった。

「室長が日本茶、林田さんがコーヒー、徳永さんがカモミール茶。河野《こうの》係長は？」

「なんでもいいけど、コーヒーがあるならコーヒーを。それと、俺は〝こうの〟ではなく、〝とうの〟だ」

「すんません。俺、知らないヒトばっかなんす。三年間、南駒出張所にいたもんで」

南駒。駒谷のチベットと呼ばれる地域の出張所だ。新人でいきなり南駒というのは、使いものにならないという烙印《らくいん》を押されたも同然。彼の場合、能力というより外見だけの問題でそうなったのかもしれない。

観光課の第一会議室の大きな窓の向こうには、駒谷の山々がくっきりと見える。確かに見晴らしは最高だ。

「さて、議題は、昨日の続きだったね」

丹波がホワイトボードにゆっくりと文字を書く。書道サークルの顧問をしているだけあって、マーカーを使ってもなお達筆だ。林田はポロシャツ姿には不似合いなジュラルミン製のアタッシェケースを会議テーブルに置いた。

自慢げに文字のはねを大きく伸ばしてから、丹波がこちらを向く。

『アテネ村リニューアル促進室　研修視察旅行』

「百聞は一見に如《し》かず。この目で見ないことには、始まらないからねぇ」

思わずうつむいてしまった。視察どころか、啓一はここしばらく当のアテネ村にも行っていない。完全に出遅れている。

最初に行ったのはオープンした年。子どもの生まれる前で、二人でどこへ出かけても楽しい時期だった。その次は一昨年《おととし》の夏。哲平にディズニーランドへ行きたいとせがまれてだ。駒谷からは日帰りでは行けないから手近なアテネ村ですませた。おかげで去年まで哲平はアテネ村をディズニーランドだと信じこんでいた。行ったのは、その二回だけだ。

動けるようになったら路子にクルマを運転してもらって、病欠明けまでに見ておかなくては、と思っていたのだが、つい先伸ばしにしてしまっていた。いかんいかん。出向になったというのに、まだ市役所のぬるま湯に首までどころか頭のてっぺんまでつかっていたようだ。

明後日《あさって》、ペガサスの人間と顔を合わせる前までに下見をすませておきたいが、アテネ村の閉園時間は、市役所に合わせて午後五時だ。勤務中にいかないかぎり無理だろう。困ったな。

「室長、促進室ではなく推進室です」

林田に指摘され、丹波がせっかく書いたホワイトボードの文字をすべて消し、また最初からボードに書をしたためはじめた。

『アテネ村リニューアル推進室　研修視察旅行』

書き上げた文字を眺めて満足そうに唸《うな》ってから、林田に声をかける。

「林田君、頼んでいた例のものは？」

「はい、八方手を尽くして用意してきました」

林田がもったいぶった手つきでアタッシェケースを開けた。

「ご苦労だったね」

「とんでもないです」

得意気に鼻をふくらませた林田は、有能なビジネスマンよろしく紙束を手早く抜き出し、机で角を揃え、トランプの手札を開くように広げてみせた。八方手を尽くして用意したというのは、旅行代理店の店頭に並べてある観光案内パンフレットだった。

「こちらがディズニーシー。こっちがU・S・J《ユニバーサルスタジオジャパン》関連です。いやぁ、いろいろあるものですな。はとバス観光付き、食い倒れツアー付き、アニバーサリーウォッチプレゼント、ゴージャスホテルプラン……」

丹波が三角帽子をかぶったミッキーマウスを眺めて重々しく首を振る。

「なるほどねぇ。ひと口にデズニーといっても難しいねぇ」

「両方ってのはどうです」

柳井がゴージャスホテルプランのページを眺めて言う。

「その場合は大阪が先、そこから飛行機でというルートになる」

林田ができる男をアピールするふうにひとさし指を立てて即答し、啓一に横目を走らせてくる。どうやら一方的にライバル意識を燃やされているらしい。

「逆ルートではハードになる。ディズニーの土産物を抱えて歩かなくちゃならんからな」

徳永が初めて口を開いた。「わたし、飛行機は……」

「うむ、私も……」そう言いかけて、柳井からピテカントロプスを見るような目をされていることに気づいた丹波はネクタイを結び直した。「市民の大切な税金を使って行くわけだから、両方というわけにはいくまい。観光気分ではいかんからねぇ」

「ディズニーランドとディズニーシー、どちらも見るとしますと、一泊では難しいでしような。レストランもひととおり回るとなると――」

「おお、そうだよ。レストランで何を食べるか、メニューも決めておこう。ところで蕎《そ》麦《ば》屋はあるのかね」

林田が指に唾《つば》をつけてパンフレットをめくりはじめた。柳井が露骨に鼻を鳴らす。

「ディズニーは何度か行けば、もういいって感じっすよ。俺はUSJがいいすね。まだ一度しか行ってないから」

ディズニーランドに蕎麦屋がないことを知った丹波が、眼鏡をひたいに押し上げて、おもむろにUSJのパンフレットを手にとった。

「はてさて、急いで決をとったほうがいいものか。まぁ、あわてることはないのだが。日程はゴールデンウィーク明けになるだろうからね。問題は何泊で行くかだ……」

USJの園内案内図にしかめ面《づら》をしていた丹波が、突然啓一に声をかけてきた。

「遠野君、どうだい、ひとつ建設的な意見を頼むよ」

正直に言うことにした。今日の午後、いや明日にでも時間をもらって、アテネ村を見ておかなければ。明後日の理事会で発言を求められでもしたら大変だ。

「すいません、じつは僕、アテネ村にも行ってなくて。まず、そっちへ行ってみないことには——」

柳井が目をぱちくりさせている。

「いや、ずっと体調を崩していたものだから……」

言いわけの続きを考えていると、柳井がけろりとした顔で言った。

「俺も行ったことないっすよ」

林田も悪びれる様子もなく言う。

「俺もだよ。土日は試合か練習だから」

「ああ、そうだったねぇ。君たちには折を見てアテネ村の視察をしてもらわねば。私は着任初日に行ってきたよ。ペガサスがクルマを用意してくれてね。休園日だというのに、わざわざレストランを開けてくれて。いやあ、ポセイ丼というのがなかなかだったよ。海鮮どんぶりなんだが、ウニとイクラをたんと奢《おご》っていてねぇ」

はっはっは。丹波がのん気に笑う。驚いた。いまのアテネ村の現状を、その再生をするためのプロジェクトチームの誰もが知らないのだ。

林田が時計に目を走らせた。

「そろそろ、昼ですな」

「おお、もうこんな時間か」

丹波も一大事という声をあげる。

「では、午前中はこれくらいにしとこうか。早めに行かないと食堂が混むからね」

「俺、歯医者に行ってきてもいいっすか？　一時からしか予約が取れなくて」

「困るなぁ、そういうことは事前に報告してくれないと。では二時から再開しよう」

「三時までは、企画観光係の会議が入ってますな」

「しかたない、では三時からということで。それまでに各自検討しておくように。久しぶりの旅行、もとい大切な視察だからねぇ」

　家に戻ると、路子はまだ帰っておらず、哲平が一人でテレビの前に座っていた。帰りがけに寄った農協直営スーパーの袋をテーブルに置く。三時二十分に再開した午後の会議は、帰り支度のための十五分間を見越して四時四十五分に終了。結局、何も決まらないまま終わった。心配には及ばなかった。ぬるま湯につかりっぱなしなのは自分だけじゃない。「市長が期待しているプロジェクトチーム」という商工部長の言葉は、『市民が危惧《きぐ》している』の聞き間違いかもしれない。

「ただいま、おかえり」

　哲平にまとめて声をかけると、同じ返事が戻ってきた。

「ただいまっ、おかえり〜っ」

「どうだった、小学校は」

「まんずまんず」

啓一の母親譲りの言葉で答えてくる。顔はテレビ画面に向けたままだ。指だけがせわしなく動いている。アニメを観ているのかと思ったら、ゲームだった。

「由美おばちゃんのところには行かなかったのか？」

由美は啓一の妹だ。高校の同級生だった男と結婚し、ここからクルマで数分の場所に住んでいる。補助輪なしの自転車が乗れるようになった哲平には一人で行けない距離じゃない。路子は同い年の由美とウマが合うらしく、カルチャーセンターの仕事に出る日はかえでを預かってもらっている。同居している由美の義父と義母は、自分の孫が生意気な年齢になってしまったためか、かえでをネコ可愛がりしているらしい。かえでは時々、啓一夫婦が聞いたことのない食べ物をねだる。「こまぴよまんじゅうが食べたい」

「だってあそこ、ファミコンないし」

哲平は路子と「ファミコンは一日に一時間だけ」という約束をしているはずだが、散らばっているソフトの数からすると、とっくに時間オーバーをしているだろう。画面にはセミを採るシミュレーション・ゲームが映し出されている。

「なんだ、昆虫採集のゲームをやってるのか？　だったら外でいまからやろうよ」

予備校時代を含めて八年以上暮らした東京から戻ってきて気づいたことがひとつある。鼻毛が伸びなくなった。やはり空気が違うのだ。最近では農協直営スーパーにもミネラルウォーターが並べられているのだが、水も違う。イワナ釣りに行って、川岸であおむけになった時に思う。空の色が違う。啓一の子どもの頃に比べれば、湖がダムになり、清流が護岸工事され、多くの田畑と山林が工場や宅地に変わってしまったが、それでもまだまだ自然がたっぷり残っている。路子と結婚した時にも、子どもを育てるには最高の環境だ、と話していたのだが――。

「だって、まだセミいないでしょ」

コントローラーを握ったまま体を揺する。ノーということらしい。

「モンシロチョウなら飛んでるぞ。この間、テントウムシも見た」

「もう暗いもん。チョウチョは飛ばないよ。夕方は蛇が出るし」

啓一よりよほど冷静だ。東京の友人たちは、子どもたちが外で遊ばないと嘆いているが、いまの子どものすることは、東京も山の中の駒谷もたいして変わりはない。

大人も悪いのだ。哲平の幼稚園で流行《はや》っていたカンけりは、園児のひとりにカンが当たって怪我《けが》をしたというだけの理由で禁止になってしまった。

「かけっこの練習は？　小学校の運動会で一番をとりたいんだろ？」

「う〜今日はいい」

哲平が画面の中のセミを捕らえた。いまは話しかけないでくれ、とその背中が言っている。

時刻はまだ午後六時。妻も娘もおらず、息子にふられたうえに、テレビを占領されてしまった啓一にはすべきことが見つからない。最近、こういう時間が多くなった気がする。先週からプロ野球のナイター中継が始まったからいいようなものの、冬になったらどうすればいいだろう。

買ってきたひき肉を冷蔵庫にしまいながら、ふと思いついて言ってみた。

「そうだ、今日は俺のハンバーグを食べてみるか?」

「げーっ、お父《とう》のハンバーグは、やだよ。タマネギが生のまんまなんだもん」

哲平は啓一のことを「おとう」と呼ぶ。パパと呼ばせるのが恥ずかしくて、ろくに喋《しゃべ》れないうちに「おとうさん」と呼ばせようとしたのだが、どうしても下の「さん」が言えなかった。その時の呼び名がそのまま残ってしまったのだ。

「だいじょうぶ。今回は失敗しないから」

「いいよ。ママのが食べたい」

路子のことは「ママ」と呼ぶ。哲平に責任はないのだが、なんだか差別されている気がしてくる。少し前までは「お父」は虫採りと魚釣りの名人で、チャーハンづくりの巨匠、そう信じこませていたのに。子どもの成長は早い。もう通用しなくなってしまった。

リビングの隅の水槽で飼っているミドリガメに餌《えさ》をやり、冷蔵庫から缶ビールを抜き出して、夕刊を広げる。つきあいで取っている地方紙の地元優先の記事も、あいかわらずぱっとしないものばかり。

「おい、哲平、そろそろゲームはやめておけ。ママが帰ってくるぞ」

ナイター中継もそろそろだ。

生返事をしてコントローラーを握り続ける哲平の背中がぽつりと言った。

「ねぇ、お父」

「ん?」

「お父のお仕事ってなに?」

口に運んでいたビールでむせてしまった。

「……どうしたんだ、いきなり」

「聞きたいの」

ようやくコントローラーを手放して振り向いた。路子に似た黒目の多い瞳を啓一へ向けてくる。

「公務員だよ」

「コームインって、どんなお仕事?」

「なんで突然、そんなこと聞くんだ?」

「こくごの時間に作文を出すんだ。お父さんの仕事について書きましょう〜」

担任教師のモノマネらしい。ひとさし指を高くさしあげて、きんきん声を出す。

「たとえばね、うちのお父さんの仕事は、やさいやくだものをつくることです、とかそういうの。お父はなにをつくってるの?」

「……いや、別に何かをつくっているわけじゃなくて……」

「うちのお父さんはクルマを売っていまぁす〜」またモノマネをして言う。「そういうのかな? ね、なにを売ってるの? 教えて?」

「ちょっと待ってくれ。お父は、いままでと違う仕事を始めたばっかりだから、いまはまだ説明するのが難しいんだよ。いつまでに書くの?」

「今月の次の月」

「来月か。まだだいぶ時間があるじゃないか。今度ゆっくり説明するよ」

俺の仕事? なんだろう。昼休みの後、健保課へ挨拶と仕事の引き継ぎに行った。心配するまでもない、啓一の座っていたデスクには新しい職員が座り、フロッピーディスクから過去のデータを呼び出してなんなく仕事をこなしていた。

CDプレーヤーのスイッチを入れてみる。CDは朝のままだった。ロッキーのテーマが流れてくる。

結婚する前から啓一が持っていたCDだ。朝、やけに手際よくセットしたところを見ると、最初から啓一に聴かせるために用意してくれていたのだろう。

『ロッキー』を観たのは高校時代、隣町の映画館だ。カンフー映画との三本立てだった。

たとえ勝ちめがなくても闘うことの尊さを教わった。観終わったあとは、まだ顔も知らない恋人の名をリングで叫ぶ自分の姿を夢想したものだ。

それなのに、いまの俺はなんだ？　考えてみれば、いままでの人生では、ずっと勝つとわかっている勝負しかしてこなかった気がする。最近はゴングの音すら聞いていない。シリーズ後半のロッキーみたいだ。

陽が落ち切らないリビングで、カロリーオフのビールを飲みながら聴くロッキーのテーマは、やけに間抜けに聴こえた。

2.

地階にある職員食堂は安くてうまい。市民には知られていないが、倒産した地元のホテルの料理長をコックとして雇い、贅沢な食材を独自のルートで仕入れているからだ。

正午前にもかかわらず、広いフロアはフライングでやってきた職員たちで半分がた埋まっていた。推進室のメンバーを昼めしに誘うつもりだったのだが、十二時五分前に資料から顔をあげると、もう誰もいなくなっていた。啓一は三百八十円の天ぷら定食をトレイに載せ、顔見知りの姿を探す。奥のほうで下平が片手をあげて手招きしていた。

「どうだ、アテネ村は」

「健保課の仕事が激務に思えてくる」

「え、そうなの？　アテネ村関係じゃさぞ大変だろうと思ったんだけど。ま、それはそれで、よかったじゃないか」

今日の午前中も視察旅行に関する会議。始まったのは九時半だが、「まず採決を挙手にすべきか無記名投票かを決めねば」と丹波が言いだしたところで、会議室の使用時間である十一時を過ぎてしまった。

下平は駒谷牛のステーキ定食のトレイを重しにして、四つ折りにした日経新聞を眺めていた。仕事のためではない。個人的な投資のためだ。

公務員はその気になれば入庁してすぐ生涯賃金のおおよその額が計算できる。そのためか、株や投資に手を出す人間や、ギャンブルにはまる人間が多い。最近は株にうま味がないようで、主流はギャンブル。休日の地方競馬場に行ってハズレ馬券をまるめて捨てれば、駒谷市役所職員にあたると言われているぐらいだ。平日でもしばしばあたるとも言われている。

「いまどき株なんて儲《もう》かるのか？」

「いまだからこそだよ。底打ちの後にチャンス到来」

下平が証券会社のセールスマンみたいな口調で答える。去年も一昨年《おととし》も同じことを言っていた気がする。

「レジャー関連の株はどうなの？」

「あ、それはだめ。沈む一方」

駒谷名物の山菜かき揚げを箸《はし》でつまんでぼやいてしまった。

「アテネ村のリニューアルなんて、本当にできるのかな」

「できねぇだろうなぁ。本気で再生する気があるなら、うだうだ言う前に、まず追加投資だ。それと人材の再教育あるいは入れ換え。まぁ、あそこの場合は、そもそものコンセプトがいいかげんだからな。一番いいのは——わかるか？」

「聞きたくない」

わかっている。たらの芽が喉につかえてしまい、新キャベツの味噌汁で流しこんだ。

「最近、うちに対する目が厳しくなってきただろ。駒谷オンブズマン運動やら、情報公開を求める市民の会やらが次々にできて。もう純朴な地元民が、役人さまのやるこっちゃから間違えねえだら、なんて言ってくれる時代じゃないんだよ。市長も遅ればせながら危機感にかられたんだろうな」

下平が箸を振りまわした。

「とはいっても、アテネ村は自分が音頭《おんど》をとって、駒谷の輝く未来を拓《ひら》くなんて演説して始めた事業だろ。金もたっぷりつぎこんでる。いまさらひっこみがつかないんだ。次の選挙も近いし。前の選挙でもそのことをつかれて、四年後には単年度黒字に、なんてできもしないことを口ばしったからな」

駒谷市長の増淵幾造《ますぶちいくぞう》は、議会の圧倒的な多数派をたばね続けて、現在六期目。その任期が今年の六月で切れる。

「え、また選挙に出るの？　今度こそ後進に譲るって聞いたけど」

今回当選すれば、次の任期が終わる時には七十歳だ。

「助役の柳井さんに禅譲するって話？　ないない。死ぬまでやる気だぜ。三期目の後に衆議院議員選挙に打って出る目がつぶれてからは、生涯一市長って色紙に書いてる。ギネスをめざすつもりじゃねぇのか。アテネ村のなんとか室だって、ただのポーズだよ。知ってるか、今度の市報――」

下平は広聴広報課でコミュニティペーパーやホームページの編集をしている。次号の『駒谷市報』と『ホームページ・こまたに』ではアテネ村リニューアル推進室の話題をトップにするようにと、上からお達しがあったそうだ。

「ま、あの促進室、じゃないや、推進になったんだっけ。どっちでもいいけど、あれは、こけ威《おど》しの田んぼの案山子《かかし》だな。それがさらなる金食い虫になるとわかっていながら、ペガサスにつぎこんでる税金は無駄ではありません。人材も集めました。年寄りが禿《は》げ頭を寄せ合っているような体質じゃありません、若いの入れてます。女も入ってます。東京で民間経験のあるのも、ってな具合でさ。あ、悪い。別にお前のこと、どうこう言うつもりはないけど」

「いや、別にいいよ」

俺って、ただのカカシ？

『うちのお父さんの仕事は、お金のむだづかいをしていません、とみんなに教えるために、市やくしょにすわっていることです』

徳永雪絵が音もなく部屋へ入ってくると、丹波が詰め将棋専門誌から顔をあげた。

「さぁて、と。忙しくなるぞ」

口にくわえていた爪楊枝を気合を入れて折り、両手をこすり合わせて、一時七分にようやく顔を揃えた一同を見渡す。

「商工部長から指示があってね、プロジェクトチームの名前も正式に決まったことだし、リニューアル推進室のシンボルマークを一般公募したらどうかと言うんだ。いやいや、シンボルマークですよ、期待の大きさがわかるねぇ。公募の方法をどうすべきかも議論しなくては。視察旅行の件は可及的すみやかに結論を出さねばなりませんよ。さぁたいへんだ。林田君、第一会議室が空くのは？」

「ええっと、四時です」

「四時かぁ。この忙しいのに。しかたない、それまで各自、鋭意検討していてくれたまえ」

忙しい、忙しいと、丹波は歌うように繰り返す。ざる蕎麦《そば》の海苔《のり》が張りついた唇をぼんやり見つめていた啓一の口から、ぽろりと言葉が飛び出した。

「アテネ村に行ってみませんか？」

「うん、そうだねぇ。アテネ村リニューアル推進室である以上、折にふれて顔を出さねばならんねぇ」

「いえ、いまから」

丹波が目を丸くした。

「しかし、シンボルマークも決めねばならんし」

「なんでしたら、僕だけ行ってきますが」

ふだんは駒谷市役所の伝統にのっとって、協調性のない言動は慎むことにしている。啓一は他人が喋っているような自分の言葉に驚いていた。なぜだろう。自分の口がかかしの「へ」の字ではないことを確かめたかったのかもしれない。

「そうはいかないよ、君に行かれたら困るんだ——」

丹波のもともと下がり気味の眉の角度が、さらに急勾配《こうばい》になった。突然座らせられたプロジェクトチームのリーダーの椅子に、どう座ったらいいものかわからず、途方に暮れているように見えた。

「君に行かれたら困る」その言葉に啓一の気持ちは簡単に揺らいでしまった。少しやりすぎてしまっただろうか。やはりここはチームワークを優先して——。丹波が悲しげに首を振った。

「君がいなくなったら四人だろ。決を採ろうにも、偶数だと、二対二になってしまう可能性がなきにしもあらず」

啓一はすみやかに立ち上がった。

「行かせてください」

「あ、じゃあ、俺も行くっす」

柳井も腰をあげる。思わぬ賛同者の出現に少々驚いた。

「困ったねぇ」

丹波が林田の顔を窺《うかが》う。林田は腕時計に目を落とし、それから啓一を不思議そうな顔で眺めてきた。駒谷市役所では、在勤官署から八キロ以上離れた場所なら、どこへ出かけても出張手当がつく。ただし支給を受けるためには外出先で五時間以上勤務しなくてはならない。「なぜそんな無駄をするんだ」という顔だった。外出しても終業時間まで五時間以上ある午前中なら嬉々として賛成しただろう。

困った、困った、丹波がうなじを叩く。啓一に怒りを見せるでもなく、反論するわけでもない。何かを決断するのが苦手なのだろう。駒谷市役所には掃いて捨てるどころか、除菌機能付き掃除機でも吸い取りきれないほどいるタイプだから、こういう人間を扱うすべは心得ている。

啓一は腹に力をこめた。学生時代のお遊びとはいえ演劇青年の成《な》れの果てだ。腹式呼吸でやや威圧的な命令口調で言ってみる。

「さぁ、行きましょう。椅子は立ち上がるためにあるのです」

オリジナル芝居『電動コケシは夢を見ない』のセリフのひとつだ。啓一は死刑囚を電気椅子へ連れていく看守の役だった。命令されることに慣れている丹波が、電気に打たれたように腰をあげた。

今日もモード系スーツの柳井は、もうマフラーを巻いている。徳永の姿がないと思ったら、いつのまにかパーティションの外に佇《たたず》んでいた。

「係長がそこまでおっしゃるなら」

最後まで渋っていた林田も皮肉っぽい調子でそう言って、立ち上がった。高校を出てすぐに入庁した林田は、啓一より長いキャリアがある。この世代とのつきあい方は難しい。職位が係長になってからはなおさらだ。

「公用車を使いましょう。ガソリン代がもったいないです」

林田が机の上に置いた自分のクルマのキーを引き出しにしまいこむ。いまから管財課に公用車の使用申請をしたら、許可書が出るのはあさってだろう。啓一が自分のクルマを出すというと、柳井が革製のホールダーを振りまわした。

「俺のRX-7に誰か乗っていきません？」

誰かと言っているが、声をかけているのは徳永の背中だ。しかし徳永はより目をして枝毛を眺めているだけだった。柳井が肩をすくめる。

丹波たちを正面玄関で待たせて市庁舎の駐車場へ向かうと、柳井が後を追ってきた。他人のクルマに乗る気はないらしい。

買いかぶりかも知れないが、案外にこの男がいちばんやる気があるかもしれない。そう思って柳井に尋ねてみた。

「会議って、いつもああいう感じなの？」

「ああいう感じって、どんな感じすか？」

柳井は煙草をくわえた歯のすき間からけむりを吐きながら言った。

「助かりましたよ。昼飯の後、吸いそびれちまって。もう禁断症状」

やっぱり買いかぶりだったか。やけに素直に茶を淹《い》れに行くのも、ついでに喫煙所へ寄れるからだろう。

「俺のクルマはここっす」

柳井のクルマは今日のネクタイと同じ真っ赤なクーペだ。駒谷の農道を走ればかなりめだつに違いない。じゃあ、後で、片手をあげた啓一に柳井が声をかけてくる。

「彼女、どういう人ですか」

「彼女?」

「徳永さん。以前に係長と同じ部だったたって聞いたもんで。職位が主任ってことは、俺よりいくつか年上ですよね」

「さぁ、名簿を調べてみろよ」

いくつだったたっけ。はっきり覚えていない。神社の巫女《みこ》みたいな容姿の徳永は若く見えるが、公会堂のカーテンのようなロングスカートに駒谷染めのショールをはおったファッションは、妙に年寄りじみてもいる。いくつであってもおかしくなかった。

「だけど、調べないほうが身のためかも――」

駒谷が村だった百年前の名簿に載っているかもしれない。そんなジョークを思いついたのだが、途中で口をつぐんだ。うなじの毛をそっと撫《な》ぜられたような気配を感じたのだ。振り返ると、長い髪を垂らした徳永が立っていた。

「あ、乗りますか」

柳井の言葉に徳永はうつむいたまま髪を揺らして頷《うなず》いた。

アテネ村は、駒谷市の北のはずれ、市街地からは直線距離で十キロほど離れている。もともとは県の林業試験センターを誘致するはずの土地だった。その計画が頓挫《とんざ》したとたんに、市長が建設を表明した。建設を請け負ったのは、試験センターの仕事を落札すると噂されていた業者だ。

丹波と林田を乗せたエスティマは駒谷のメインストリートを右手に折れ、広域農道を駒谷山系の方角へ進んだ。渋滞とは無縁の道を十分以上走って、ようやくアテネ村の最初の看板が見えてくる。記憶では、ここからが長いのだ。マクドナルドのハンバーガーを食べるためにわざわざ隣街まで行くような土地柄だから、地元民は気にならないだろうが、観光客はそうはいかないだろう。

「やっぱりアクセスの悪さは問題ですねぇ」

後部座席に声をかける。こんな時にどうでもいいだろうに、公務員服務マニュアルの車内序列をかたくなに守って、丹波が右奥、林田が左奥に座っている。しかもわざわざいちばん狭い三列シートの三列目。声が届かなくて三回も同じ質問を繰り返した。

「といっても、いまさら動かすわけにはいかんわなぁ。向こうが歩いてきてくれればいいんだがねぇ」

はははと丹波が笑うと、林田も笑った。うほほほほ。どうやら二人はウマが合うようだ。

広域農道から「幽霊ホテル」という異名を持つ市営のこまたに観光ホテルの前を右折し、駒谷ビューティーロードへ入ると、左手に天山牧場が見えてくる。午前中は明るかった空が厚い雲に覆《おお》われはじめていた。

駒谷ビューティーロードはアテネ村の建設に合わせてつくられた無料のスカイラインだ。国からの補助金で建設費をまかなっているとはいえ、この道路もアテネ村の負の財産かもしれない。観光用道路として造成されたのに、通るのはトラックぐらいだ。最近は不法投棄の格好の穴場になっている。道の両脇にはアテネ村の案内表示板があるのだが、小さいうえに繁《しげ》った樹木に隠れていて、ほとんど用をなしていない。

「看板を何とかしたほうがいいかもしれません」

「まぁ、しかし、それは交通課の担当だしねぇ。ほら、企画観光係も、市の景観をそこねる看板を排除せよ、などと突き上げを食らっているじゃないか。いま我々が看板をどうこうするのはいかがなものか。看板を　隠して立てる　裏質屋　ちゅうてねぇ。ははは」

「うほほほほ」

駒谷ビューティーロードがつづら折りになって北駒岳へ登りはじめると、道の両側には杉の原生林が続く。樹齢数百年の杉が天を突く様は圧巻だが、あちらこちらに築かれた廃棄物の山がその景観をだいなしにしていた。

あそこを曲がれば見えてくるはずだ。曲がり角が近づくたびにそう思い、何度も裏切られた末に、ようやくアテネ村の正門が見えてくる。純白に輝いていた記憶があったのだが、久しぶりに見る入場ゲートの門柱は、くすんだ灰色をしていた。

意外なことにアテネ村の駐車場には、そこそこクルマが入っていた。収容台数千を超える敷地が閑散としていることは確かだが、ざっと見たかぎり百台近く。入場者一日平均百五十七人という数字から見れば上出来だ。

「今日は盛況のようだねぇ」

丹波が案ずるほどのことはない、と言いたげに眼鏡を押し上げて外を眺める。

「クルマ一台あたり二人から五人の乗客として……えー、五かける……平日にしてはまずまずですな」

残念ながら林田の計算は皮算用だった。停車したクルマの登録ナンバーは、よく見るとこの土地のものばかり。エスティマを停めたすぐ脇の軽トラックのボディには造園会社の名前が入っている。駐車場のいちばんいい場所を占領しているのは、どれも従業員と出入り業者のクルマのようだった。他の地域のナンバーはまったく見あたらない。

二人もすぐそれに気づいたようだ。

「今日はあいにくの天気ですからなぁ」

曇天を見上げて林田が手のひらを広げて雨垂れを受けるしぐさをしたが、雨は落ちていない。丹波が一句ひねった。

「春雨や　蓬《よもぎ》をのばす　草の道　ちゅうてねぇ。春雨じゃ、濡《ぬ》れていこう」

RX-7の運転席から這《は》い出てきた柳井が、啓一に耳打ちをしてくる。

「……いやぁ、怖かったっす」

「怖い?」柳井の目は駐車場をふわふわ歩く徳永に向けられている。ロングスカートの下にちゃんと足がついているかどうかを確かめるような視線だった。

「怖いって、徳永さんのこと?」

「そうっす。俺のクルマ、実質ツーシーターで後ろは棺桶《かんおけ》って言われてるぐらいだから、助手席においでよって言ったのに、後部シートに行っちまって。ほんとに棺桶で屈葬したみたいな格好でじっと座ってて、話しかけてもなーんにも答えてくれないんすよ……俺、思わずバックミラーで確かめちまいましたよ。目を離した隙《すき》に姿が消えるんじゃないかって……ほんと、どういう人なんすか?」

「知らないんだよ、本当に」

「知りたいなぁ」

柳井の視線が追っているのは、徳永のスカートの下の真っ白なふくらはぎらしい。

駐車場の隅の出口にチェーンが光っているのを見て、啓一は苦い記憶を蘇《よみがえ》らせた。そうだ。ここからは入れないのだ。最初に来た時には呆《あき》れ、二度目の時は、まだおぶい紐《ひも》が必要だったかえでと、クルマの中で眠ってしまった哲平を連れていたから、路子と二人でずいぶん腹を立てた。

「ここから入ったって構わないだろう。我々は視察に来たのだから」

丹波が悠長に言い、チェーンをくぐり抜けようとする。啓一は言ってみた。

「客として入りませんか。ちゃんと入園チケットを買って。お忍びで偵察です。いつもの接客の様子がわかると思うんですけれど」

「なるほどねぇ」丹波がそう呟《つぶや》いてから、ぶるりと首を振る。「しかし、君、ここは高いよ」

「もちろん経費でしょうな」

林田がホームベースをブロックするように言う。俺が払うよ、と言いたかったが、二人の子持ちには、とても気軽に言える金額じゃない。そう、入園料金も問題だ。

「俺が立て替えておきましょうか」

徳永の手前か、柳井が気前よく言う。

丹波が顔の前にひとさし指を立てて、したり顔をした。

「しかも入口まで、えらく遠い」

それも問題。

丹波は渋っていたが、徳永がチケット売り場へ歩き出し、柳井がそれを追っているのを見ると、ため息をつき、品評会に引かれていく駒谷牛のように歩みはじめた。林田が牛追いのようにその後へ続く。

啓一は駐車場から入場ゲートまでの時間をはかってみた。八分二十秒。幼児や年寄りを連れていたら、もっと時間がかかるだろう。

アテネ村の巨大な入場ゲートは、トレビの泉の凱旋門《がいせんもん》を模している。アテネ村なのに、正門がなぜローマの旧跡なのかはわからない。当時の企画担当者の誰かが、いい加減な資料を空間プロデュース業者に渡し、完成してからその事実に気づいたという噂を聞いたことがある。もちろん地方自治体は心優しいから、その誰かを特定したり、追及するようなことはなく、真相は藪《やぶ》の中だ。

総工費に二十三億円が投じられているのだが、金のかけ方が間違っていたのか、施設の出来は上等とはいいがたい。コリント様式の門柱は、叩くとプラスチックのわびしい音がする。凝ったレリーフを飾った柱頭のくぼみには土埃《つちぼこり》と杉の枯れ葉が溜まっていた。

入場ゲートのかたわらにあるチケット売り場は小さく、その狭い中に二人の係員が肩を寄せ合っている。一人は見たことのある顔だった。何年か前に定年退職した駒谷市役所の戸籍住民課の課長だ。

「おっ、村さんじゃないか」

係員に声をかけようとしている丹波を制して、結局、啓一がチケット料金を立て替えた。

入ってすぐが薔薇《ばら》園。開園当初はアテネ村の目玉のひとつだったらしい。でも、啓一たちが夏場に訪れた時には花がなかった。おそらくオープンする四月のことしか考えずに、高地でも育てやすい一季咲きの品種ばかり揃えたからだろう。誰もが気づいているはずだが、追加投資が許される経営状態ではないから、ずっと放置されたままになっているのだ。

薔薇園の間の坂道を登ると、中央広場。オープンイベントの時には、ギリシアから民族舞踊団も来園し、大盛況だったと資料には書かれていたが、いまは閑散としている。入園者は数えるほどで、むしろめだつのは従業員、そして、ギリシアの神々を模した等身大の彫像だ。

薔薇園の出口にはペルセウスと妖女メドゥーサ。広場の真ん中には、ゼウスとヘラ。噴水の中にアフロディテ、片隅にポセイドン。彫像は中途半端にリアルであるだけ不気味だ。深夜に見回りをするのは勇気がいりそうだが、巡回する人間などいないようだ。石像たちは体のあちこちに、暴走族のしわざらしい落書きをされている。海神ポセイドンの鼻から鼻毛が伸び、知恵の女神アテナは閉じたまぶたに目玉を描かれている。二体並んだゼウスとヘラにはそれぞれこう書かれていた。「だいすけ」「はなこ」

この五人にここをリニューアルしろなんて、無理な相談だ。園内を歩けば歩くほど、自分の仕事はやはり「かかし」なのかと思えてしまう。

中央広場の右手を登ると、『未来ランド』。薔薇園から進むのが順路になっているが、じつは広場から歩いたほうが近い。ここにはまったく人けがなかった。「駒谷の輝く未来の像」の向こうに、荒れ寺が朽ち果てた屋根をさらしている。ダム建設で村が沈み、檀家《だんか》を失った住職が放棄した山寺だ。

中央広場の先は『アクロポリスの丘』。丘といっても、このアテネ村自体が山の上で、その名もない山のなだらかな頂の部分のことだ。丘の頂には「ぱるてのん神殿」がある。ギリシアの遺跡を模した張りぼての東屋《あずまや》がその名前にふさわしいかどうかはともかく、駒谷の山々や市街地を一望できる眺めは素晴らしい。

しかし、未来ランドから広場に戻った推進室のメンバーは、もう誰ひとり動こうとはしなかった。

柳井は小馬鹿にした顔で周囲を眺め、服を身にまとっているのに下腹部を片手で押さえている噴水の中のアフロディテ像に首をかしげた。

「これ、どうして、服着てるんすか？」

「そりゃあ、君、子どもたちも来る場所だ。開園セレモニーの時に教育委員会から好ましくないと指摘があってね、開園後につくりかえたんだよ。ペガサスからはそう聞いている」

丹波が説明していた。そう言えばヘラクレス像も股間を隠している葉っぱの部分だけプラスチックの色が新しく、落書きの格好の標的になっていた。そこに描かれたペニスの絵を、台座に屈葬のポーズで座った徳永がぼんやり眺めている。林田が悄然《しょうぜん》としたまなざしで、閑散としか表現できない園内を見まわした。

「これは、大変ですな。我々にペガサスの活性剤になれなんて、上は本気なのでしょうか……」

なぜ自分がこんな目に、と言いたげな口調だった。さすがの丹波ももう句をひねる余裕などないらしく黙りこんでいる。厚い雲が垂れこめた山頂近くでカラスが鳴いた。閑古鳥という鳥が、どんな声で鳴くのかは知らないが、啓一にはいまのカラスの声に似ている気がした。

3.

ペガサスリゾート開発は、市庁舎から歩いて数分、駒谷商工会議所ビルの四階をオフィスにしている。啓一は着任三日目にしてようやくペガサスの人間と顔を合わせることになった。

ペガサスの理事には非常勤の人間が多く、全員が顔を揃えるのは週に一回程度だそうだ。今日は県庁のある街からイベント企画会社がやってきて、毎年恒例のアテネ村・ゴールデンウィークイベントのプレゼンテーションをすると丹波は言っていた。

「今日は何が出ますかな」

「うーむ、期待してしまうねぇ」

啓一とともにエレベーターへ乗りこんだ林田と丹波はひたいを寄せて頷《うなず》きあっている。籍を置いているだけとはいえ、本社での会議とあって二人とも鼻息が荒い。啓一は少なからず緊張していた。

商工会議所ビルは、駒谷で初めて火の見櫓《やぐら》の高さを超えた歴史的な建造物で、ダクトがむき出しになった廊下の両側に、化粧ガラスの嵌《は》まった木製ドアが並んでいる様子は、市庁舎より役所然として見えた。エレベーターを下りた丹波と林田は、慣れた様子ですぐ正面のドアを開ける。カウンターに座っていた若い女性に、丹波がにこやかな声を出す。

「アテネ村リニューアル促進室室長、丹波です」

室長というところで声が心持ち高くなる。女性はなかなかの美人で丹波の声は裏返っていた。

「室長、推進室です」林田が訂正する。

「ああ、もとい、アテネ村リニューアル推進室室長、丹波です」

カウンターの女性は、丹波の訂正を辛抱強く待ってから立ち上がった。愛想のよさと派手な化粧から見て、市役所からの出向ではなくペガサスの独自採用《プロパー》社員だ。

「承っております。会議室へご案内いたしますので、どうぞ、こちらへ」

会議室はいま開けたドアの隣だった。初めてではないのだから直接行けばいいと思うのだが、企業幹部に対するような応対が嬉しいらしく、丹波も林田も上機嫌だ。

絨毯《じゅうたん》が敷かれた贅沢な部屋だった。ペガサスの二十数名の事務職全員が働けそうな広さがある。まだ整っていないという推進室の受け入れ態勢は、少なくともスペースの問題ではなさそうだ。長テーブルが二列に並べられ、その片側にペガサスの幹部たちが並んでいた。

ざっと数えて十人。丹波が若く見えるほど平均年齢が高い。揃いもそろって地味なスーツとネクタイ。結婚披露宴の叔父叔母席から、叔母を抜いた感じだった。

「おお、タンさん、待ってたよ」「毎度、ご苦労だねぇ、丹波くん」あちこちから声がかかり、そのたびに丹波は、いよっと片手をあげたり、頭を下げたりしている。林田はテーブルの中ほどに座る男の前で腰を九十度に折り曲げていた。

「やや、遠野君じゃないか、懐《なつ》かしいねぇ」

「あ、どうも、おひさしぶりです」

啓一に声をかけてきたのは、最初の部署だった総務部の元部長だ。

ペガサスの社員は、ほとんどが駒谷市役所を定年退職したOB、もしくは出向職員。かつて市議会で見かけた顔もある。中央に座る、老猿に背広を着せたような理事長は、数年前まで地元選出の有力県議だった男だ。

「えー、このたびアテネ村リニューアル推進室に配属された遠野君です。三月までは健保課の主任として手腕をふるい――」丹波が仲人《なこうど》のような口調で啓一を紹介する。「ご挨拶が遅れたのは他でもありません。じつは――」

ぎっくり腰のことまで話しはじめて、理事たちの失笑を浴びてしまった。当の啓一は、必要以上に腰をまっすぐ伸ばして、「よろしくお願いします」とだけ言った。

それから全員と名刺交換。よく考えてみれば、ここの社員になったわけだから名刺を交わすのは妙なのだが。

理事長

副理事長

副理事長

理事

理事

理事

……

事業部長と催事課長という若い——といっても啓一より年上のはずだ——二人をのぞけば、出席している十一人のうち九人に理事の肩書がついている。

九人の理事とその他二人は縦一列に並んでいた。右手に配置されたテーブルはおそらくイベント企画会社の人間のために空けてあるのだろう。まだ空席で、その先にホワイトボードが置かれていた。丹波は当然のように右手へ行き、いちばん奥の席に座った。その隣に座ろうとした林田が、啓一を振り返って、わざとらしく言う。

「ささ、係長、どうぞ、奥へ」

別に林田との席順などどうでもよかったが、自分たちが業者側の席に座ることに違和感があった。

「遅いなぁ。もう十時五十八分だぞ」

会議の開始時間は十一時だったが、理事の一人がとんでもない遅刻だと言いたげな口調と視線を事業部長に投げかける。事業部長はアテネ村の支配人なのだが、この理事会では末席扱いのようだった。

「遅いですねぇ。なにをやっているんだ、まったく」

事業部長は、お前の責任だと言うようにその隣の催事課長を睨《にら》む。

「まったくです」

催事課長もそのまた隣を見たが、そこにはもうドアしかなかった。

十一時を三分ほど回った頃、会議室に三人の男が入ってきた。

緑のネクタイを締めた黄色いセルフレーム眼鏡、白いダブルのスーツのたわし髭《ひげ》、長髪をちょんまげにした縁なし眼鏡。

三人がお揃いのような紺スーツの理事たちと向かい合った様子は、まるでどじょうの水槽の中に熱帯魚が迷いこんだようだった。啓一も昨日と同じダークスーツで、いつもより地味なネクタイを締めているから、どじょうの一匹なのだが。ちょんまげの結びめがゆるんだネクタイと、ジーンズの外へ出したシャツに理事たちの何人かが眉をひそめた。

「遅くなりまして申し訳ありません」

セルフレームが悪びれるふうもなく頭を下げ、二人の上司らしいたわし髭が、理事たちにちょんまげを紹介した。

「今日はプランナーを連れてまいりました。企画の詳細に関しましては、彼がご説明します」

小さなざわめき。自分の息子ほどの若造の話を聞かなくてはならない不満と、自分たちが軽んじられているのではないかという不安が、ため息や囁《ささや》き声になったのだ。理事たちの動揺に背を向けて、たわし髭がホワイトボードに文字を書きはじめた。

『駒谷アテネ村　ゴールデンウィーク・スペシャルイベント』

ハネもトメもない店頭ポップのような文字。丹波が朱墨を入れたそうな顔をしている。

ちょんまげが背中にしょっていたバッグからパソコンを取り出し、セルフレームがデスクの上にプロジェクターをセットする。ちょんまげがキーボードを叩くと、ホワイトボードにスケッチ画が映し出された。

アテネ村の中央広場を描いたものだった。噴水の手前に設けられたステージにドレスとタキシードで正装した男女が立っている。映像にはこんなタイトルがつけられていた。

『イベント企画プラン①　駒谷混声合唱団コンサート』

「これを今回のイベントのメインにします」

ちょんまげのぶっきらぼうな説明をたわし髭が補足する。

「先日、お伺いしたお話をもとに、アイデアを一から練り直してまいりました」

「うん、これははずせないからねぇ」

理事のひとりが言うと、誰もが頷く。丹波もしきりに首を上下させながら、啓一の頭ごしに林田へ囁いた。

「前回の時には、ずいぶん物議をかもしたからねぇ。駒谷のことを何も知らないで奇天《きて》烈《れつ》な案をいろいろ出してきて」

林田も啓一を素通りして答えている。

「この間のものもあの男が考えていたのでしょうなぁ。あんな若い男がアイデアを出していたのだから無理もありませんが」

若いといってもちょんまげの言動はふてぶてしいほど落ち着いている。まわりに年寄りが多いのと、服装のせいでそう見えるだけで、実際には林田と変わらない年齢かもしれない。

駒谷混声合唱団コンサートがイベントのメインになっているのは、たぶん市長夫人がメンバーに入っているからだろう。平均年齢五十いくつかのこの合唱団は、前回の市長選挙の時、立ち会い演説をする増淵市長の後ろに控え、『歓《よろこ》びの歌』を歌っていた。

次の映像。薄茶色の法被《はっぴ》を着て、頭に皿を載せた群衆が両手を宙に差し上げて舞い踊っているシュールな絵だ。タイトルは『企画② ろくろ踊りパレード』。

ろくろ踊りは駒谷に古くから伝わる郷土芸能だ。首ひもで固定した駒谷焼の鉢皿をかぶり、両手で炭焼き用の薪《まき》を打ち合わせながら、すり足で歩くという退屈な踊りで、啓一も小学生の頃、父親が回り持ちの夏祭り実行委員になったために、むりやり駆り出された経験がある。同級生たちからはさんざん笑われ、しばらく「カッパ」というあだ名で呼ばれた。

ろくろ踊り保存会会長は、市の教育委員会の前委員長で、ペガサスの理事長とも親しい。そもそも理事長は保存会の副会長だ。

混声合唱団のコンサート、ろくろ踊り。どちらも去年のイベントで行なわれたものだ。いや、資料を見たかぎりでは、開園以来毎年常に、この二つがイベントの目玉になっている。

「期間中、一日一回、アテネ村内をパレードします。所要時間は一時間」

ちょんまげが抑揚のない声で言う。たわし髭がそのそっけない口調を補った。

「パレード形式。これもご意見の中からアイデアをちょうだいしたものです。そちらの副理事長さんのご提案でしたか……」

そつなく二人の副理事長のうち理事長の右手に座ったほうに視線を走らせた。頭髪の乏しい脂《あぶら》ぎった丸顔で、ぎょろ目の下には濃いくま。「タヌキ」というあだ名をすぐに思いつく六十男だ。

名指しされた副理事長が少し胸をそらせる。理事長は口をへの字にしたままだったが、「へ」の字の両端がいまにもつりあがって「ん」の字になりそうだった。もう一人の副理事長があわててつけくわえた。

「一回では少なくないかね」

こちらは対照的に重そうなほどの白髪で、喋《しゃべ》るたびに痩《や》せた首をテーブルのこちら側に伸ばしてくる様子は、鶴のようだった。たわし髭がすかさず合の手を入れた。

「あ、それでは、午前、午後、二回ずつにいたしましょうか」

「一日に二回かぁ。まいったなぁ」

理事長が上機嫌な声で嘆いてみせると、理事たちが口々に行儀のよい冷やかしの言葉や、理事長のかくしゃくさであれば問題ないなどと激励の声を投げかける。

問題はあるかもしれない。理事長は八十近い高齢で、普通に歩いていてもろくろ踊りのすり足の動作をしているふうにしか見えない。しかし、「ご無理をなさらないほうが」と彼の体を気づかう言葉を口にした理事のひとりは、理事長から睨まれていた。

「何でしたら、一日三回にいたしましょうか」

たわし髭が派手な身なりに似合わない如才ないジョークを飛ばして一同を沸かせる。ちょんまげは顔をそむけたまま無言でパソコンを操作し続けた。

『企画③　駒谷物産展&実演販売』

「いいじゃないか、前回とは大違いだ」

理事の一人が賛美の声をあげた。

これも名称が変わっているだけで、何年も続けられている催しだ。啓一は理事たちの大反対にあったらしい前回の提案を見てみたかった。「全面的に否定されました。見る価値はありません」林田はそう言って企画書を啓一に見せようとしなかったが、見ておけばよかった。いま見せられているプランより価値のない企画書がこの世に存在するものかどうか、ぜひ確かめてみたい。

『企画④ ゆーもあマジックショー』

タイトル名を口にするのも嫌だ、というふうに口をつぐんでしまったちょんまげにかわって、たわし髭が説明を加える。

「地元のマジック倶楽部《くらぶ》の方々にご登場願います。こちらのご出身だとお聞きしたマジシャンの大木《おおき》曾《そ》龍斎《りゅうさい》さんにも、すでに出演を快諾していただいております」

「うんうん」理事のひとりが大きく頷いている。「こういう軽いものもなくてはね。とかく固くなりがちだからねぇ、私らだけで考えると」

大木曾龍斎？ まだ生きていたのか？ 十年近く前、バラエティ番組の『あの人はいま』コーナーで姿を見たのが最後だ。その時ですら、すでにマジックは古臭く、手もとはおぼつかず、帽子から出す前にタキシードのそでから鳩が顔を出して鳴きはじめて、司会者やゲストたちの嘲笑《ちょうしょう》を浴びていた。

黙りこんだままのちょんまげをひと睨みしてから、たわし髭が短軀《たんく》をそり返らせた。

「イベントのシンボルマークも前回の提案は取り下げさせていただきます。従来通り、藤城辰興《ふじしろたつおき》先生の作品を使用したいと思います」

藤城辰興は美術界の大御所で、駒谷出身の数少ない名士だ。どうやらアテネ村の主要なデザインは彼が手がけるのが慣例になっているらしい。しかし、藤城辰興は日本画家だ。プロジェクターで映しだされたシンボルマークは、まるで蓮《はす》の花のような薔薇《ばら》の絵だった。啓一にはアテネ村のキャラクター『ゼウスくん』が福耳で、ギリシア神話の大神というより釈迦《しゃか》のような顔立ちであるわけがようやく理解できた。

「シンボルマークと同様、ロゴタイプも――」高齢の理事たちが聞き慣れないカタカナ言葉に首をかしげるのを見てとって、たわし髭がすかさず言いかえた。「題字も藤城先生にお願いできたらと考えております」

理事たちが満足そうに頷《うなず》く。丹波だけが少し不服そうだった。自分が任されるのではないか、と期待していたのかもしれない。

「藤城さんならだいじょうぶ。僕が口添えをするよ」

鶴のほうの副理事長が自信たっぷりに請け負った。

「いやぁ、助かります。一般の民間企業ではこうはいきません。こちらのようにキャリアとステータスのある方々ばかりですと、スムーズに事が運ぶものですねぇ――」

たわし髭の露骨なお世辞に理事たちの鼻の穴が一斉にふくらんだ。三年半とはいえ民間企業にいた啓一には、たわし髭が話のまとめに入っていることがわかった。相手をおだてあげて、異論が出にくい雰囲気に持っていく。まっとうな会社には通用しない古臭いプレゼンの手口だ。きっとペガサスの理事たちはなめられているのだ。いや、彼らだけじゃない。丹波や林田や自分もだ。ちょんまげが小馬鹿にした目つきで一同を眺めまわしている。思わず肩をすくめてしまった。はるか昔、ろくろ踊りの子ども組に加わった時の気分になった。

いままでとは違う日々が始まるかもしれない——啓一は新しい職場にそんな不安を抱き、同時に期待していた。それがいま、きれいさっぱり消えた。心配はいらないし、望みも叶《かな》わない。結局、何も始まらないのだ。ここでも、いままでと同じ役所仕事が続くだけだ。

『うちのお父さんの仕事は、えらい人にこうしなさいと言われたことに、はいと言って、それをきちんとやることです』

「えー以上でご提案を終わります。いかがでしょうか」

理事たちが理事長の顔を窺《うかが》っている。

「理事長」

遠慮がちな声に、理事長が半眼を開けた。どうやら居眠りをしていたらしい。

「ああ、かまわない、いいと思うよ」

狸のほうの副理事長が言った。

「私もだいぶ練り上げられてきたと思う。誰か異論はあるかい」

異論しかなかったが、もちろん啓一は黙っていた。自分一人が異を唱えたところで、結論の変わらない紛糾が起きるだけだということは、この八年間で身にしみている。

「では、この線で進めさせていただきます。続きまして、制作費とスケジュールについての説明を——」

たわし髭の言葉とはうらはらに、突然プロジェクターが動きはじめた。

ホワイトボードに映し出されたのは、薔薇園を背景にした詳細なイラストだ。遊歩道以外は立入禁止の薔薇園の中を、チョッキを着たうさぎが走り、それを子どもたちが追いかけている。背景には玉乗りやジャグリングをしているトランプの兵隊が描かれていた。画面の上には、こんな文字。

『企画⑤　アリスのローズガーデンパーティ』

たわし髭が画面の中のあわてうさぎのように目を丸くした。

「おい、沢村」

沢村と呼ばれたちょんまげは椅子から立ち上がり、たわし髭を無視して喋りはじめた。

「前回、提出した企画をブラッシュアップしてみました。パイプスライダーを不思議の国の入り口にするのです」

いままでとは打って変わった早口でまくし立て、手早くキーボードを叩く。

今度はアテネ村の唯一のアトラクションと言っていいパイプスライダーの俯瞰《ふかん》図。出口は西洋風の小さな城になっている。

「ここは鏡の国。各種のマジックミラーを組み合わせたアトラクションです。そして――」

帽子屋の扮装をしたピエロと、三月うさぎの着ぐるみが座っている野外のティーラウンジが映ったところで画面が消えた。たわし髭がセルフレームに切るように命じたからだ。

狸の副理事長が吐き捨てた。

「もういいよ、そういうものは。この間と同じじゃないか。なにもわかってないねぇ。我々が前回の提案を失格だと言ったのは、駒谷ともアテネともなんの関連性もないからだと言ったじゃないか」

啓一にはろくろ踊りや混声合唱団もアテネとは何の関係もなさそうに思えた。そもそもアテネ村自体のコンセプトが、あまり偉そうなことは言えない。

コンセプトの前に建設ありきだった。海外の国々を題材にしたテーマパークは、アテネ村がつくられる以前に数多く存在していた。ドイツやカナダ、オランダといった有名どころは残っておらず、建設計画が発表された時には、トルコやモンゴルをテーマにしたところまで出現していた。コンセプトらしきものがあるとしたら、駒谷の緯度がギリシア――ただしアテネではなく南端のクレタ島――とほぼ同位置にあること。そして駒谷が古くからの神話の地――ヤマトタケルノ命《ミコト》が東征の折りに立ち寄ったという伝承があるだけだが――というこじつけ同然のものだけだ。

座っていた時は華奢《きゃしゃ》に見えたが沢村は意外に長身だ。理事たちを見下して言った。

「今回のプランで集客が見込めると、本当にお考えですか」

誰も返事ができなかった。沢村は高齢の理事たちを見放すように首を横に振り、彼らよりは若い啓一や林田に目を向けてくる。啓一は沢村の勇気に拍手を送り、「そのとおり」と言ってやりたかったが、実際には、視線をそらすことしかできなかった。

また居眠りをはじめてしまった理事長に替わって、狸の副理事長が答える。贅肉の多い頬が怒りで震えていた。

「集客、集客と言ったってねぇ、君。このイベントは集客だけのために開催しているわけじゃないんだ。駒谷市の地域活性、知名度やイメージのアップという大切な目的があるのだよ」

「これでイメージがアップするでしょうか?」

「沢村、いいかげんにしろ」

たわし髭《ひげ》が目を剝《む》いて立ち上がった。狸が沢村の後で結んだ長い髪と緩んだネクタイへ、嫌悪感《けんおかん》剝き出しの視線を向けている。理事の一人が、忠犬が吠《ほ》えるように狸の副理事長の言葉を継いだ。

「私たちはね、君らとは違うんだ。利潤ばかり追求するわけにはいかんのだよ。それを税金の無駄づかいだのなんだのと見当はずれの批判が多すぎる」この男は市役所の元農林部長。自分がすでにそこの人間ではないことを忘れている口ぶりだった。「我々は君らのような中小企業の人間とはわけが違う――」

そこで口をつぐんでしまった。沢村が勝ち誇った顔で小首をかしげてみせた。その顔には「あんたらも中小企業でしょ」と書いてある。

「もう、よせと言ってるだろうが」

たわし髭が怒り声を出し、沢村の後頭部を押さえつけて頭を下げさせようとしたが、身長が違いすぎてうまくいかなかった。手が届かないかわりに荒らげた声を浴びせると、沢村は音を立ててパソコンを閉じて部屋を出ていってしまった。

たわし髭が赤べコ人形のように何度も平身低頭する。

「申しわけありません。まことに、まことぉにぃ、申しわけありません。礼儀を知らん男で。悪気はないんです。ただ仕事熱心なだけでして」

「我々が仕事熱心ではないということかね」

鶴の副理事長にそう言われて、二重あごをぶるんと震わせる。

「いえいえいえいえいえ、とんでもございません、みなさん本当に……」

もみ手をして、またお世辞を口にしかけたが、そこで口を閉ざし、またもや赤べコの動作だけを繰り返しはじめた。言うべき言葉が見つからなかったのかもしれない。

「大変失礼いたしました。誠心誠意、やらせていただきますので、どうか引き続き、今回の企画を我々に――」

　向こう側のテーブルに並んだ顔はいちように不機嫌だったが、文句は出ない。たぶんこの会社が選ばれたのは、誰かのコネなのだろう。たわし髭や理事たちの視線のゆく先を見ているかぎり、職権を濫用《らんよう》したのは理事長らしいが、当の理事長も何も言わなかった。なにしろ体を揺らして居眠りをしている最中だ。

「予算も練り直してまいりました。ご納得いただける金額ではないかと考えておりますが――」

　鶴の副理事長が、ふんぞり返ったままてのひらをひらひら動かした。見積もりを見せろと言っているのだ。セルフレームが数枚つづりの書類をうやうやしく差し出すと、鶴は白髪頭に眼鏡を押し上げ、指をひと舐《な》めして表紙を繰った。

金額に対しては自信があるようだ。たわし髭が頭を撫《な》でてもらうのを待つ犬みたいな顔でもみ手を続けていたが、鶴は褒めようとはしなかった。

「いかんな、これは」

たわし髭のあごが揺れ、目玉がふくらんだ。

「何か……問題がございましょうか……」

鶴が眉をひそめて言った。

「去年よりずいぶん低くなっている」

隣の理事も覗《のぞ》きこんで顔をしかめた。

「確かに例年に比べて安いですな」

狸のほうの副理事長が渋い顔で首を振った。

「今年は、ミス駒谷コンテストがないからだな。あれは県内のお歴々を審査員として招く絶好の機会だというのに。副知事も佐久間《さくま》先生も楽しみにしておられたのだ。佐久間先生は国会を放ってでも来るとおっしゃっていた。なのに、あの女が……」

いまいましげに言う。あの女というのは駒谷に在住する学者の室田《むろた》順子のことだ。ちなみに佐久間先生は、駒谷を選挙地盤にしている建設族の衆議院議員。

室田順子は名古屋にある女子大の助教授で、評論家としてもマスコミにしばしば登場する人物だった。なぜか駒谷郊外の農村地帯に居を構え、名古屋とここを往復する生活をしている。専門は臨床心理学だが、環境問題から女性・マイノリティー問題まで多分野に一家言を持ち、駒谷どころか全国的な影響力を持っている。彼女の反対でミスコンが中止になったという話は、啓一も聞いていた。

「この金額じゃあ、予算を消化できない。またぞろ業態縮小などという論議を蒸し返されてしまう。もっと色をつけられんのかね」

「はぁ、そうまでおっしゃるのなら」

思いがけない僥倖《ぎょうこう》にたわし髭は目を輝かせたが、鶴の副理事長の次の言葉で肩を落とした。

「もちろん企画料金はこのままでいい。監査がうるさいからな。実費だけ増やしてくれ」

「実費、ですか……実費とおっしゃられても、これ以上は……」たわし髭は、髭をしごきながら首をかしげた。「たとえば、そうですね……夜間まで開園時間を延長して、園内をライトアップいたしましょうか」

人事担当らしい理事が異を唱えた。

「それはいかんよ。現場従業員の勤務体系を変えるわけにはいかない」

市民から批判されても、アテネ村が議会や市役所から支持されている理由のひとつは、アテネ村とペガサスが貴重な天下り先になっているためだ。

「ろくろ踊りの法被《はっぴ》を新調しようか」

「あれは駒谷染め振興会から寄付されたものですから、替えるわけには……」

理事たちの声を制するように、狸の副理事長が手を叩いた。

「例年どおりポスターをつくるんだろ。あれを豪華にしたらどうかね。地元出身のタレントを使ってはどうかな」

「地元出身と言いますと、やはり大木曾龍斎さんですかね」

「古川ちはるとか」

古川ちはるは駒谷出身の子役女優。活躍したのは昭和二十年代で、いまは六十近い年のはずだ。生きていればだが。

事業部長が難物の古狸へ控えめに答えた。

「ポスターはすでに制作中でして、印刷スケジュールを考えますと、難しいかと」

林田が銀色のアタッシェケースを誇らしげに光らせて書類を取り出した。もったいぶって眺めはじめたのは、ポスターの制作スケジュール表だ。そういえば自分は広告宣伝の大役で忙しいのだ、と自慢げに言っていたっけ。もう入稿の日時が迫っているという事業部長の説明に、啓一に見せつけるように大きく頷《うなず》いていた。

「なんとかならんのかね、たかが紙きれ一枚だろうが」

自分の名案に異を唱えられたことに、狸が露骨に顔をしかめるのを見たとたん、事業部長は推進室の三人へ顔を振り向けた。

「どうだろうか？　難しいかもしれん。ねぇ、林田君」

「は⁈」

林田がデッドボールを食らった顔になった。

「今回、ポスター制作に関してはアテネ村リニューアル促進室にも参加してもらっているのですよ。彼らがきちんと進行してくれているので助かります。ねぇ、林田君」

林田はデスクに広げたスケジュール表を二つに折り畳んだ。

「……いえいえ、私などただ末席で眺めているだけでして……」

スケジュール表を四つ折りにしている林田を、狸の副理事長はもうすっかり責任者だと見なしているようだった。

「どうなんだね、君」

君という言葉は、八つ折りにしたスケジュール表を手の中に握りこんだ林田に向けられたものだ。林田は副理事長と事業部長の顔を配属希望申請書のように見比べ、いつものドラ声からは信じられないか細い声で答えた。

「……私も、無理ではないかと」

「困ったねぇ」

副理事長（狸）が言った。アテネ村リニューアル推進室など役に立たない、と言わんばかりの口調だった。

「いやぁ、困った」副理事長（鶴）も言った。

「困りましたな」

「困りましたねぇ」

理事たちが輪唱をする。

「やはりミス駒谷コンテストに替わる出し物が必要ですなぁ」

「そうですなぁ」

「ですなぁ」

「新規アトラクションを用意せねば」

ひとりが言った。

「さっきのアリスのなんとかの一部を採り入れたらどうでしょう」

「いかんよ、テーマ性がまるでない。駒谷をピーアールしようという意志がまったく感じられない、と保田《やすだ》副理事長もおっしゃっているじゃないか」

「第一、薔薇《ばら》は危険だ。棘《とげ》があるじゃないか。もし入場者が怪我《けが》でもしたら、責任問題になる」

「薔薇の棘！　あれはいかんよ」理事長よりさらに高齢に見える老理事が、由々しき大事という勢いで机を叩いた。「破傷風の原因になるのだ」

「ウサギに服を着せて子どもに追いかけさせるっていうのも問題だな。彼らはいまの時代の流れをわかってないんじゃないかね。動物愛護団体がうるさいよ、ああいうのは。室田女史の取り巻きにおるじゃないか、ふくろうの森を守れだのなんだのと『駒谷ふれあいプラザ』の建設に反対してる連中が」

「本橋理事、あのウサギはぬいぐるみです」

女三人寄ればかしましいと言うが、平均年齢六十余歳の男たちもこれだけ集まると、鶴のそうとうやかましい。狸の副理事長に賛同する意見が多いのが癇《かん》にさわったのか、鶴の副理事長が言いだした。

「いいじゃないか。やらせてみれば。ろくろ踊りや混声合唱団コンサートの座興として。入場者には子どももおることだし」

と突然、理事たちの風向きも変わった。

「なるほど。薔薇の棘は痛いということを知るのも、自然学習のひとつではありますからな」

「ウサギ追いし、かの山——児童の教育の一環ということにすれば問題はないかもしらんねぇ。服を着せ、眼鏡をかけさせたりするのはいかんが」

「本橋理事、あのウサギはぬいぐるみです」

風向きが変わったのは、話の途中で狸の副理事長がトイレに立ったからだ。狸が再び戻ってくると、一同は口を閉ざしてしまった。ハンカチで手を拭《ふ》きながら狸が言った。

「私は一向にかまわんよ」

ドアの外でしっかり話を聞いていたらしい。

「しかし、例年つつがなく行なってきたイベントに、妙な手を加えて問題や苦情が発生した場合、誰が責任を取るのかね」

　沈黙がさらに重くなった。誰も答えない。

「ここはひとつ理事長一任ということで……」

　末席の理事が、いまや大いびきをかいている理事長に目を向けて言った。その言葉に、副理事長二人が同時に首を横に振る。その顔にはそれぞれ、馬鹿なことを言うな、話をこれ以上ややこしくするな、と書いてあった。

　耄碌《もうろく》しているとはいえ理事長は依然、駒谷の実力者だ。次の天下り先、市役所に戻った時の自分のポジション、まだ諦《あきら》めていない市議への復帰、彼が娘婿《むすめむこ》に経営を譲った——ということになっている建設会社の下請け仕事。理事たちにはそれぞれに顔色を窺《うかが》わなくてはならない事情があるようだ。

　丹波がこほんと咳《せ》きこんだ。狸の副理事長の首がミサイルの発射台のようにゆっくりとこちらに向いた。目を細めて丹波をロック・オンする。

「そうだ、ここは促進室に任せよう」

　机の上に組んだ腕へ顎《あご》を載せて、古狸そのものの顔をした。

「どうだろう、新規の出し物に関しては、いっさいがっさい促進室一任と言うことで」

「そうだなぁ、せっかく市がここに送りこんできたのだからねぇ。少しは働いてもらわなくては」

理事の一人が皮肉っぽい言葉と視線を啓一たちに浴びせてくる。もう一人はさらに露骨にあてこすりをしてきた。

「リニューアル促進室は、さぞ優秀なんだろうねぇ。うちを立て直すためにつくられた特命担当チームだそうだから」

「あ、名称が変わりまして、現在はアテネ村リニューアル推進室です」

丹波がのん気にどうでもいい訂正をくわえた。

事業部長が林田に片手を差し伸べた。ババ抜きのババを引かせる手つきだった。

「じゃあ、ポスターも推進室に一任するよ。そのほうがいいだろう」

林田がワンバウンドのボールを金玉に当てたような顔をした。

「そう言えば、遠野君は、もと民間で、イベント企画の仕事をしていたんじゃないのかい？　ほら、東京のあの有名な会社の宣伝部で――」

元上司の理事が突然そんなことを言いはじめた。違う。啓一は商品企画部だった。イベントの企画に立ち合ったことがあると話したのを勘違いしているのだ。訂正しようとする前に、事業部長が林田から啓一に視線を移した。

「民間でねぇ」含みのある口調で顔を眺めてくる。役人には珍しいダブルのスーツと、大量の整髪料で光らせた頭が、俺は上を目指す人間だと主張しているようだった。侮蔑《ぶべつ》と自嘲《じちょう》を半分ずつカクテルして嫌みを数滴垂らした口調で言った。「それは頼もしい。

よろしく頼むよ」

「では新規の企画は推進室の担当ということで。いいね」狸の副理事長が啓一たち三人を視線でなで切りにした。「おおいに手腕をふるってくれ」

よけいなことはするな、と言っているように聞こえた。

啓一は丹波に顔を向けて「だいじょうぶだろうか」と、目で訴えた。鈍感なのか、意外に大物なのか、丹波はあわてず騒がず、眺めていた腕時計から顔をあげて、「問題ない」というふうに、頷き返してくる。

たわし髭《ひげ》がスケジュールに関する説明をはじめたとたん、正午を告げるチャイムが鳴った。会議室の空気が一瞬にしてゆるんだ。理事長が小さく唸《うな》って目を覚ます。

「そろそろ、いいんじゃないか、このへんで」

涎《よだれ》をすすり上げながら言う。何がこのへんでなのかよくわからないが、テーブルの向こう側にいる全員が、同じ動力で動く人形のように一斉に頷く。たわし髭たちは、説明途中で書類だけを置き、そそくさと逃げ去っていった。

「いよいよだねぇ」丹波が喉をつまらせる。

「いよいよですな」林田も弾んだ声を返した。

何が始まるのだろう。イベント企画会社の面々が出ていくのと入れ替わりに、女性社員二人が風呂敷包みを下げて入ってきた。テーブルにお茶と漆塗りの重箱が置かれる。

丹波が声をうわずらせた。

「お、今日は美乃里《みのり》亭の山海弁当だね」

「前回は駿河屋《するがや》の鰻《うなぎ》でしたな。あれは美味《うま》かった。やはり天然物は違う。室長の鰻からは釣り針が出てきましたものねぇ」

美乃里亭は駒谷随一の料亭。駿河屋も県の観光案内には必ず掲載される名店だ。どちらも自腹で食えば、ランチでも三千円は下らない。丹波たちが「今日は何が出るか」と期待していたのは、この弁当のことだったらしい。

林田が折り畳んだポスター制作スケジュール表を、重箱を使って啓一のほうに押しやってきた。本当にババ抜きのジョーカーのようだった。啓一はそれをひじで押し返した。弁当を味わう余裕はなかった。若筍《わかたけのこ》の木の芽焼きを箸先《はしさき》で転がしながら言った。

「丹波さん、どうしましょう」

「ん、筍は嫌いかね。食わんのなら、私がもらってしまおうかな、はは」

冗談ではなく本当に箸を伸ばしてきたから、弁当を手もとにずらす。

「だいじょうぶでしょうか。新規アトラクションの件……」

丹波の声は意外なほど落ち着いていた。

「だいじょうぶだよ」茶飯の飯つぶを唇に張りつかせて言う。「難しく考えることはない。下手な考え休むに似たり、ちゅうてね。気楽に行こう」

「しかし、開催まで、あと三週間しかありません」

『アテネ村ゴールデンウィークイベント』は四月二十九日から。しかも推進室のメンバーはたったの五人。飯を食っているどころじゃなかった。

しかし丹波は悠揚迫らず、さくらの花形にしつらえた生麩《なまふ》を箸でつまみながらのんびりと言った。

「これから大変だろう」

「ええ、大変だと思います」

「しっかり頼むよ」

「は？」

「そうだったねぇ。君は民間出身だった。陣頭指揮をとってもらうにはうってつけだ。私には報告さえしてくれればいいから」

駒谷市役所の管理職の得意技、「丸投げ」だ。弁当を食いおわり、茶で頬をふくらまして口の中をすすいでいる林田も言った。

「お手並み拝見ですな、係長」

こいつもか。美乃里亭名物のくわいと地鶏《じどり》の揚げしんじょは、まるで泥団子を食っているような味だった。

午後五時十分。勤務時間を過ぎたばかりだが、推進室にはすでに人けがない。

丹波は午後、ここへ戻っても何の指示をするでもなく、いっこうに空かない第一会議室のドアが開くのを待ち続けた。四時になってようやく会議室が空くと、ホワイトボードにこう書いた。

『アテネ村リニューアル推進室　研修視察旅行』

今日のアテネ村リニューアル推進室に何か動きがあったとすれば、「ディズニーランド&ディズニーシー二泊三日」が仮決定——あくまでも仮——されたことだけ。新規アトラクションの件は、本当に啓一に任せきりにするつもりらしい。知るもんか。どうせ「よけいなことはするな」がペガサスの意向だ。啓一もペガサスから次の指示が来るまで何もしないつもりだったのだが、さすがに不安だった。だからこうして久しぶりの残業をしている。

とはいえ、さっきのイベント企画会社に電話をかけること以外に、すべきことは思いつかなかった。

沢村は不在だった。社長だというたわし髭は、沢村はまだ帰社しておらず、携帯電話もつながらない、と謝罪の言葉を繰り返すだけ。電話の向こうで頭をぺこぺこ下げているのかもしれない。声が遠くなったり近くなったりしていた。内容のことを問い合わせても、自分は制作関係のことはわからない、とやはり声を遠ざけたり近づけたりするばかり。連絡が欲しい、そう言って、外部の仕事関係者には、日頃はあまり教えない携帯の番号も伝えた。

後はため息をつく以外にすることはなかったのだが、哲平の作文に『お父さんの仕事はぜんぜんいそがしくありません。いつもおひさまがしずむ前に帰ってきます』などと書かれるのが怖くて、林田が「名前を変えただけで、同じことを言っているだけだ」と言っていた沢村の前回の企画書を読む。

個人的な趣味に走り過ぎているきらいはあるが、面白い企画だった。アテネ村は小さな子どもがいる家族がターゲットだし、いままで駒谷を素通りして、隣街のハーブ園や湖畔のレストランやリゾートホテルに足を向けていた若い女性客も少しは立ち止まらせることができそうだ。問題があるとしたら、これをこのまま実現させても、理事たちの賛同を得られないということだった。

ぼんやり企画書を眺めていると、電話が鳴った。沢村からだろうと思ったら、違った。商工部長からだった。啓一に出向の話を持ちかけてきた張本人。国際交流課時代の上司だ。「よお、遠野。やっぱりまだいたか。こんな時間までご苦労だな。すぐ来てくれないか」

部長のデスクは商工部商工課の奥、パーティションで囲まれた部屋にある。単に間仕切りをしてあるだけの推進室と違って、きちんと密室になっていた。

「おうおう、ご苦労さん」

啓一の顔を見ると、部屋の隅にある応接用のソファをすすめてくる。自身はデスクの椅子に丸い体を沈めたまま煙草に火をつけた。庁内全面禁煙でも、ここは治外法権だ。啓一にも火を差し出してきたが、丁重に断った。

「丹波クンの議事録、読ませてもらったよ。三日後に清書して提出するというのを無理やり取り上げたんだけどね」

「クン」と言っても、商工部長は丹波よりいくつか年下だろう。彼は万事横並びの駒谷市役所では数少ない「勝ち組」と呼ばれる人間の一人だ。

「ゴールデンウィークイベントを推進室が担当するんだって？」

「はあ……」

「大いに結構。ペガサスの連中に任せても、どうせ去年の再現フィルムのようなものしかやらんだろうからな。がんがんやってくれ」

「といっても、新規の小さな企画をひとつだけです」

「いやいや、謙遜《けんそん》しなくてもよろしい。小さな一歩でも大いなる前進だ。俺に言わせればペガサスにはこれまで勝手なことをさせすぎたんだ」

「しかし、理事たちは、どんな企画を出しても承諾してくれそうにありません」

言いつけ坊主のようなことはしたくなかったが、思わぬ援軍の出現に内心ほっとして、つい愚痴めいた口調になってしまった。

「承諾なんぞいらんよ。我々が株主だ。文句を言わせるな。リニューアル推進室は室長決裁で事を進める、あらかじめペガサスにはそう通達してある。好きにやりたまえ」

「好きに、ですか？」

「そ、好きにやって」

市役所に勤務して八年、ついぞ聞いたことのない言葉だった。商工部長は民間企業でも出世しそうな男だ。つまり、勢いと押しの強さとその場の空気で物事を決めていくタイプ。

「もはや役所もトップダウンの時代じゃない。若い人間が自己責任、自己決定で事を進めねば、な。ボトムアップでゴーゴーだよ」

ボトムアップ。実際にはそういう体質からほど遠い組織が好んで使う言葉だ。

「もちろん君が実質的な担当者になるんだろ？」

「どうも、そういうことになっているようですが……」

啓一のせいいっぱい皮肉をこめた口調に、商工部長は気づかない。こういうタイプは、往々にして他人の細かい感情には鈍感だ。啓一の言葉を耳に素通りさせて、丹波の書いた議事録をめくりはじめた。

「相変わらず、正確で詳細だねぇ、彼の文書は。まるで速記録だよ」その褒め言葉とはうらはらに顔をしかめてみせた。「まぁ、それだけが取り柄というのもなんだがね。推進室にはもう少しいい人材を出したかったんだが、ペガサスに抵抗されてねぇ。あいつはよせ、こいつは寄越すなってずいぶん介入してきてね。なんせ保田副理事長は、職員課課長の吉田君の仲人《なこうど》だから」

ペガサスにとって推進室は、民間で言えば経営不振を理由に主力銀行から人間を送りこまれるようなものだろう。精鋭チームどころか、ペガサスの邪魔にならない人畜無害な人間が集められたというわけか——そっとため息をついてから、自分も彼らから反対されなかった一人であることに気づいた。もう一度、ため息。

「予算が足りないんです」

ついむきになって、担当者を引き受けたと認めるような口調で言ってしまった。

「予算が足りないんです。たとえば観光課と共催というかたちにすれば、もう少し何かができると思うのですが」

商工部長が肩をすくめた。

「それはできんよ。市からペガサスにはもう予算は出せない。考えてもみろ、いままでどれだけつぎこんできたか。ペガサスが予算の使い途《みち》にこまって投げ出したんだろ。いいチャンスじゃないか。それをじゅうぶんに活用したまえ。金がなければ知恵を出せ、ってね」

昔、勤めていた家電メーカーの上司みたいなセリフだった。自殺した同期の男は、

「お前は頭が使えないんだから、時間を使え」そう言われて徹夜を続けたのだ。

「期待してるよ。私だけじゃない。市長もだ」

ぽんと肩を叩かれた。必要以上に痛かった。啓一はもう一度念を押す。

「本当にこちらの裁量で進めていいのですか?」

「ああ、もちろんだとも」

商工部長がおおげさに胸を叩いて請け合う。それから意味ありげに笑って、たらこのような指を啓一に突き出した。

「ただし、ペガサスの理事長にだけはきちんと話を通して欲しい。ほら、あの爺《じい》さん、半分惚《ぼ》けちゃあいるが、まだ県とのパイプが繋《つな》がっているし、今度のナニで建設票をまとめる時にも無視できないからな」

「今度のナニ」というのは市長選挙のことだ。商工部長は自他ともに認める市長派だった。

どうしろっていうんだ? 治ったはずの腰がまた痛み出してきた。

遠野家のリビングには大ぶりの水槽が置いてある。といっても色鮮やかな熱帯魚が泳いでいるわけではない。水底に漬けもの石のように大きなカメが沈んでいるだけだ。

啓一が水槽を叩き、カメ用固形フードを撒《ま》くと、うっそりと浮かび上がってきた。特別なカメじゃない。ごく普通のミドリガメだが、飼っているうちに甲長二十センチ以上に巨大化してしまった。ふだんは動作がのろいくせに、食い物がからむとたんに機敏になる。へたに指を近づけるとペンチみたいな口に挟まれて、手痛いめにあうことになるから、水面から少し離れた高さから、首を伸び上がらせてきたところへ固形フードを落とす。カメがペニスみたいな首を伸ばして、素早く呑《の》みこんだ。

別に爬虫類や両生類を飼う趣味があるわけじゃない。まだ路子と結婚する前、夏祭の夜店のカメ釣りでたまたま釣り上げてしまったのだ。金魚釣り勝負で路子に完敗し、デメキンが三匹も入ったビニール袋を下げた浴衣《ゆかた》姿の路子に、「ケイちゃんって、けっこう不器用」などと言われたから、意地になってカメすくいに挑戦したのだ。網を七枚も使って。

ミドリガメがこんなに大きくなるなんて知らなかった。

哲平が生まれた頃には昆虫飼育ケースに水を張って飼育していた。かえでが生まれる少し前にそれが金魚用の水槽になり、いまでは紫外線ライトと水質濾過《ろか》器付きの専用水槽。いつも心構えより先に現実が進んでいく家庭生活そのものだ。カメはとんでもなく長生きだから、いつかバスタブを占領されるはめになるかもしれない。

名前は「ソクラテス」。深い皺《しわ》の中の、いつも半眼にして瞑想《めいそう》しているような目が、老哲学者を思わせるからだ。といってソクラテスが啓一に何かの助言をしてくれるわけではなく、啓示を与えてくれるわけでもない。

カメには野菜も必要だ。ソクラテスの好物はキャベツ。上陸用の化粧レンガの上にキャベツを置き、ソクラテスがのそのそと這《は》い上ってくるのを眺めていると、路子がダイニングテーブルから声をかけてきた。

「ねぇ、どうしたの」

「どうしたって、何が？」

路子が頬づえをついて読んでいた本を閉じる。

「あなたが、そうやってソクラテスをずうっと眺めてるのを見てると、なんだか私、心配になってくるのよ。たいてい何かあった時だもの。昔、地域活動でうまくいかなかった時とか。高校のお友達が交通事故で亡くなった時も。お義母《かあ》さんが病気になった時だって。なんだか年寄りの占い師に運勢を見てもらってる感じ。何かあったの？」

「……いや別に」

「あ、いま、ちょっと返事が遅かった。小説のせりふでいうと、点々六つ分ぐらい。いま読んでる本にはやたらに多いんだ。ほら、言ってごらんなさい。少なくともソクラテスより私のほうがいいアドバイスをしてあげられると思うけど」

「あのさ……それがさ……」

何をどう説明したらいいのだろう。比較的会話のある夫婦だと思ってはいるが、仕事の話はあまりしない。残念ながら、話すほどのことがないからだ。いまさら愚痴なんかこぼせない。

「仕事、忙しくなるかもしれない」

とりあえずそれだけ言うと、あきれ顔をされてしまった。

「なんだ、そんなこと。嶋田《しまだ》さんの旦那《だんな》さんに聞かれたら、角材で頭を殴り倒されるよ」

嶋田さんって誰だっけ。少しして製材所をリストラされた路子の友人の夫であることを思い出した。路子と話をしているとこういう知らない人間の名前がしばしば出てくる。路子に言わせれば、ちゃんと話しているのに啓一がいつもうわの空だからだそうだ。この町の年寄りに言わせれば東京から来た「よそ者」の路子は、駒谷で生まれ育った啓一よりはるかに人脈が広く、町の人心の動向に詳しい。

「なんて贅沢な悩みなの。バチがあたるわよ」路子が天を仰いで両手を広げるしぐさをした。「福本さんなんて女手ひとつで子どもを四人かかえて、昼はお土産屋さんで働いて、夜は旅館でお布団《ふとん》運びをして、その間に家事もして……一日何時間労働だと思う？忙しいっていったって、あなたの場合——」

そこでしまった、という顔をして口をつぐむ。公務員は暇だと部外者に言われるのがいちばんつらい。

「今月は、しばらく残業が続くかもしれない」

「残業ってどのくらい。二、三十時間？」

「よくわからないけど、もっとかな。五、六十時間ぐらい……かな」

「わおっ、すごい。しばらくは夜のお皿洗いとかしなくていいからね。かえでのお風呂も私が入れる。残業代で何か買いましょ。デジカメ？　夏物カーテン？　私、新しいジーパン買ってもいいかしら。どこかに何か食べに行くっていうのはどう？」

通常、公務員の「超過勤務手当」は民間の残業手当ほどあてにはならないし、最近はサービス残業もふえている。だが、駒谷市役所は全額保証だ。それどころか、まったく残業などしていないのに水増し支給までしている部署まである。その体質をそのまま受け継いでいるペガサスも、残業代に関しては、大盤振る舞いのはずだ。

「月に五十時間として……いくらになるのかしら。お寿司屋さんに行けるかな。たまにはくるくる回っていないお寿司も食べたいもんね」

明るくふるまってくれているらしい路子に悪いとは思ったが、正直に言った。

「いや、月にじゃない。週に五、六十時間」

いや、七、八十時間、これからすべきことを考えると、百時間を超えても不思議はない。路子は初めて驚いた顔になった。回らない寿司への期待と慣れない重労働に夫が倒れる不安がないまぜになっているらしいその顔に言った。

「忙しいのはいいんだよ。それは構わない。それより、なんだか妙なことに巻きこまれちまった気がして」

「妙なことって？　例のなんとか推進室の話？　どこの仕事なの？」

「今度、ゆっくり話す。いまは言いたくない。というか自分でもなんだかわからない」

路子が片ほほをぽこりとふくらませてから言った。

「わかった、じゃあ聞かない。でもね、ケイちゃん、アフリカへライオン狩りに行くわけでもないし、新大陸を発見しにいくわけでもないんだよ。たかが仕事じゃない。そんなに深刻になるなんて馬鹿らしいからやめな」

啓一はダイニングテーブルに戻り、氷がすっかり解けてしまったウイスキーのグラスを傾け、沢村からの連絡がいっこうに来ない携帯電話を見つめて、ため息をついた。

「また昔の会社にいたときみたいに円形脱毛になるかも」

「なによ、円形ぐらい。ケイちゃんぐらいの年で永久の人だっているのに」

「もしくは胃潰瘍。ああ、やだなぁ、胃カメラ飲むの。あれ、苦手なんだよ」

「お酒を辞めればだいじょうぶ。カレーやマーボーはかえでとおんなじ甘口にしてあげる」

「それは、やだ」

「哲平、はりきってたよ、生まれて初めての作文。お父《とう》の仕事のことを書くって。ママの仕事のことも書いてって言ったら、それはダメだって。そんなに忙しいなら、書くことたくさんありそう」

早くも胃がちりちりしてきた。

「今月だけなんでしょ。忙しいのは。なんだかよくわからないけど、その仕事が終わったら、ゴールデンウィークにどこか行きましょ」

「ごめん、それも無理。ゴールデンウィーク中の仕事なんだ」

またため息をついた啓一に、路子がまたほほを少しふくらませる。今度は右ほほ。

「妻が言うのもなんだけど、ケイちゃんはなかなかいいヤツだと思うよ。だけどね……」

次のせりふまで、路子の表現を借りると点々六つ分ぐらいの間があった。「ちょっとガツンっていう感じの迫力が足んない」

ガツン？　迫力が足りない？　路子からそんなことを言われたのは初めてだったから、ちょっとショックだった。

「変な意味じゃないよ。加奈子《かなこ》さんの旦那みたいに妻をガツンとやるようなDV野郎になれって言ってるんじゃないからね」

路子は自分がつくった二人の間のかぎ裂きを繕うように、手早く話題を変えた。

「DV？　ドメスティック・バイオレンスのこと？」

「そう。かなりひどいらしいの。で、室田先生のところへ相談に行ったみたい。私だったら殴り返してすぐに別れちゃうけど」

「俺はDV野郎にはなんないと思うけど、ストレスでED野郎になっちまうかも」

「情けない。いつまでもうじうじと。男でしょ」

「あ、それって逆差別じゃないか。室田先生に言いつけるぞ」

「あら、室田さんは別にフェミニズム運動家じゃないわよ。男女異質同権論者なの。ちゃんとおしゃれだってするし、料理も上手だし。いい人よ」

カルチャーセンターの客員講師をすることもある室田順子と路子が顔見知りであることは知っていたが、啓一が思っている以上に親しそうな口ぶりだった。

「去年、ミス駒谷コンテストのことが問題になった時だって、別に室田さんが反対したわけじゃないのよ。ただ不毛なイベントに無駄な税金を使うのはおかしいって言ってたのが、あの女はミスコンをジェンダーフリーがどうのこうのと批判したって話にすりかわっちゃっただけなんだから」

その不毛なイベントの担当者が自分の夫だと知ったら、路子はなんと言うだろう。やっぱり当分は自分の胸のうちに収めておいたほうがよさそうだ。

「もう、私、寝るね。ケイちゃんもお酒はほどほどにして早く寝なよ」

新しいオン・ザ・ロックをつくりはじめた啓一に、二階の寝室へ向かいかけた路子が振り返った。

「でも、今日のケイちゃんはいい顔をしているかもね。仕事に疲れた男の人の姿って案外セクシーっていう女は多いもの」

「そうかなぁ」

雨戸が閉じられ、鏡面になった窓を振り返ってみたが、うつろな目をした中年男の顔しか映っていなかった。階段を昇る足音とともに路子の声が飛んできた。

「あくまでも、一般論だけどね」

ウィスキーをひと口すすってから、考えた。

ガツンか。俺に足りないのは、ガツンなのか？　でも、ガツンってなんだ？

確かに優柔不断ではある。家族で外食した時に、最後までメニューを決められないのはたいがい啓一だ。気の弱いところがあるのは認める。友人の結婚式でスピーチを頼まれると、当日はいつも下痢になる。でも、他の男に比べて迫力不足だと思ったことはない。路子からはそれなりに頼られているとタカをくっていたのだ。

鏡に向かってグラスを差し上げ、思いつくかぎりのセクシーな顔をつくってみる。ぼんやり映った自分に向かって言った。

「ガツンが足りないんだよ」

返事をしない男のシルエットに指を突きつけた。ロッキー・バルボアみたいな鼻声で言ってみた。

「俺は、お前に、勝つ」

言ってしまってから、酔ってもいないのに一人芝居をしている自分が急に恥ずかしくなった。路子か子どもたちに聞かれはしなかったかと、後ろを振り向いてしまった。確かにガツンが足りないかもしれない。

ウィスキーを飲み干して寝室へ行くと、路子はまだ起きていて、スタンドの灯で本の続きを読んでいた。

「……ほんと点々ばっかり、今度は八つだよ」

夫婦の寝室にしているのは六畳間で、三つのふとんが川の字に並んでいる。真ん中のふとんでは、かえでが小さな大の字になって眠っていた。

少し前までは川の字ではなく、狭い部屋に無理やり四つふとんを敷いて寝ていたのだが、今年、小学校へ上がるのを機に、哲平は隣の部屋で一人で寝る練習を始めた。三日にいっぺんはまくらを抱えてこっちの部屋を訪ねてくるのだが。

かえでのふとんをかけ直し、よく眠っていることを確かめてから、路子が目尻に小さな笑いじわをつくった。

「少し元気づけてあげましょうか。EDになる前に。こんな私でよかったら」

路子が自分のふとんを半分はだけて、たれぱんだのスウェットの下を脱ぎ、上向きにした手のひらの指を一本ずつくねらせた。

「おおっ」

珍しい路子からのお誘い。一緒に寝ていた哲平が大きくなってからというもの、ここしばらく夫婦生活が難しくなってしまっていたのだ。受けて立たねば。

「よしっ、イタリアの種馬、ロッキー・バルボア、行きますっ」

啓一は路子のふとんにダイブした。

「タネイモ？」路子がくすくす笑いをする。

かえでが言った。「ママ、おしっこ」

4.

翌朝、出庁した啓一のデスクには北駒岳並みに書類が積み上げられていた。ゴールデンウィークイベントのポスターの版下とスケジュール表、関係各所の連絡先リスト、印刷実務や広告制作に関する書籍。広げた新聞で防御壁をつくっている林田に声をかける。

「ねぇ、林田君、これは何？」

課内閲覧用の日経新聞から林田の顔が突き出した。読んでいるのはどうせいつものようにスポーツ欄だろう。

「関係書類を揃えて置きました。不明な点がありましたら、なんでもおっしゃってください。何かお手伝いできればいいんですが。あいにく、私、事業部長から物産展の準備をフォローするように言いつかってしまいまして。どちらにしろ、一流企業で宣伝部にいた方にゃ、私なんぞ足手まといになるだけでしょうけれど」

いつになくへりくだり、不気味なお世辞を使って、ははは、と笑う。宣伝部ではなく商品企画部だと、否定する気力もなかった。まだ丹波が茶を淹《い》れてくれる人間が来るのを待って首を伸ばしている時間だったが、靴をサンダルに履き替えるのも忘れて資料を読みはじめる。スケジュール表に目を剝いた。

　ポスターを貼る場所は、駒谷《こまたに》市内各所とJR駒谷駅をはじめとする沿線駅で、各駅には来週中に搬入。版下の入稿日は今日になっていた。そうだ、路子の言うとおりだ。たまには「ガツン」と言ってやらなくちゃ。

「ちょっと待ってくれよ、いくらなんでも、これは――」

林田に声をかけたのだが、答えたのは丹波だった。

「渋すぎるよねぇ」

湯呑《ゆの》みを手にしてしかめ面《づら》をしている。いつの間にか啓一のデスクの角に供物みたいにコーヒーカップが置かれていて、斜め向かいのパソコンの上で徳永の伸びすぎたおかっぱのようなストレートヘアが揺れていた。林田の姿はいつのまにか消え、ホワイトボードには『物産展調整会議　終日』と書かれていた。

「室長、どうしましょうか、これ」

啓一は積み上げられた書類をてのひらで叩いてみせ、それから抗議の意味をこめて空席になった林田のデスクへ目を走らせた。丹波はうんうんと何度も頷《うなず》いてから言った。

「林田君の件は聞いたよ、林田君に。いよいよ推進室もフル稼働《かどう》だねぇ。私も報告書の書きがいがあると言うものだ。春は、蟄虫《ちっちゅう》みな動き、戸を啓《ひら》き始めて出づ、ちゅうてね」

伸びた鼻毛に気づかずに宙を仰ぐ。啓一はそれ以上何か言うのをあきらめて、電話を手に取った。

出たのは印刷会社の社長本人だった。居丈高な親爺《おやじ》で、無理だ、駄目だと繰り返すばかり。なんとか拝み倒して、週明けまで入稿を遅らせてもらえた。

それから版下を眺める。ポスターの印刷台紙だ。といってもただ眺めるだけで、何をどうしていいのかさっぱりわからない。再び電話を取った。今度は民間の会社だ。

誰も出なかった。公務員の早い退庁時間はしばしば揶揄《やゆ》の対象になるが、始業時間は普通の民間企業より早い。無駄を承知で何度かかけ直し、九時二十分にようやくつながった。

――ケイイチ？　珍しいな。何だよ、こんな朝っぱらから。

大学時代の演劇仲間だ。東京に本社がある広告代理店に就職したのだが、いまは大阪支社勤務。近況報告もそこそこに本題に入る。ポスターのつくり方を教えて欲しい、と言ったら、呆《あき》れ声を出された。

――素人《しろうと》がいきなりつくろうなんて思ったって無理だよ。業者に頼め。

「版下はもうあるんだ。印刷のプロセスだけ教えてくれれば――」

またまた呆れ声を出されてしまった。

――版下?!　お前のところはまだ縄文時代なのか？

「え、どういうこと」

――いくら田舎だって、いちおう市なんだろ。いまどき版下で入稿するなんて、めちゃくちゃ古いか、よっぽど小さな印刷屋だけだよ。市役所なら刊行物をいろいろ出してるんだろ。もうちょっとまともな印刷会社に仕事を頼めよ。

「いや、市役所には専門の部署があるんだ。この仕事は市役所扱いじゃなくて、いつもとは別のルートで――」

そこまで言って気づいた。事業部長は懇意の印刷屋に仕事を回しているんだ。狭い田舎町だから親類縁者なのかもしれないし、酒焼けした赤ら顔の男だったから、しこたま接待を受けたのかもしれない。

「じゃあ、いまはどうやるんだ」

――決まってるだろ。データで入れるんだよ、パソコンの。

「時間はどれくらいかかる?」

――ポスターだろ? うーん、俺、営業だし、しかもSP物はそんなに扱わないから、くわしいことはわからないけど。

と言いながらかなりくわしかった。広告代理店にとってSP物と呼ばれるマスコミ媒体以外の仕事は小物だそうで、景気のいい頃は、テレビのCMを指さして「俺の仕事だ」などと言っていた男だから、見栄《みえ》を張っているらしい。

――データで入れれば、そうだな、翌々日には色校正が出る。急ぐならその日のうちにそれを戻す。出張校正すれば十分で終わる。それから、刷版、断裁、搬入……トータルで一週間ってとこか。無理を聞いてくれる業者なら五日あればオッケーだ。だって、たいした枚数じゃないんだろ。もっと早くしたいなら、パソコンデータの出力センターのインクジェットで刷っちまうって手もある。割り高にはなるけどな。それなら一日。

一日? 嘘だろ。スケジュール表では、「色校正」という確認作業に一週間とっている。林田とペガサスの担当者たちは、十分で終わるという仕上がりの確認を一週間かけて議論するつもりだったらしい。

「割り高って? 印刷費はどのくらいかかるもの?」

電話の向こうの声が急に関西弁になった。

——それは枚数と内容によりけりやな。

「えーと、枚数は、百枚」

啓一は版下を見ながら説明をした。サイズはB2。いちばん上に藤城画伯の手による、絵手紙文字のようなタイトルと、蓮《はす》の花のようなバラと、釈迦牟尼《しゃかむに》似のマスコット・キャラクター『ゼウスくん』の顔。

中央には円形にトリミングされた写真。かなり昔に撮影されたろくろ踊りのスナップだ。その周囲に三つの小さな円が配されている。ひとつは駒谷混声合唱団の写真——団員に気配りして全員が収まるカットを使っているから、何が写っているのかよくわからない。修学旅行の記念写真と間違われてもおかしくなかった。

あとの二つの円には、それぞれ大木曾龍斎の写真——これも全身像だから人相が不明だ。素人が撮ったとひと目でわかる物産展に出す品々の集合写真。なぜかポスターの右隅には、にこやかに笑っている増淵市長の顔写真が入って、イベントの推薦文が添えられていた。

——なんだか、話を聞いてるだけでひどいデザインだってわかるな。レイアウトも印刷所でやってるのか？　ちゃんとしたデザイン会社に頼んだらどうだ。そこにだって一つや二つはあるだろ。いまは広告業界も厳しいからな。ポスター一枚だったら言い値でやってくれるよ。それでいったい、なんぼ金をとるつもりなんや？

逆に聞き返されてしまった。啓一の答えた数字に、相手は即答した。

——それは、ぼったくり。大阪の印刷会社でもその半額だ。

「半額？」

ポスター制作で甘い汁を吸っているのは、ペガサスの事業部長だけだろうか。思わず、外車のキーをこれ見よがしに置きっぱなしにしている林田のデスクを眺めてしまった。

——それよか、ケイイチ、聞いたか、座長の噂。

「いや」

この男が「座長」と呼ぶ人間はひとりしかいない。かつて啓一たちが所属していた劇団『ふたこぶらくだ』の座長だ。

——聞きたいか？

「いいや、いまはいい。今度ゆっくり」

「座長」に関する噂話は、たいていろくなものじゃない。

電話を切ると、柳井がもう一本の受話器を突き出してきた。

「係長、電話っすよ。なんかしゃれた名前の会社の人」

沢村からだった。

——ペガサスの方ですか？　電話をいただいたようで。

くぐもった暗い声で言う。業者は呼びつけるのが駒谷市役所の慣例だが、遠くの町から来てもらうのは忍びなかったし、何より時間がもったいない。待ち合わせ場所に中間地点を指定したら、沢村は意外な言葉を口にした。

「まだこの町にいるんです。あんまり頭に来たから、あの後、手近な店で酒を飲みはじめちまって。気がついたらもう夜遅くで。駅前のビジネスホテルに泊まりました。素敵なホテルですね、あそこは」

最後のひとことはもちろん皮肉だろう。駒谷シティホテルの別称はゴキブリホイホイだ。沢村はかなり機嫌が悪そうだった。


待ち合わせた駅前の喫茶店へ歩く間も、啓一はずっと迷い続けていた。駅前通りが崖《がけ》っぷちの細道に思えた。目の前には二つの別れ道がある。ひとつはスケジュールも予算も無理をせず、なおかつペガサスの理事たちの不興を買わない無難なアトラクションを依頼する道。ゴールが最初から見えている舗装された一本道だ。

ただし、そちらへ行こうとすると、もう一本の道から商工部長が手招きをしてくる。こちらは真っ暗な洞窟《どうくつ》。「ボトムアップでゴーゴー」入り口ではおいでおいでをしている商工部長のたらこ指がひらひらしているが、顔は見えない。奥にあるものが光輝く宝物なのか、白骨と化した公務員の死骸なのかわからないが、ペガサスの魑魅魍魎《ちみもうりょう》たちが行く手に立ちはだかろうとすることだけは確かだった。

かといって後戻りもできない。背後で哲平の声がしているからだ。「お父《とう》の仕事って何？」かえでの声も。「しょうしんもも」啓一の耳もとで路子の囁《ささや》き声がした。「ガツンが足りない」

啓一は最後の一歩まで迷い、喫茶店のドアを開けた。おそるおそる洞窟に入る気分で。

窓際のいちばん奥で、こめかみを押さえた沢村が死人のような顔で待っていた。テーブルにはトマトジュースが置かれている。

「ども」

啓一の会釈《えしやく》に、ぶっきらぼうな挨拶を返してくる。初めて名刺交換をした。

㈱ビッグバード

プランナー　沢村實《みのる》

五秒ほど迷ってから啓一は切り出した。

「昨日、あなたが最後に見せてくれた企画について、もう一度話を聞かせてもらえませんか。僕は昨日の会議が初参加だったから、いきさつも教えてください」

さらに二・五秒だけ迷って言葉を続ける。

「できれば、あの企画をなんとかしたいんです」

沢村は喜ぶに違いないと思っていたのだが、不機嫌そうな顔は変わらなかった。縁なし眼鏡の中の黒いくまを間近で見ると、やはり見かけほど若くはない。三十を一つか二つは超えているだろう。

「いいですよ、もうあれは」

「でも、せっかくのアイデアなんだから。僕は沢村さんの企画はけっこういいと思うけどな」

「けっこう？」ようやく沢村の表情が動いた。不愉快そうに眉根を寄せたのだ。

「あ、いや、ただの口ぐせです。最上級の形容詞を使うのが苦手なもので。あいまいな言葉をけっこう使っちまうんです。あ、ほらまた言っちゃった。言い直します。凄《すご》くいい。もう一度、アイデアを聞かせてもらえませんか」

啓一の言葉に沢村が驚いた顔をする。

「ほんとにやるつもりですか？」

沢村の言葉に啓一も驚いた。

「本気でやるつもりはなかったの？」

沢村はストローを使わずにトマトジュースをまずそうに飲んでから、また暗い声を出した。

「だって予算がないんでしょ」

「潤沢とは言えないけれど、ミス駒谷コンテストで浮いたぶんはそっくり使えると思使えるはずだ。たぶん。沢村は芝居がかったしぐさで大きくのけぞって見せた。

「まいったな。あの企画は、合唱団やマジックショーや物産展なんかをやめちまえば、ここまでできるってことで出したんです。余った予算でやるなんて無理ですよ」

啓一はコーヒーカップを持ち上げた手をとめて、ぽかりと口を開けてしまった。

「どうせ採用されるはずないと思っていたから。なんていうか……意地です。クリエイター魂って言うやつですか。前回の会議で、僕のアイデアはこう言われたそうですよ。時代認識に欠けている」

沢村は荒々しい音を立ててトマトジュースのグラスをテーブルに叩きつけた。

「時代認識？　僕があの人たちにそんなことを言われる筋合いはない。そもそもあの人たちにそんな言葉を吐く資格なんてない。あなたの前で言うのもなんですけど――」

「いいよ、気にしないで、なんでも言ってくれ。僕も出向したばかりでよそ者扱いなんだ」

啓一の手前、言葉を控えたのだと思ってそう言ったのだが、気づかうまでもなかった。沢村はこみ上げてきた怒りに絶句しただけのようだった。

「あの会社はなんですか？　まるで新しい発想や、豊かな表現力や、鋭いセンスを、悪いことだと思っているみたいだ。途中で何度テーブルを蹴り倒そうと思ったことか。創造力皆無、旧弊への固執、そして責任感の欠如。誰も責任を取ろうとしない。まるでコミック漫画だ」

なるほど彼らはそうだ。しかし、小むずかしい言葉が早口で飛び出すところをみると頭の回転は速い男なのだろうが、自分の出した企画を自分で「豊か」とか「鋭い」というところは、この沢村という男自身もコミック漫画のようだった。

「本当にいい仕事ですよね——」沢村は言い、そこでわざとらしく言葉を切ったが、その先のセリフはわかっている。「公務員は」だ。

安定第一。冒険はしない。頭が固い、古い。夢がない。陰で汚いことをしている。もう聞き飽きた。

「君だって、無責任なんじゃないのかな。できもしない企画を出すなんて」

思いがけず、鋭い声になった。沢村が頰にあてた片手のひじをもう一方の手で押え、ふてくされ顔でそっぽを向いてしまった。この男の癖のようだ。昨日の会議でも途中からずっとこうしていた。その横顔に言った。

「ねぇ、沢村さん。本当に僕はあなたの企画がけっこう——いや、とってもいいと思うんですよ。だから全部ではなくても、一部だけでいいから、ぜひとも実現させたいんだ」

一部でいい。なにしろ予算がない。

「でも、あのろくろ踊りとか、ジジババの合唱団と一緒にやるんでしょ。やだなぁ。僕は僕だけの世界観を演出したかったのに。すべてがだいなしになっちまう。なんか、そういうの、やだ、ああ、やだ」

横を向いたまま沢村が下唇を尖《とが》らせる。まるで哲平を見ているようだった。いや、哲平だって最近はこんな子どもっぽい表情はしない。

「もったいないなぁ」啓一は深くため息をついてそう言ってみた。「君の前回の企画書を見せてもらった。ラフスケッチも君が描いたんでしょ。素晴らしかったな。じつは僕は市役所に入る前に何年かメーカーにいてね、広告クリエイティブの仕事にもちょっとかかわるような部署だったんだけど……」

ちょっとだ。本当にちょっとだけ。そこで言葉を切ってコーヒーをひと口飲み、沢村の横顔をうかがった。あいかわらずそっぽを向いたままだったが、「クリエイティブ」という言葉を聞いたとたん、突き出していた下唇が引っこんだ。

「驚いた。宣伝会議でCFプランナーのラフコンテをたくさん見たけど、君ほどの絵が描ける人は少なかったね」

CFプランナーのラフコンテを見たことがあるのは本当だ。たくさんというのは、四、五本のことだが。映像専門のクリエイターである彼らは、必ずしも絵が達者である必要はない。美術の成績は「3」しかとったことのない啓一より下手な人間すらいた。

なぜ自分がなだめすかさなければならないのかよくわからなかったが、他にイベント企画をしてくれるところは知らないし、探す時間もない。この男に頼るほかはなかった。

「惜しい。じつに惜しいよ」

劇団にいた頃、啓一に与えられた数少ないセリフを口にしてみた。実際にはセリフはこう続くのだが。『くりから峠に鬼あざみの花が咲くのを見もせずに冥府《めいふ》へ逝《ゆ》くなんて』

効果はあったようだ。そこそこ才能はあり、自分のその器からあふれ出てしまうほどのプライドを抱えているらしい沢村が、横を向かせていた顔を四十五度ぐらいにした。

「鏡の国は実現できるかもしれない。以前、商店街のイベントの時に一度やってますから。あれは派手なわりに予算もそれほどかからないんだ——」

沢村が早口で喋《しゃべ》りはじめた。予想はついたが、㈱ビッグバードは、理事長のコネがなければテーマパークのイベント企画会議には呼ばれない小さな会社なのだろう。沢村本人は気づいていないようだが、ふだんはささやかな仕事しかしていないことが、言葉の端々にかいま見えた。

急にこの沢村という男の傲慢《ごうまん》さが哀れに、いとおしくさえ思えてきた。世の中の多くの男たちと一緒だ。自分のプライドの置き場所に困っているのだ。それは啓一だって同じだろうが。

「設備と小道具にそれなりのものが揃ったとして、いちばんの問題は、人件費なんですよ」

一流クリエイターの顔をして沢村は言った。

「アリスのローズガーデンパーティには、たくさんのアクターがいるんです」

「アクター？」

「ええ、ディズニーなんかは接客従業員たちをキャストって呼んでいるでしょ。僕はそれをアクターと名づけたんです。着ぐるみを着たり、衣装を身につけたり、そういう人間がたくさんいれば盛りあがるんだけどなぁ」

「素人《しろうと》でもいいんだろ」

「うーん、できれば、パフォーマンス慣れした人間のほうがいいなぁ」

沢村がようやく乗ってきた。図に乗っているといってもいいかもしれない。

「あとは、コスチューム」

トマトジュースを飲み干して、氷をかみ砕きながら言った。

「いい着ぐるみが欲しいんです。はんぱなのは嫌ですね。といって『不思議の国のアリス』の絵本の原版に近づけすぎると、まずいんですよ。あそこの版権を持ってる会社があるから。でもデフォルメしてディズニーっぽくしすぎると、今度はそっちの著作権にひっかかるし。ディズニーはうるさいんです。手塚治虫《おさむ》や宮崎駿《はやお》をパクったりしてるくせに、自分たちの権利にはめちゃくちゃ神経質。知ってます？　幼稚園の壁にミッキーマウスの絵を描いただけで、すっ飛んでくるんです」

言い出した手前、もう後にはひけない。啓一は言ってみた。なんのあてもなく。

「人件費と衣装代のことは僕が考えてみるよ。僕は実務しかできないから。君は今回の企画をどこまで実現できるかを追求してみてくれ。予算の許す範囲で」

最後の「予算の許す範囲」というところに力をこめて言ったのだが、沢村にはその前の部分しか耳に入っていないようだった。

「ええ、やります。なんだかやる気が出てきたな。追求してみますよ、自分の世界を。あなたと会えてよかったです。遠野さん」

「……ありがとう。そう言ってもらえれば、嬉しいよ」

自説を熱く語る沢村を見ているうちに、かえって不安になってきた。本当にこの男でだいじょうぶだろうか？　口の端に唾液《だえき》の泡がついているのにも気づいていないようなのだが。

職場に戻ってアドレス帳をめくった。アクターの人件費を浮かすには、ボランティアに頼るしかない。園内従業員を使うことは理事たちが承諾しないだろうし、そもそも高齢者ばかりだから、着ぐるみ姿で歩かせたら、神経痛や心臓発作で倒れる人間が続出する危険性もある。地方公務員は地域活動に駆り出されることが多いから、そのツテを頼ってみることにする。

まず啓一の住む地区の青年団団長。農家の長男で、いまは仕事に出ている時刻だが、最近の農業青年は、畑に携帯電話を持っていく。適当に天候や作物の出来具合の話をしてから、本題を切り出す。

「じつはアテネ村のゴールデンウィークイベントの件なのですが」

すぐに陽気な声が返ってきた。

——ああ、聞いてる。ろくろ踊りの件でしょ。みんなはりきってるよ。

知らなかった。彼も保存会のメンバーだったとは。

——若い連中にも出ろって勧めてるんだけど、みんな嫌がるんだよな。でも、だいじょうぶ。尻をひっぱたいてでも当日までに頭数は揃えるから。手さばき五年、すり足八年つうて、ろくろ踊りを覚えるのは難しいんだけどさ、基本所作だけなら一週間でマスターできるから。どうしても駄目なやつは提灯《ちょうちん》持ちにする。心配しなくていいよ。

「はぁ」

心配になってきた。

続いて素人バスケットボールチーム『駒谷ブルズ』のキャプテン。啓一は正式部員ではないのだが、中学時代にバスケットをやっていて、身長が百七十九センチあるというだけで半ば強制的に選手登録をさせられている。啓一よりでかい人間がごろごろいる集団だから、衣装のサイズが合うかどうかが心配だったのだが——何の心配もいらなかった。

——おお、ゴールデンウィークね。蓼科《たてしな》高原で合宿だよ。遠野さんも来れる？

続いてボランティア団体『ウッドペッカーズ』。路子と知り合ったのは、ここの活動に駆り出されたのがきっかけだった。路子はまだメンバーの一員だが、啓一自身はもう名前だけ残しているようなものだ。嫁だけかっさらって逃げた、などと結婚式の時の祝辞でメンバーにひやかされたぐらいだから、電話をかけるのは気がひけるのだが——。

代表の自宅兼用の事務所は留守電になっていた。ふむむ。

あとは——。

「ら行」のところで手が止まった。

しかしすぐに閉じた。

また開けてみる。どうしようか。電話に手を伸ばしかけて、また引っこめた。長いつきあいだが、そのぶん、この男とかかわるとろくなことがないことも、じゅうぶんすぎるほどわかっている。

迷った時のくせで、鉛筆を転がした。公務員試験の時にも使った手だ。六角形のうちの文字の入っているほうでとまったら、電話をかける。そうでない場合は、かけない。文字入りのほうで止まった。しかも金文字で社名やら商品名がごてごて入っている派手な面。

あ、これはなし。マウスパッドにぶつかったからな。キーボードとマウスを脇に寄せて、もう一度鉛筆をつかんだ。

「何してるんすか？」

柳井がぽかんと口を開けて啓一を眺めていた。

「いやなんでもない。ただのおまじない」

そう、財宝が隠された秘密の扉を開けるおまじない。しかし、欲に目のくらんだアリ・ババの兄はそこに閉じこめられてしまうのだ。

「そういうお前は何をしてる？」

「データ整理ですよ。他のテーマパークやアミューズメントの。所在地、管理してる組織、年間入場者数とか入園料金、その他いろいろ。すごい数なんですよ」

柳井がメールを――たぶん個人的なメールを打っていたパソコンの画面を消し、作成中だというリストを呼び出した。

ディズニーランドからはじまり、各地のテーマパーク、アミューズメント、遊園地、動物園。確かにすごい数だ。といっても名前と連絡先以外はまだリストのほとんどが空欄。行くところへ行けば手に入るような資料をわざわざつくっている気がした。

「大変だな、お前ばっかり」

心から同情するふうに言ってみたら、過剰なほどの反応が返ってきた。

「ほんとおぉに、そうっすよ。林田さんは駒谷農業青年の会と物産展の打ち合わせだとか言って、あれどうせ野球チームのミーティングですよ。丹波さんは書類にハンコを押して、報告書を書いて、あとは墨をすって、ここの名前が変わるたびに貼り紙を書くだけ。徳永さんは……あれ？　あの人は何をしてるんだろう？」

「室長からアテネ村のアトラクションの話は聞いているか？」

柳井がぶるりと首を振る。頼りないがこの男をアシスタントにするしかなさそうだった。

「働き者のお前を見こんで頼みがある。室長には後で話をしておくから、もうひと仕事してくれ」

聞こえないふりをしていた柳井の耳に顔を近づけて、同じせりふを囁《ささや》いた。

「もうひと仕事だけしてくれ」

「な、な、なんすか」

柳井のつくったリストを見て、ふいにひらめいたのだ。

「既存のテーマパークやアミューズメントだけじゃなくて、潰《つぶ》れたところをリストアップしてみてくれないか。最近、潰れたところ。このご時世だ。きっと腐るほどあるはずだよ」

「明日からでいいっすか」

「いいや、今日中」

「かんべんしてくださいよ。俺、今日、飲み会なんすよ。友達が女の子を連れてくるって」

駒谷の嫁不足の話はよく聞く。跡取りの問題もあるから、駒谷の若い男たちは、都会の独身男のように「まだまだ一人が気楽」などと悠長なことは言っていられない。適齢期の娘より数多く存在する世話焼きおばちゃんたちに、在庫処分のような見合い話を持ちこまれまいと、けんめいに花嫁争奪戦を繰り広げる。

「俺らが東京にいた時には、田舎じゃ公務員はもてるって言われたんすけどね。そうでもないなぁ」

柳井の視線は枝毛を点検している徳永に向けられていた。

「たまには残業して、遅れていってみろよ。そのほうがもてるかもしれないぞ。仕事に疲れた男の姿をセクシーだと思う女って多いらしいぞ」

「ほんとすか」

「あくまでも一般論だけどな」

柳井が首をかしげながらパソコンを打ちはじめる。啓一は鉛筆ころがしを再開した。これで最後にするつもりだった。またもや金文字。

どうしよう。

そうだ、とりあえず衣装を借りるだけにしよう。そうだよ、それだけなら——。自分で考えたことなのに、啓一は誰かに無理やり手首をつかまれたようにのろのろと受話器をとった。

番号をプッシュする。03。東京の市外局番だ。最後に電話をしたのはもう三年ほど前だから、番号が替わっているかもしれない。

『オカケニナッタ番号ハ現在使ワレテオリマセン——』

そんな返答を期待——いや予想していたのだが、電話はつながり、呼び出し音が響きはじめた。いつまでたっても相手はでない。十コール鳴って出なかったら切ろう。そう考えていたら、九コール目でつながり、もう昼だというのに、寝ぼけ声が応えた。

——もしもし。

若い女の声だった。やはり引っ越していたか。相手は転居通知など出す人間ではないし、所在がいつ不明になっても不思議はない男でもある。間違いを詫《わ》びようとして、以前電話した時も女が出たことを思い出した。声は別人のようだが。

「あの、来宮《らいみや》さんのお宅ですか？」

——そう。

「遠野と申します。あのぉ、来宮さんは？」

――ユウちゃん？　ちょっと待ってて、いま起こすから。

いた。

啓一は受話器を強く握りしめる。ユウちゃんと言ったって来宮裕司《ゆうじ》は、啓一より三つ年上、三十八か九になっているはずだ。また新しい女をつかまえたらしい。新入りの劇団員かもしれない。

来宮裕司は、啓一たちの「座長」だ。大学時代、演劇サークルの仲間に誘われて加わった劇団の創設者。当時はまだ素人劇団だった『ふたこぶらくだ』を来宮はいまだに続けている。

啓一は社会人になってからもしばらくはセリフのない役や裏方を続けていたが、猛烈な忙しさにかまけて、社会人二年目の頃にはチケットを売りさばくだけになり、駒谷へUターンしてからは、東京に寄ったついでに劇場に足を向けるだけの観客になった。それすら数年前までの話だ。

しばらくして、受話器の向こうから来宮の声が聞こえてきた。

――お、馬《うま》の助《すけ》か？　どしたのさ、お前から電話してくるなんて。ようやく演劇の道に戻る決心がついたか？

そういえば、正式な退団届けはまだ出していない。ところどころに北海道訛《なま》りがまじる来宮の声は相変わらずだった。啓一のことを「馬の助」と呼ぶのも。

牛田《うしだ》馬の助——学生時代、啓一が座長の来宮にもらった初めての役の名だ。喋《しゃべ》る馬の役。それ以来、劇団での芸名になった。

「頼みがある」と言おうか言うまいか迷っているうちに、同じせりふを向こうに言われてしまった。

——頼みがある。チケット買ってくれないか。『蠍《さそり》女と八人の壺《つぼ》男』って言うんだけど。こりゃ凄《すげ》え芝居になる。

あいかわらずだ。来宮は啓一の大学の学生ではなく、といって何か職業についているわけでもなく、しいて言えば、当時から「演劇人」だった。演技力も演出と脚本の才能も学生演劇サークルの人間とはけた違いで、天才ともてはやされていた。でも、そんな天才は全国にゴマンといるのだろうし、たとえ才能があったとしても演劇で飯が食えるようになる確率は天文学的に低い。プロになった来宮は、いまだにプロとは呼べない生活をしている。昔どおり女に食わせてもらっているか、アルバイトで食いつないでいるかのどちらかだろう。

「何枚ですか？」

——百枚。

「それは無理です」

——じゃ五枚でいいや。

「じつは、こっちにも頼みがあるんです」

――知ってるだろ。俺、頼み事は得意だけど、頼まれごとはだめさ。

「ほら、来宮さん、何年か前に、中世ヨーロッパを舞台にした芝居をやりましたよね」

あの時もチケットを買わされ、路子を連れて見に行った。路子はこんなもののチケット代と交通費があれば、哲平の新しい服とかえでのおむつが何枚買えたことかと嘆いていたっけ。来宮に才能があることを啓一は認めているが、その才能は世間一般とはすこぶる折り合いが悪い。

――おお、『裸のリア王はロバの耳』か。あれはなかなかいい出来だったと自分でも思うよ。

「あの時のリア王の舞台衣装、まだありませんかね？」

――え？　欲しいの？

「はい。女王や王女も出てきたでしょ。あの服も」

――女装趣味に走ってるのか？　あれで街は歩かないほうがいいぞ。ライティングでだましだまし見せてたけど、ありゃあ使い古しの緞帳《どんちょう》とカーテン生地で作ってるんだからさ。

路子に染め直してもらおうか。路子が教えているカルチャーセンターで『王侯貴族の服の繕い方』なんていう授業をやってもらえると助かるのだが。

――衣裳はとって置かないからなぁ。団員の誰かが持って帰ってるかもしれない。

「うさぎのぬいぐるみなんてありませんか？」

――うさぎ？　どうしたんだお前、確か田舎の税務署に勤めてるんだよな。コスプレカラオケでも開業するのか。

「いや、市役所です。いろいろ事情がありまして」

――動物のぬいぐるみならいっぱいあるぞ。売るほどある。タヌキ、ブタ、リス、クマ……ウサギもあったはずだ。劇団ぐるみでバイト契約してたイベント会社が潰れちまって、バイト代がわりにふんだくったんだ。俺には『ライオン・キング』とか『キャッツ』みてえな芝居をする趣味はないから本業じゃ使えないけど、けっこう重宝してるんだ。デパートの屋上のアトラクションショーとか、ティッシュ配りの仕事とかに使えるしょ。

アトラクションショー？　昔の来宮は芸が荒れるといって嫌っていたはずだが。衣裳だけ借りるつもりだったのだが、つい魔が差した。言葉のアヤではなく、ほんとうに悪魔が耳もとで囁いたのかもしれない。

「公演はいつです？」

――四月の後半。しかも平日三日間。ちんけな劇場《こや》なんだけどさ、ゴールデンウィークはかきいれ時だって言うのさ。俺たちに貸すのはもったいないって言われた。なまら腹立つわ。

「では、ゴールデンウィークの予定は？」

――ゴールデンウィークだぁ？　俺の人生にはそんな言葉はないね。毎日がゴールドだから。

棚から落ちてきたぼた餅《もち》が腐っていないかどうか確かめるより先に、こう言ってしまった。

「劇団の人たちとここへ来ませんか。ちょっとしたイベントがあるんです。観光ついでに出演していただければありがたいんですが。ギャラは些少《さしょう》ですが、宿泊場所と食事は用意します」

――おお、いいね。うちの団員ならただ飯食わすだけでやるよ。ギャラは全部俺に渡してくれればいい。

啓一の説明をろくに聞かず、「温泉はあるのか」とのん気に尋ねてくる。急に不安になって、啓一は警戒する口調で言った。

「あんまり大勢で押しかけられても、困りますけどね。大型バスをチャーターしろなんて言われても」

来宮には似合わない沈んだ声が返ってきた。

――大型バスなんていらない。いま団員は十一人しかいないんだ。俺も入れて。この間、集団で逃げ出されちまった。俺の演出が厳しいって言うのさ。売れてもいないのに蜷川《にながわ》以上だって言われて。だから困ってるんだ。

座長の噂というのはこのことらしい。集団脱走はふたこぶらくだの恒例行事だ。啓一がいた頃にも何度かあった。唯我独尊《ゆいがどくそん》の来宮についていくのは大変なのだ。電話の相手がどういう男だったかを思い出して、啓一は気安く誘ってしまったことを後悔しはじめていた。

——今度の公演にお前も出ない？　骨壺男の役をやらしてやるよ。壺をかぶってるだけでいい。セリフは、『俺を散骨してくれ』っていうだけなんだ。

「公務員は副業禁止なんですよ」

——だいじょうぶ、ギャラは出ないから。

骨壺男の役を丁重に断ってから受話器を置いた。開けてしまった危険物の蓋《ふた》を閉めている気分がした。

5.

『ふれあいファミリーパーク』は、駒谷からクルマで三時間ほど、近くに富士を望む小規模の動物園と遊園地をミックスしたようなテーマパークだ。二カ月前に破産宣告をし、現在は閉園している。

ここを訪問先の第一候補に選んだのは、距離的な近さも理由のひとつだった。といっても、仕事がてっとり早く片づき、家に早く帰れるからなどという駒谷市役所伝統のお気楽さで決めたわけではない。

「ねぇ、係長、何をしにいくんです」

ハンドルを握った柳井が聞いてくる。富士山麓《さんろく》の峠道でコーナリングのポテンシャルを試したいそうで、クルマは今日も赤色のRX－7だ。

「うーん、ま、あてがあって来たんだけど。正直、行ってみないとわからないんだ」

ただの視察としか説明していないが、昨日からパーティションに貼ってある部署名の筆文字の書き直しに、忙しい、忙しいと連発している丹波からは、二つ返事でオーケーが出た。『アテネ村リニューアル推進室』は字画が悪いそうで、頭に『駒谷』を加えたほうがいいという彼の起案が、ようやく商工部長の承諾を得られたのだそうだ。

「ちゃんと説明してくださいよ。おかげでこの間の飲み会――」

「もてただろ？」

「遅れて行ったら、女の子、帰っちまってましたよ」

「あ、それは、すまん」

「どっちにしてもメンツが悪すぎたんですけどね。高校出てずっとプータローしてるのとか、養鶏場の跡取り息子とか。怒ってましたよ、チキン・ジョージ――これ、養鶏場の息子のあだ名なんですけど――ケンタッキーは好きなくせに、そのもとをつくってるとこには嫁に来たがらないってね。ああ、俺が早く行ってればなぁ。ねぇ、係長、これ、本当はただの視察ってわけじゃないでしょ」

啓一は小さく頷《うなず》き、フロントガラスの向こうに迫ってきた富士山を眺めながら言った。

「うん、どうせ仕事をするなら、ほんとうにアテネ村を変えてみたい気がしてさ」

『うちのお父さんの仕事は、たのしいゆうえんちをつくることです。毎日の仕事は、がつんとはく力じゅうぶん』

言ってから自分の言葉に照れてしまったのだが、道路標識を追うのに懸命の柳井はまるで聞いていなかった。

「なぁ、もしアテネ村を新しくつくり直すとしたら、どういうテーマパークがいい？」

気を取り直して問いかけると、女の子に触れるようにそっとウインカーを倒しながら、答えを返してきた。

「そうっすねぇ……俺、よくわかんないけど」

今度は反対側へウインカーを倒して言葉を続けた。

「ジュラシック・パークみたいなのがつくれたらいいな。そしたら、もう大変すよね。日本中、いや世界中から客がわさわさ。ディズニーランドなんか目じゃないな」

「ああ、確かに。つくるのもそんなに難しくないし。取りあえず恐竜の血を吸った古代蚊が封印された琥珀《こはく》を千個ぐらい集めて、遺伝子工学の学者を百人ぐらい雇えばいいだけだ」

「係長、今日はなんだか陽気ですね。ノリがいいな」

「そうかな」

昨夜、寝る前にかえでをトイレへ行かせて、前回中断した夫婦生活を完遂したからかもしれない。性格はそう簡単には変えられないけれど、こちらのガツンは苦手じゃない。

「……ネバーランド」

後ろで声がした。徳永雪絵だ。体を丸めて狭い後部座席に収まっている様子は、確かに屈葬だ。柳井を連れて推進室を出ようとしたら、突然立ち上がって、黒いワンピースに黒いショールを巻きはじめたのだ。

「柳井君も徳永君も行ってしまって、誰がお茶を淹《い》れてくれるのかね」啓一たちの行く先より湯呑《ゆの》み茶碗の中身の方が気になるらしい丹波が、そのことに関しては渋い顔をし、ひとりごとめかして呟《つぶや》くと、徳永は突然パソコンのプリントアウトを始め、丹波の机の上へ二枚つづりのレポートを置いた。思わず啓一ものぞきこんだ。

タイトルは『職場に於《お》ける日本茶の淹れ方』。

〔手順〕
I．給湯所へ行く。
II．右上の棚、推進室用と書かれた茶筒を右手あるいは左手に持ち、右手もしくは左手にて蓋《ふた》を開ける。

III．茶筒から適量の茶葉を出し、急須（きゅうす）に投入する。

以下びっしりと記述が続いていた。湯呑みの洗い方や洗剤の量まで。いつから作っていたのだろう。二枚目の〔順路〕という項目に、同じフロアにある給湯所までの地図が添えられているのが、恐ろしかった。

「……そう、難しい作業ではありません」

徳永がぼそりと言うと、丹波は喉ぼとけを上下させて、無言で見送りの手を振った。廊下をひたひたとついてくる姿を見れば啓一にも「駄目だ」などと言えない。徳永がなぜついてきたのかはわからなかった。柳井は二枚目ぶったしぐさで髪をかきあげ、「俺と行きたかったんすかね」と耳打ちしてきたが、違うだろう。

「だけど、できるなら勝ってみたいよな。どうすればアテネ村に客が来るようになるのかな？　ディズニーランドに勝つにはどうしたらいいんだろう」

啓一がそう言うと、火をつけていない煙草をくわえた柳井が、煙のかわりに笑い声を吹き出した。

「係長、まじめな顔で冗談言わないでくださいよ。一瞬、本気にしちまいそうになりました」

まんざら冗談でもないのだが。

あまりうまいとは思えないヒール&トゥ走行でつづら折りの道を進むと、ほどなくふれあいファミリーパークが見えてきた。

子どもと動物のイラストが描かれた正面入り口はすでに閉鎖され、休園という札が下げられている。しかし施設自体に寂《さび》れた印象はない。鉄柵《さく》の向こうのよく手入れをされた花壇には春の花が咲き、園内からは動物や鳥の鳴き声が漏れていた。

「結構いいところっすね。なんで閉園になっちゃったんだろう」

確かにアテネ村に比べれば堅実な経営に思えた。入り口に残る看板によれば、入園料は大人八百円、小・中学生六百円、幼児四百円。開園時間は夏期には六時半まで。

ふれあいファミリーパークが開園したのは、九〇年代の初め。テーマパークブームに乗せられた自治体が地域活性化の名目で計画し、採算の見込みもないまま建設してしまった事情はアテネ村とよく似ている。

事業整理をしている管理事務所にファックスで送ってもらった資料を見るかぎり、施設の出来は悪いものじゃなかった。潰《つぶ》れてしまったのは、市民オンブズマンから経営内容の全面公開を求められたとたん、第三セクターに参加していた地元企業と銀行が一斉に手を引いてしまったためらしい。ここにとアテネ村に何か違いがあるとすれば、おそらく市民の意識と首長の力だけだ。

あらかじめ連絡を入れていた管理事務所の所長が、啓一たちの到着に気づき、ゲートを開けてくれた。

「ようこそ」

山下所長は電話で話をした印象より若かった。四十代半ばぐらいだろうか。閉園するまではここの支配人。自治体から出向して経営を任されていたそうだ。

「すいません、無理を言いまして」

「いえいえ、いまは少しでも効率的にここを処分するのが仕事ですから」

引き取ってくれるなら動物は無料で譲渡する。山下はそう言っていた。

「いいところですね――」

啓一は正直な感想を述べたのだが、それがちっとも褒め言葉にならないことに気づいて、すぐに口をつぐむ。山下が疲れきったため息をついた。

「去年から少しずつ客足が伸びはじめて、先行きが見えてきたと、喜んでいた矢先だったのですが……」

こぢんまりした園内には、まだ施設と遊具のあらかたが残っているが、ちらほら見える人影は客ではなく、解体作業をしている工事関係者だ。入ってすぐ右手に『ファミリー動物園』という看板が立ち、左手のドーム型の建物には『ふるさと・花と虫の博物館』とペインティングされていた。

動物園の両端に並んだ飼育舎では、まだ動物たちが飼われている。大型獣はヒグマとイボイノシシぐらいだ。その他に小さなサル山。低いフェンスで囲った広場の中央では、やぎ、ひつじ、ポニー、くじゃく、あひる、がちょうなどが放し飼いになっている。うさぎも十羽ほどいた。動物は手で触れられるようになっていて、それを売り物にしていたらしい。

「お、うさぎだ。なるほど、うさぎを手に入れるために来たんすね」

柳井が納得したという口ぶりで言う。それも目的のひとつだが、もちろんうさぎだけで帰るつもりはない。ふれあいファミリーパークが処分する遊具、小道具、大道具、オブジェ、使えそうなものはすべて持ち帰るつもりでいた。

啓一は解体中の園内を眺めまわし、「いいのが見つかるまで粘らなくちゃだめ。大切なのは集中力」バーゲンセールにつき合わされた時、路子がいつも言うせりふを思い出して、どんな小さなものも見逃すまいと目を凝らした。

「不思議の国のアリスって、うさぎ以外にどんな動物が出てくるんだっけ？」

沢村がインスパイヤされたという初版時の挿絵が載った豪華本や、かえでの本棚の幼児向け絵本を読んで予習はしてきた。確か前半のところで、動物たちがたくさん出てくる場面がある。アリスを呆《あき》れさせるコーカス・レースのくだりだ。

ドードー鳥の発案で、鳥やけものたちが、コーカス・レースという名の競走をはじめる。競走といってもスタートの合図もなく、円形のコースをてんでんばらばらに、ひたすらぐるぐる回るだけ。ドードー鳥が「競走おわり！」と叫ぶとレースが終了し、息を切らせながら動物たちは誰にともなく聞くのだ。「でも、誰が勝ったんだ」と。

後半、ハートの女王のパイを盗んだ罪でジャックの裁判が開かれる場面にも、たくさん出てきたはずだ。

柳井が答える。「玉子。言葉を喋《しゃべ》る玉子って出てきませんでしたっけ？」

「玉子？　それは動物というより生鮮食品だろ」

「メンドリならいますよ」山下がもみ手をして言った。

「じゃあ、芋虫」

「おお、さえてるな、柳井。あそこの博物館で探してみてくれ。パイプをくわえてるやつを」

啓一にしてはまずまずのジョークだったのに、柳井は聞いていなかった。いつのまにか徳永の後を追って小動物たちが群れるフェンスの中に入っている。うさぎを撫《な》ぜていた徳永が、うさぎに話しかけるように呟いた。

「チェシャ・キャット」

「チェシャ？　ああ、笑い猫のことか……」

「あ、うちの猫、笑いますよ」柳井が啓一にというより徳永に話しかける調子で言う。「キャットフードの缶を開ける時なんか、もうたいへんです。目をこ〜んな形に細くして、口もふにゃっとつり上がって……なかなか可愛いんすよ。猫好きならイチコロ」

「……猫ってみんなそういう顔をするんじゃないのか」

「ちょっと違うんだなぁ、それが。一度、うちに見に来ません」

後半のせりふは徳永へ向けてのものだったが、目玉を寄せてキレ毛を見つめている徳永に完全に無視されていた。柳井が肩をすくめて啓一を振り返る。

「写真持ってきましょうか」

「いや、いいよ」

「あ、そうだ。ネズミが出てきませんでしたっけ」

「ネズミいます。すごく大きいのが」

山下に案内された檻にいたのは、イノシシのような生き物だった。確かに顔はネズミに見えなくもない。

「カピバラと言います。世界最大の齧歯類《げっしるい》です。南米産なんですけど、誰かが持ちこんだのが野生化したんでしょうか、最近はこの辺りの湿地帯に出てくるようになって。保健所が何匹も捕獲しましてね。育てば体長一メートル以上になると聞いとります」

「……もう少し、子どもや若い女性が喜びそうなのは……」

「ミニ豚が二頭いますが、いかがです」山下がセールスマンのように揉《も》み手《で》をする。

徳永が今度はやぎに話しかけた。

「ドードー鳥」

「ふむむ」啓一は目の前のふとったガチョウを指さす。「これじゃだめか？」

徳永が首を横に振ると、山下が口をはさんできた。

「ペリカンならどうです。できるだけたくさん引き取ってやってください。いまいちばん困っているのが、彼らの引き取り先なんです」

子どもの身を案じる親のような口ぶりだった。

「うちのいちばんの誤算は、この動物園なんですよ。餌《えさ》代がばかにならないし、専従の飼育係が必要になる。なんとか存続させるために、去年から市民ボランティアを募りはじめたんです。町から動物園をなくさないでくれ、仕事を手伝ってくれって訴えて。少しずつ賛同者がふえて、チャリティの餌代も集まりはじめていたんですが……」

ボランティア。地域の赤字施設を救う手段のひとつだ。市民に施設を優先的に利用できる権利を提供し、そのかわりに金銭的に、あるいは労働力としてテーマパークを支援する会員になってもらうのだ。

その手があったか。しかし、大きな問題がある。いまのアテネ村の年間無料パスや特別優待券を欲しがる人間などいるだろうか。

「動物商に売却できたのはベンガルトラだけで。動物園に話を持ちかけても、どこもだぶついているみたいで……このままでは……」

「うさぎ汁か……」

柳井がぽつりと漏らす。うさぎ汁は駒谷に古くから伝わる郷土料理だ。山下が顔をひきつらせて振り返った。

「あの、動物は鑑賞用としてお引き取り願えるんですよね?」

「あ、もちろん」

徳永がコートの肌触りを確かめるようにひつじを撫ぜている。そこに近づいた柳井は、尻に鼻面《はなづら》をつっこまれて、ひっと悲鳴をあげていた。

動物園の先は、小さな遊園地になっていた。といってもジェットコースターや観覧車があるわけではなく、パイプスライダーが目玉のアテネ村より少しはまし、といった程度の施設だ。

コーヒーカップ、トランポリンドーム、射的場。ゴーカート乗り場だったらしい場所には、古びた幼児用のゴーカートと、黒熊に見えるほど汚れたパンダの電動遊具しか置かれていなかった。

「ミニSLもあったのですが、それは売却できました。どうにかこうにかですが。結局、売れたのは、あれとベンガルトラ、あとはゴーカートぐらいだな」

山下がぼやき、不安そうに問いかけてくる。

「どうでしょう、ご入り用のものは見つかりましたか」

「うーん、こちらも予算の枠がきびしくて……」

啓一はしかめ面《づら》をつくって見せた。誰とも相談をせずに仕事の決断をすることに慣れていなくて、本当に迷っていたのだが、駆け引きのためでもある。同じ公務員として山下には同情するが、駒谷市の人間である以上、駒谷の利益が優先だ。

「購入してまで欲しいというものは、ちょっと……」

山下の顔が曇りかけたのを見て、すかさず言葉を続けた。

「いただけるのなら、検討させてもらいますが」

いただけるというところで力をこめてみた。商談上のかけひき。こんなことをしたのはいつ以来だろう。閉鎖された施設は、設備を撤去するだけで費用がかかり、運搬と処分にも金がかかる。かといって放置し続ければ管理費がかさむ。こちらがその負担を軽くするだけで、山下は御の字のはずだ。駒谷から近い施設を第一候補にしたのも、運送コストを低くするためだ。

夏期の営業時間が長いためか、遊園地の施設の屋根や樹木には、電飾ライトが張りめぐらされている。アテネ村は夏も冬も午後五時で閉園してしまうが、もらっておいて損はなさそうだ。

「あのライトを譲っていただくわけにはいきませんか。それと、あそこの建物」

動物園の片隅に放置されているベニア製の三角屋根の家には、最初から目をつけていた。少々小さいが「鏡の国」の舞台として仕立て直せるかもしれない。

「それは、無償ということでしょうか」

「ええ、そのかわり、こちらで撤去と運搬の作業をします」

迷った顔の山下にたたみかけた。

「動物もできるかぎりお引き取りするようにします。うさぎだけでなく、やぎ、ミニ豚やドードー鳥……いえ、ペリカンも」

深く考えるより先に言葉が出た。柳井が驚いた顔で啓一を振り返る。自分がとんでもないことをしでかした気がしてきた。

路子に「小心者」とからかわれる弱気の虫が脳味噌の奥から這《は》い出してくる。かえでの絵本の『はらぺこあおむし』みたいなちっちゃくて情けない虫が、勝手に安請け合いをしてだいじょうぶか？　と囁《ささや》いている。役所と違ってペガサスの場合、業者の選定や物品の購入に入札は必要ない。商工部長は室長印だけで決裁して構わないとも言っている。しかしあの理事たちが簡単に納得するとはとても思えなかった。

「それは、ありがたい。お願いします」

山下が娘をよろしく、とでも言いかねない様子で頭を下げてくる。これからの面倒事の数々を思うと、目まいがしそうになったが、いまさら「やっぱり、やめます」とも言えない。

「クマもおつけしましょうか」

「あ、いえ、それは……」

柳井と徳永はすっかり行楽気分だ。徳永は迷いのない足取りで遊園地の奥へ入りこみ、ときおり立ち止まって、線路がなくなったミニSLの駅舎を眺めたり、二人乗りコーヒーカップのかけた縁を撫でたりしている。もしかしたら、ここは初めてではないのかもしれない。柳井が後ろにぴったりくっついて歩き、話しかけているのだが、まるでうわの空だ。

防塵《ぼうじん》シートで覆《おお》われた建物の向こう側に二人が消え、しばらくして柳井だけが戻ってきた。目が丸くなっていた。ポニーやくじゃくの飼育法について山下に話を聞かされていた啓一に耳打ちをしてくる。

「徳永さん、なんか、怖いです。メリーゴーランドを見て涙ぐんでた」

「メリーゴーランド？」

啓一が声をあげると、山下が目を輝かせた。

「あ、ご覧になりますか」

それは、防塵シートの向こう側にあった。

さしわたしが立体駐車場の回転盤と大差のないメリーゴーランドだった。木馬は外側に十騎、内側に六騎だけ。小さいがデコレーションケーキのような八角形の屋根がちゃんとついている。

「あれは、まだ動くんですか？」

「動きます動きます」

山下はいそいそと配電盤へ走っていった。

メリーゴーランドの金色に縁取られた軒と円盤の外周に取り付けられた電球が点灯した。牧歌的なメロディが鳴り響き、木馬たちがゆっくりと回りはじめた。

閉園した遊園地の中で、乗客のいないメリーゴーランドが、くるくると回り続ける。春の日差しの中で淡く光る屋根が、巨大なシャンデリアに見えた。

「こいつの処分にも困っていたんですよ。本物のポニーは一頭だけですけれど、こっちは十六頭ですから」

「よくできてますね。そこらへんの遊園地のものよりよっぽど本格的だ」

「オリジナル設計です。メリーゴーランドは少量生産品だそうで、馬の鋳型《いがた》から回転速度、上下動の幅、全部ハンドメイドでつくってもらったんです」

山下は誇らしげに説明する。大型のもののような握り棒はなく、馬も小さいが、業者が相場を知らず投資額にルーズな役人からふんだくろうとしたのか、一頭一頭の木馬が外国製のインテリアのように精緻《せいち》につくられている。

「これは譲っていただけるのですか」

何気なく口にした言葉に、即答が返ってきた。

「譲ります譲ります、お譲りします。撤去していただけるのなら、無料で結構です」

「あ、いや、これだけのものになりますと、私の一存で決めるわけには……」

そうは言ったが、これを見た瞬間、啓一の脳裏にひとつの映像が浮かんだ。そのイメージを頭から追い払うのは難しかった。よほど困っていたのだろう。山下は言い慣れているらしいセールストークじみた口調で言った。

「解体してしまえば、案外コンパクトですよ。4トントラック一台、いや、二台あれば運べます。メンテナンスもさほど必要ありませんし」

「ふむ」

メリーゴーランドが奏《かな》でるのどかな曲を聞いているうちに、役所の複雑怪奇な掟《おきて》など、どうでもよくなってきた。やろうぜ。いっちまえ。八年間、心の奥でずっと押さえつけていたもう一人の自分が囁いている。

徳永は身じろぎもせずに木馬を見つめ続けていた。その横顔を柳井がぼんやりと眺めている。二人に声をかけてみた。

「なぁ、アテネ村にこれがあったらどうだろう」

徳永が無言で振り返る。柳井の言うとおりだ。目が潤《うる》んでいた。啓一の言葉に対するリアクションなのかどうか、ゆっくりと首を横に振り、それから縦に振った。

柳井が呆《あき》れ声を出す。「まじっすか。だってどこに置くんです」

「うん、まぁ、それは正式にゴーサインが出てからだけど」

置き場所はもう決めていた。

6.

啓一は電話を置き、すぐに電卓を叩いた。運送業者に連絡して見積もりを取ったところだった。このご時世だ、どこも予想以上の低料金で請け負うという。メリーゴーランドを製作した遊具メーカーもメンテナンス契約を結んでくれれば、解体と設置は実費だけでいいと言ってきた。

ふむ。ごりごりと鉛筆で頭をかく。概算ではメリーゴーランドの移設にかかる費用、うさぎやペリカンややぎの輸送費、その他もろもろを合わせても、ミス駒谷コンテストの運営費よりだいぶ安かった。

運送会社や遊具メーカーの言い値が安いのか、ミスコンが高すぎたのか。昨年までの審査員たちへのお車代、数度にわたる事前打ち合わせと、コンテスト後の出場者を交えた懇親会の金額がとんでもない額であることを考えると、たぶん後者なのだろう。

市営の施設に泊めてただ飯を食わせるだけですみそうな来宮たちへのギャラは、印刷所を別の所に替えただけで、大幅に浮いたポスター制作費の分を回せばすむだろうから、潤沢とは言えないまでも、沢村にはそれなりの制作費を渡せるはずだ。沢村とは今日の午後三時に会うことになっている。

商工部長の言うとおり、ボトムアップでゴーゴーが可能だとしても、丹波の承諾は得なくてはならない。役所の場合、課長クラスの判がない書類は紙屑《かみくず》と同じだ。「うさぎ10」「ミニ豚2」肉屋の注文書みたいな予算見積もりをパソコンに打とうとしたら、電話をとった柳井が声をかけてきた。

「係長、電話っす」

「誰から？」

「なんだか礼儀知らずなやつですよ。いきなり係長を出せって。名前も名乗らないし。ふたこぶらくだって言えばわかると。らくだも買うんですか？」

「うん、まぁ、そんなところだ」

軽口を叩いてみせたが、不安がよぎった。らくだと言っても、おとなしい家畜じゃない。下手をすれば踏み殺される危険性があるのだ。

もしもしの「も」しか言わないうちに、受話器から来宮の声が飛び出してきた。

――よ、馬の助。なんだ、さっきの若いのは。礼儀を知らねぇな。ちゃんと教育しとけ。俺たちを誰だか知らないのか。

「……たぶん。ちゃんと教育しときます。それより例の件ですけど、だいじょうぶですよね」

――心配するな。

心配だった。約束だとか人の都合という言葉は、この男の場合、あまり意味をなさない。声の背後に雑踏の音が聞こえた。来宮は携帯電話が嫌いだから、おそらく公衆電話だろう。

来宮の放浪癖に団員はいつも泣かされていた。ある日突然、旅に出て公演初日の前夜に戻ってきたことがある。それまで役者たちがけんめいに覚えていたセリフをまるで変えた脚本とともに。

「いまどこにいるんです？　日本ですよね」

――だと思う。飛行機に乗った記憶はないから。どこだここは？　どっかの駅前。辛気臭い町だ。左手にまんじゅう屋、コマヤまんじゅうって書いてある。右側に趣味の悪いビル。屋上に変な彫刻が立ってる。タツノオトシゴみたいなやつ。

「……もしかして、もう来ちゃったんですか？」

――嬉しいか。

「公演があるって言ってませんでしたっけ」

――ああ、あれな、直前で中止。芝居の中に火噴き男ってのが出てくるんだけど、劇場主が、本物の火を使うなら貸さないって言いだしたのさ。なまら腹立つ。

「どうしてここが？」電話番号しか教えてないのに。

――いま一緒に暮らしてる姉ちゃんが几帳面《きちょうめん》なタイプでさ、お前の年賀状、奇跡的にとってあったさ。近くなのか？　なら、ちょっと顔出せって。

「いや、いますぐというのは……」

――じゃあ、こっちから行く。勤めてるの、保健所だったっけ？　場所はどこ？　何階？

啓一はあわてて受話器に蓋《ふた》をし、柳井に書きかけの見積もりを突き出した。

「ちょっと出てくる。すまん、これ清書しといてくれないか」

市庁舎一階ロビーの喫茶室に、ふたこぶらくだの団員がぞろりぞろりと入ってくると、店内にいた誰もが振り返った。

鼻と耳のピアスをチェーンでつないだのっぽ。赤と黄色、まだらのモヒカン頭。坊主頭の女。ジョン・レノンみたいな真円形のサングラスをかけた腰までの長髪。迷彩色の戦闘服のパンツとブーツ姿で、上半身はタンクトップだけの赤毛娘。まるで舞台衣装のまま。百鬼夜行さながらだった。

啓一が学生の頃の演劇青年は、見かけは地味な人間が多かった。金も暇もなくて服装に手をかける余裕がなかったためだろう。ただし劇団ふたこぶらくだは別だ。座長の来宮に誘蛾灯《ゆうがとう》のような怪しい求心力があるためか、妙な連中ばかり集まる。服装も髪形もごく平凡だった啓一が逆に目立ってしまったぐらいだ。団員たちはみな代替わりしていて、知っている顔はいなかったが、風体の派手さはさらにパワーアップしていた。

百鬼夜行の先頭は来宮だ。コントの爆発頭みたいな天然パーマは、数年前に会った時より少し短くなっていたが、無精髭《ぶしょうひげ》を頬いちめんに苔《こけ》みたいに生やしているのは相変わらずだった。

「よ、馬の助」

客たちの中には顔見知りの職員もいて、来宮たちが啓一の席へ歩み寄る様子に好奇の目を向けてくる。待ち合わせ場所を市庁舎にしたのは失敗だったかもしれない。

まだ十二時前だが、フライングで昼飯を食べに来ている職員で席は半分がた埋まっている。啓一の差し向かいに来宮が腰を落とすと、団員たちはウェイターの誘導を無視して、周囲のボックス席に散らばった。むりやり相席にさせられた真横のテーブルの二人連れは、そそくさと席を立ってしまった。

「なんだ、ビールはないのかい」

来宮はメニューを眺めて唇を尖《とが》らせ、ウェイトレスをひとさし指で呼びつけた。その指を今度は啓一につきつけて、団員たちに言う。

「こいつは牛田馬の助。お前らの大先輩だ」

呻《うめ》きとも鼻で笑ったともつかない声が周囲から漏れる。こんな平凡なオヤジがかよ、啓一に向けられた誰もの視線が、そう言っていた。

「お前ら、なんでも好きなもん食っていいぞ。先輩のおごりだ」

わぉわぉわぉ。うおうおうおっ。団員たちがバリ島のケチャのような歓声をあげる。

啓一に対する冷やかな目が、突然好意的なものになった。が、ちっとも嬉しくはない。

啓一は職員食堂の倍はとられるこの店のランチメニュー十一人分の値段を暗算し、財布の中身があといくらだったかを思い出そうとしていた——

いや、十一人分じゃなかった。一人で二人前を頼むやつもいれば、デザートを頼んでいるやつもいる。来宮もだ。絶対に領収書をもらっておこう。

「おねぇちゃん、僕はコーヒー。うんと熱いやつ。それとミックスサンドとミートスパゲッティね。デザートはどうしようか。このシュー・ア・ラ・モードってどういうの？」

子どもみたいに目を輝かせてメニューを点検し、迷った末にチョコバナナパフェを注文した来宮が、ひと仕事終えたという具合に、ごくりと水を飲み、煙草をくわえ、ようやく顔を向けてきた。頬を覆《おお》った黒い髭を撫《な》ぜて、にまりと笑う。たぶん柳井の家の笑い猫もこんな表情をするのだろう。

みんなこの笑顔に騙《だま》されるのだ。啓一も、あの頃の団員たちも、そしてたぶんここにいる十人も。なぜ、自分がこの人に振り回されなくちゃならないのかという憤懣《ふんまん》と疑問を、一瞬だけ、どこかへ運び去ってしまう笑顔だった。

「少し、老《ふ》けたか」

「来宮さんこそ」

「やっぱ。この間、チンポの毛に白髪を見つけた」

「あ、俺もです」

「苦労してんのか」

「最近は少々。だから来宮さんに来てもらったんです。助けて欲しくて」

「言ったたろ。俺は人助けは苦手だ。助けられるのは得意だけどな」

来宮にここまでのいきさつを話した。思ったとおり、電話で説明したことは覚えていない。ミックスサンドをあっと言う間に片づけ、スパゲティもたいらげた来宮がナプキンで口をぬぐいながら言う。

「ふーん、公務員ってのも、けっこう大変なんだな」

「楽な商売なんてありません」

「俺は楽よ。商売として成りたってないから。つらくなったらいつでも劇団に戻って来い、大道具として雇ってやる」

「遠慮しときます」

「しっかし、そのアリスのなんたらってのは、聞いたかぎりでも、なまらつまんないな」

「……え？　そうですか。俺はけっこういいと思うんだけど」

「犯罪的につまらん。客のことをまったく考えてねえ」

来宮さんだってそうじゃないですか、という言葉をのみこんで、口がへの字にひん曲がった。来宮の目は誤魔化せない。啓一の心の中を覗《のぞ》いたように、煙草をくわえた唇を、「ん」の字にして笑った。

「俺は自覚的に客を選んでるのさ」

この人はエスパーじゃないか、時々そう思うことがある。俗世間や他人の心の中のことに鈍いようで鋭い。鋭いようで鈍くもあるのだが。

「だけど、それを考えたやつは無自覚だ。客じゃなくて、自分のことばっか考えてる。私を見て、私すごいでしょ、私の才能に気づいてって、わめいてるだけだ。そのなんとか村ってとこにバラが満開。それだけで思いついたに決まってる。ローズガーデンパーティだなんて、こっ恥《ぱ》ずかしい言葉がひらめいちゃったのを、すごいセンスだなんて勘違いしてるさ。頭ん中で考えてるだけなんだな。芝居ってのは、体全体で表現しないとだめだってばさ」

「だってばさ、っていわれても。別に芝居をやるわけじゃないんで」

「なんだって一緒さ。他人にズズンとモノを伝えたかったら、自分の血の最後の一滴まで絞り出す。そうしなくちゃ、人の血を騒がすことなんてできねぇ」

興奮した時の癖で、髪をもしゃもしゃかきむしりながら来宮が熱弁をふるいはじめると、ただでさえよく通る声が店中に響き渡った。客たちが、なにごとかと首を伸ばしてくる。

「これ考えたやつって、神経質で暗〜いやつじゃねぇ?」

「確かに、明るくは……」

「思い込みが激しいタイプ。被害妄想が強い」

「……まぁ、どちらかといえば」

「ハッピーじゃねぇ人間に、ハッピーなものはつくれねぇ」

「なるほど」

「俺にまかせろ」

「はぁ……」勢いにのまれて頷《うなず》いてしまった。あわてて首を振る。「いや、ちょっと待ってください」

「俺はな、商業演劇はやんねぇけど、他人の興行にはシビアなのさ。俺がその気になれば、採算ベースに乗せてみせるよ」

「ねぇ、来宮さん、妙なことはかんべんしてください。役所ってのは、そうでなくてもいろいろと制約があって……」

「あ、やだな、そういうのって。どっぷりだな、馬の助。役人体質とかってやつに。真夏の登別温泉みたいだ。事なかれ主義はだめさ。事があるから、人生は面白いんだから」

北海道訛《なま》りで羊みたいなのん気なことをいう来宮に、啓一は一抹も二抹も不安を感じた。

十二時を過ぎ、店が混みはじめてきた。

「どうしましょう、来宮さん。とりあえず市内見物でもしていていただけませんか。夕方までに宿の手配をしておきますから」

「市内見物ったって、見るとこなかったしょ。大通りの先に田んぼが見えたぞ」

確かに。

「出る前にひとこと言ってくれればよかったのに。来るのは来週だと思ってましたから。宿泊用に市の施設を用意するつもりだったんですけど、まだ空いてないんですよ」

「施設は嫌だ。俺が施設出身だって知ってるだろ」

「いや、施設といっても、福利厚生関係の施設ですよ」

来宮が子どもじみた表情で口を尖らせた。

「わかってるよ、ジョークだ。泊るとこは気にすんな。俺たち旅慣れてるから。ワゴンの中には寝袋も積んである。野宿するもよし、知り合いの家が近くにあるなら、そこへころがりこむもよし」

「こむもよしって……」もちろん来宮の言う駒谷の知り合いというのは、一人しかいない。「かんべんしてください」

「心配すんな。みんな出されたもんはなんでも食うから。好き嫌いするようなヤワなやつはいねぇ。すき焼きでも、寿司でも、鰻《うなぎ》でも、な〜んでもオーケーさ、な、みんな」

おうおうおう。わぉわぉわぉ。肉肉肉肉。寿司寿司寿司寿司。再びケチャの合唱が始まった。どうしよう。啓一の脳裏に眉毛をきりきりと吊り上げた路子の顔が浮かんだ。

「馬の助は、これからどうすんの」

「もちろん仕事です」

「サボりなよ。市内観光はいいから、どっか酒飲めるとこに行こう」

「だめですよ。だって今日は、さっき話したプランナーと打ち合わせ——」

しまった。あわてて口をつぐんだが、遅かった。来宮が好々爺《こうこうや》のように目を細めて、ずるりと冷めたコーヒーをすする。

「打ち合わせって、何時から？」

首を回して骨を鳴らしながら、さしたる興味もなさそうに聞いてくるが、もちろんそれは罠《わな》だ。

「まだまだ先です。午後の遅い時間ですから。だから来宮さんたちには、そのへんをぶらぶらしていただけたらと。駒谷高山植物園などはどうでしょう」

あそこなら市内とはいえクルマと徒歩で一時間半。来宮が怒って帰ってくるのは必至だが、往復で三時間は稼げる。

「午後遅い時間と言うと、ずばり三時だな」

「な、な」ぜそれを。「な、なにを言ってるんですかぁ」

あわてて首を振ったが、顔に正解と書いてしまったようだった。

「お前ら公務員は、残業を死のように恐れるって聞いてるからさ。五時に帰れる遅い時間って言ったら、三時だろ。そうか、三時か。じゃあ、アクターとやらとして参加しないとね。三時にまたここで会おう。そいつをここへ呼びなよ」

啓一は哲平に、いやかえでに、言い聞かせるように言った。

「ねぇ、来宮さん、イベントまであと二週間しかないんです。プランの変更はなしですからね」

「客演ってことだろ。わかってるって、ちょっと二、三アドバイスをするにとどめる。俺ももうすぐ四十だもん。だいぶ丸くなったからさ」

嘘に決まってる。

十一人に昼飯を奢《おご》ったのに、啓一自身はコーヒーを飲んだだけ。腹が減っていることに店を出てから気づいた。地下の職員食堂に下りかけた時、嫌な予感が背すじを撫ぜた。振り返って喫茶室をのぞいたら、ふたこぶらくだの団員たちの前で、忙しげにオーダー用の端末機を叩いているウェイトレスの姿が見えた。げ。まだ食ってる。経費で落ちなかった場合を考えて、昼飯は売店のカップ麵《めん》にすることにした。

給湯所でカップ麵に湯を注ぎ、割《わ》り箸《ばし》をくわえてデスクに戻る。丹波だけがいた。爪楊枝で歯をせせりながら、机にひろげた紙製の将棋盤と詰め将棋専門誌を交互に眺めて、仕事中にはけっして見せない厳しい表情をしている。

啓一のデスクには柳井がつくった見積もり書が置かれていた。やつは意外に仕事が早い。そのかわり見積もりと一緒にメモが載っていた。『昼食後、医療機関へ回ります。PM2：30帰』。医療機関というのは歯医者のことだ。しかも虫歯ではなくホワイトニング治療。

「室長、これを見ていただけますか」

丹波は啓一を見上げ、それから時計に目を走らせて、片手を上げて言葉の続きを制するポーズをした。一時までは休憩時間だから仕事の話はするな、ということらしい。カップ麺を食いおえた頃、ようやく丹波が見積もりを読みはじめる。指を舐《な》めて表紙をめくり、いきなり渋い顔をした。

「ああ、遠野君」

いくら丹波が相手でも強引すぎたか。

「なにか問題でも」

「うむ、ちょっと問題があるねぇ」

困った。丹波だけなら説得はできるだろうが、上に報告をすると言い出すに決まっている。そうなったら、許可が出る頃にはゴールデンウィークが終わっているかもしれない。丹波は柳井がつくったペーパーの一点を指さした。

「ここだ、うさぎ十匹」

「うさぎ？　まずいですか？　動物は無料で、運送費のみですが」

「いや、金額が問題なのではない。ここだ。『匹』。遠野君、うさぎは匹ではなく『羽《わ》』で数えるんだよ。これには諸説あるが、昔、まだ食肉の習慣がなかった時代にだね――」

丹波の講釈が、薬食いと呼ばれる習慣から仏教伝来の話に移ったところで言葉を遮った。

「わかりました。直します」

「それと、この、やぎ四匹、ひつじが四匹なんだが、うーん、これも『頭』のほうがより正式かもしらんねぇ」

「ごもっとも。では、メリーゴーランドは、なんと数えればいいんでしょうか」

「メリーゴーランドは一基、二基でいいと思うが……」丹波が目をむいた。「メリーゴーランド？」

「ということでよろしくお願いします。起案書はこの線で書いておきますので」

何か言われる前に、机の上の見積もりを滑らせて、丹波の胸元に突きつけた。構うもんか。いざとなったら、ふたこぶらくだで大道具係だ。

早めに喫茶室に行って正解だったかもしれない。沢村は約束の時間より五分早くやってきた。迷ったのだが、結局、来宮と会わせることにした。プランナーも大切だが、アクター候補もふたこぶらくだしかいない。どちらにしろ、いつかは顔を合わせることになる。先送りしたって無駄。どうせ火傷《やけど》をするなら、早いほうが症状も軽くすむだろう。

啓一と向かい合わせに座っている来宮に気づいて、沢村が首をかしげた。

「こちらは？」

「今回のイベントにアクターとして出演していただく劇団の座長さんです。内容を把握してもらうために同席をと思って」

来宮が煙草をはさんだ手をあげ、髭面《ひげづら》をほころばせた。全身から放たれているうさん臭いアーティスト・オーラを一瞬にして嗅《か》ぎわけたらしく、沢村はライバル意識をむき出しの視線を走らせて、顎《あご》を上げたままの鷹揚《おうよう》な挨拶をする。

「よろしく」

「んちゃ」

「さっそく見せてもらえますか」

沢村は啓一の隣に座り、ファイルケースからA3サイズに綴《と》じられた紙束を取り出した。

表紙に『アテネ村・ゴールデンウィークイベント〝アリスのローズガーデンパーティ〟ベーシック・プラン』と飾り文字で書かれ、その下に英文書体を這《は》わせてある。片隅に自分の名前。『沢村みのる』名刺では「實」になっていた名前が、ひらがなになっていた。

表紙をめくると、一面に不思議の国のアリスの原画のコラージュ。中央にイベント・コンセプトと題された白抜き文字。その後、凝った書体で、難解なコンセプトの解説が数ページにわたって綴《つづ》られている。あと二週間しかないのに、こんなことに時間を潰《つぶ》していたのか。

七ページ目でやっと本題に入る。
①アリスのローズガーデン全体図。
これは手描きの俯瞰《ふかん》図。ちょっとクセがあるが達者な絵だった。沢村のイラスト作品集のような各設備の完成予想図に続いて、十一ページ目でやっと設計プランになった。が、これはしゃれたデッサン画。引き出し線で英文字の注釈がついている。さらりと描いているふうに見えるが、実際には相当時間をかけたものだろう。いろいろな画風を描き分けられるのが自慢らしい。描くのは構わないが、具体案がまるでない。こんなものより詳細な設計図が欲しいのだが。一枚ずつページをめくりながら、啓一はテーブルの下で貧乏ゆすりをした。

沢村が組んだ手の上に顎を載せてすまし顔をする。

「なかなかの空間造形作品《インスタレーション》だと思いますけどね」

来宮が煙草を灰皿で潰して、沢村に細めた目を向けた。ねずみを前にした笑い猫の表情だった。やばい。先に言葉を発して口を塞《ふさ》ごうとしたが、間に合わなかった。来宮が猫の顔で言った。

「お前、ロリコンだろ」

沢村が縁なし眼鏡の中の目玉をふくらませた。

「な、な、なんですか、いきなり」

「絵を見ればわかるよ。美少女アニメ風。女の子だけくどく描いてるし」

「あ、あんた、いったい」

「別に人の趣味はそれぞれだから、それに関してはどうでもいいんだけどさ。犯罪に走らないことを祈るばかりだ。でも、この興行の目的はなんだ。お前が自腹を切って人に見せるのか？　そうじゃないんだったら、まず個人的な趣味は捨てろ」

「遠野さん、この人は誰なんです」

怒りに声を震わせた沢村は、来宮ではなく啓一に非難の目を向けてきた。

「馬の助、教えてやれ」

「劇団ふたこぶらくだを主宰している、演出家で俳優の来宮裕司さんです」

「聞いたこともないですね」

「かわいそうに、無知は罪つくり。悲しいな」

来宮が本気で哀れむ調子で言う。火をつけようとしている煙草の先しか見ていないから、睨《にら》まれていることに気づいていない。沢村が噛《か》みつくように言った。

「いったい、これのどこが問題だって言うんです？」

「全部」

「あんた、何の権限があって、そんなことを言う。プランナーは僕だ。これは僕の作品だ。あんたは僕が動かすただのコマにすぎな……」

勢いこんでまくし立てようとした沢村の言葉は途中でしぼんでしまった。周囲から射かけられている敵意に満ちた十対の視線に気づいたからだろう。鼻を鳴らし、せいいっぱいの虚勢を張ってそっぽを向こうとしたが、隣のテーブルの鼻チェーンと目が合ってしまい、あわてて視線をテーブルに戻していた。

「僕は帰ります」

「ちょ、ちょっと待ってください」

立ち上がりかけた沢村を押しとどめた。確かに自意識過剰気味の男だが、いま降りられたら困る。

「来宮さん、とりあえず全部目を通してから話し合いましょう」

「時間の無駄だ」

来宮が煙草のけむりを吐き出すと、沢村が片手で露骨に払う。

「きちんと説明してもらいましょ。僕のインスタレーションのどこが不満なのか」

「そうさな、まず田舎町のこんなせこいイベントに、そういうややこしい横文字を使ってる時点で、お前はもう死んでいる……」

来宮がカンフーの蟷螂拳《とうろうけん》の構えをして、沢村をつつくしぐさをする。沢村が顔をしかめてのけぞると、周囲からケチャの合唱が起こった。

「じゃあ、ひとつ目。よーく考えてみろ。いま時のガキが、うさぎのぬいぐるみを無邪気に追いかけると思うか？　しかも使う着ぐるみは、ミッキーマウスでもキティちゃんでもない。商店街のちらし配りに使ってたボロボロの安物だぞ。キャラクターに目の肥えた近頃のガキが、そんなので喜ぶか？」

あれ？　電話では新品同様の上物だと言ってなかったっけ。沢村が黙りこんでしまった。反論する言葉がないというより、ふてくされて反論する気もないという感じだった。

「ふたぁつ。トランプの兵隊がバラに色を塗るってやつ。そんなの眺めて面白いか？しかも塗るふりって書いてあるぞ。なんだ、ふりって。やるなら、ほんとにやれよ」

沢村のかわりに啓一が答える。

「いや、それは……植物をそういうふうに使うとクレームが来る可能性がありますし。イベント後のことも考えると本当に色を塗ってしまうのには問題がありまして」

「そんな中途半端《はんぱ》なもんは、最初からやるな」

のど自慢大会、鐘ひとつ、という感じで、来宮がスプーンでコーヒーカップを叩いた。

「そもそも入り口からして間違ってるな。入場する時にパイプスライダーに入れ、なんて言ったって、客は引くぞ。若い娘や年寄りもいるだろうしさ」

「じゃあ、どうするんです？」

沢村がようやく口を開いた。このアイデアは彼のいちばんのお気に入りだ。黙っていられなくなったんだろう。

「どうしてもやりたいなら、予告なしだ。普通の入り口風につくっておいて、いきなり叩き落とす。感動は倍だね」

これには啓一も首をかしげた。

「それはちょっと……後からクレームが来そうです」

「クレーム、クレーム、クレーム」来宮が両方のこめかみをひとさし指で押さえる。

「馬の助、お前はオウムか。来ねぇ前からクレームを怖がってどうすんの。クレームひとつこない興行なんて、ろくなもんじゃねぇ。敵をつくらねぇやつには味方もつかないんだぞ」

「いや、しかし、これは市が主催するイベントですから」

「なんのためにお前がいんのさ。それをなんとかするのが、馬の助、お前の役目だろ」

「……はぁ」

めちゃくちゃな理屈だが、つい頷《うなず》いてしまった。

「あのさ、百歩譲って、このお子さま童話の世界を再現するとしてもだ、もともとの原作をちゃんと読んでるやつなんて誰もいないんだから、いちいち忠実にやる必要なんかどこにもないんだよ。例えば、そうだな、もしガキにうさぎを追いかけさせたいんなら、狩りだ。狩猟本能をかき立てる」

来宮が早口で喋《しゃべ》りはじめた。芝居の演出をする時と同じ表情になっていた。来宮の脚本のセリフは暗記しても無駄——それが団員たちの合言葉だった。なにしろ稽古《けいこ》のたびにころころ変わる。ただし変える前のセリフをちゃんと練習してこないと、それはそれで空き缶を投げつけてくるのだが。

「子どもってのは本来残酷なもんなんだ。着ぐるみをあっちこっちに出没させて、ガキどもにはサバイバルゲームのエア・ガンを持たせる。卵をぶつけさせるのもいいな」

そんなことしたら、この町の口うるさい教育委員会からクレームが——そう言いかけて口をつぐんだ。気まぐれな男だから、喋るだけ喋らせておかないと、明日にはこの町から消えてしまうかもしれない。扱いづらいことに関しては沢村も同じだが、後でなだめることができそうなぶんだけ沢村のほうがまだましだ。

「トランプっていったら、やっぱギャンブルだ。せっかくこういう衣装をつくるなら五十二人集めて、広場で人間ギャンブルをやるのはどうさ。これは大人向け。バカラといきたいところだが、ここはわかりやすくポーカーだな」

またもや無茶なことを言いはじめて、沢村のこめかみに血管を浮き上がらせる。

「帰らせてもらいます」

「お、ご苦労だった」

「ちょっと待ってください」

啓一が片手をあげて沢村を制していると、来宮の背後のボックス席から顔が現れた。

「いいじゃん。やらしてやれば」

迷彩服のパンツと、黒のタンクトップの女だ。髪は比喩《ひゆ》ではなく、本当に赤色の赤毛。背もたれに頬杖をついて、ドスのきいた低音で言った。

「演出は演出、芝居は芝居だからね」

大きな胸を背もたれに預けているから、楕円形《だえんけい》にたわんだ乳房がタンクトップからはじけ出そうだった。

「あの……彼女は？」

「ああ、うちの美術兼女優のマシンガンねねこだ」

「アニョハセヨ〜」

「これでもハーフだ。親爺《おやじ》は韓国空軍少佐、らしい」

「もしや来宮さんの……」

新しい彼女さんですか、と聞くつもりで耳もとで囁《ささや》いたのに、来宮は大声を返してきた。

「何言ってんだ、はんかくさい！　いくら俺だって、こんな恐ろしいオンナ――」

女が背もたれに預けていたひじを、来宮の頭の上に落とした。

確かに電話に出た女よりずっと声が低い。芝居で声を潰したというより、舞台が跳ねた後の打ち上げの酒で潰した感じだった。ねねこが腕を伸ばして沢村の「ベーシック・プラン」をすくい取った。

「けっこう絵、うまいじゃん。造形もできる？　うちで働いてみるかい。背景画《かきわり》が描けるやつが欲しかったんだ」

「遠慮しときます」

沢村はひと言で吐き捨てたが、ちょっと得意気に顎をあげた。何か言われるたびにそっぽを向くのに、今回はまっすぐ前を向いたまま。視線がちらちらとねねこのメロンみたいな胸に走っていた。

「あらぁ、このコ、よく見るとちょいとハンサムじゃない。俳優もいいかも」

ねねこの隣からもうひとつ頭が出てきた。驚いた。咲太郎さんだ。長かった髪が坊主刈りになっているからまるで気づかなかった。啓一が入団する前から在籍していた衣装担当兼「女優」。口ひげを生やしているくせに、マスカラをこってり塗った独自のファツションは、十数年前と変わらない。沢村が今度はコンマ一秒で目をそらした。

「ケイちゃん、おひさ〜」

咲太郎さんは、肥満気味の体と同じ丸くて太い指を、ひとでがダンスをするみたいにひらつかせた。プロのスタイリストとして独立し、劇団を離れたと聞いていたのだが、また舞い戻ってきたらしい。

「どうも、しばらくです」

「ねぇ、ユー坊」来宮をユー坊などと呼べるのは、劇団の中では咲太郎さんだけだ。なにしろ来宮よりも十歳近く年上。演劇歴三十年は来宮より長い。「ねねちゃんの言うとおりよ。このコは仕込みのヒトでしょ？　どうやるかは——」

そこでねねこが言葉を引き取った。

「うちら次第ってことだわな」

あらかじめネタ合わせをしていたように息がぴったりだった。ねねこが来宮に意味ありげにほくそえむと、来宮もにんまりわらった。

「あ、そうか。なるほどな」

嫌な予感がした。

沢村が気味悪そうに二人に目を走らせながら、啓一に聞いてきた。

「遠野さん、僕の企画に何かご不満でも？」

「うーん、内容はこれでいいと思う。不満といえば、まだ企画でしかないのが不満だ」

沢村がまたもや頬をふくらませて横を向いてしまった。

「もう少し具体的なプランが欲しい。沢村さんのほうだって、急がないと施工が間に合わないだろ？」

「施工？」沢村が首をかしげて見つめ返してきた。「うちは企画と設計だけの会社ですが？」

「え、そうなの？」

ちょっと待ってくれ。そういうことは早く言ってくれないと。

玄関のドアを開けた路子が、啓一に続いて姿を現した来宮とマシンガンねねこに目をしばたたかせた。

「奥さん、お久しぶり。相変わらず別嬪《べっぴん》さんでなにより」

路子は何年か前に、むりやり買わされたチケットで公演を観に行った時、楽屋を訪ねて紹介しただけなのだが、来宮は顔なじみであるかのように気安げな言葉をかける。

あいまいな笑顔を浮かべていた路子は、二人に続いてふたこぶらくだの団員たちが次々と入ってくるのを見て、目を丸くした。

「お前ら、靴はちゃんと脱げ。俺の家と違うんだからな」

路子にくわしい事情を話す暇がなく——というより勇気がなく——電話で客を連れていく、今夜は泊めることになる、と伝えただけで家まで連れて来てしまった。目を合わせるのが怖かった。

リビングから顔を出した哲平が、玄関からぞくぞくと入ってくるヒーロー戦隊ものの怪人のような集団に目をぱちくりさせていた。哲平の下から顔をのぞかせたかえでが、ぽかりと口を開けて赤と黄色のモヒカン頭を眺めている。先頭の鼻チェーンが頭を撫《な》でようとすると、二人揃って首を引っこめ、パタパタと足音を立ててリビングの奥へ逃げていった。トラウマにならなければいいのだが。

リビングに消えていく団員たちの一人一人に、路子は愛想のいい微笑《ほほえ》みを投げかけている。さすが路子だ。驚いてはいるが、怒ってはいないようだ。最後の一人に続いて、ブーツやら雪駄《せった》やらハイヒールやらぼろぼろのスニーカーやら種々雑多な靴で足の踏み場もなくなった三和土《たたき》の隅っこで靴を脱ごうとしていると、背中に声がかかった。

「ちょっと、ケイちゃん」

いつもより声が低い気がする。やっぱり怒ってる。振り返るのが怖かった。

「どういうこと」

「……とりあえず、夕飯は食わせてきたから」

駒谷駅前の焼肉食い放題の店。昼飯代だけでもう財布はからっぽだったから、接待費で落ちることを祈りつつ、カードで支払った。

「覚えてるだろ、来宮さん。劇団をやってる。ほら、この間話したじゃないか。今度、こっちに来るかもしれないって」

「覚えてるわよ、忘れたくても忘れられない。そうじゃなくて、あの人たちがなぜうちに来たのかってこと。全部で十人いたわよ」

「……いや、十一人だ」

「で、全員をうちに泊めるの？」

「今晩だけ、いや……」あてにしていた市の宿泊施設付きの研修センターは、新人研修で塞《ふさ》がっていて、とうぶん空かない。「……ほんの何日か」

玄関をあがると、両手を腰にあてた路子が行く手に立ちはだかった。ビデオで見たことがある、路子が出場した空手の試合の対戦前のポーズみたいだった。啓一より二十センチ下にある路子の目が、啓一を正拳突きしてくる。

「おふとん、どうするの？　あんなに大勢のぶんはないわよ」

「寝袋があるそうだ」

「あたしたちは、どこで寝ればいいわけ？」

「奥さ〜ん、お風呂場はどこですかぁ〜」

リビングから来宮ののん気な声がした。路子の眉が三十度につり上がる。啓一は試し割りの瓦《かわら》になった気分だった。

「昔みたいに、私たち二人きりだったら、あなたが誰を呼ぼうが、何人来ようが驚きはしないわよ。お友達は大歓迎。人数にもよるけど。でもね、ケイちゃん」

「馬の助ぇ〜、ビール飲んでいい〜」

路子の眉が四十五度になった。

「いまはうちには小さい子どももいるんだし――」

「ひゃぁ〜っ」

かえでの叫び声が聞こえた。路子がリビングへ急ぐ。あわてて後を追った。

かえでが宙を舞っていた。いちばんのっぽの鼻チェーンが、かえでを頭上に抱え上げて、皿回しみたいにくるくるまわしている。頭のてっぺんで結んだかえでの髪が竹トンボのように回転していた。

かえでは手足を突っぱり、おサルのように顔を真っ赤にして口を全開にした。

「うききききっ〜」

悲鳴じゃなくて、歓声だった。両手の指がピースサインをつくっている。歩み寄ろうとした路子が、伸ばしかけた両腕を宙で空振りさせていた。

「ぼくもぼくもぼくも」

哲平が鼻チェーンの腰にまとわりついて飛び跳ねた。

「よしっ、ボク、こっちにおいで」

ねねこが哲平を手招きする。哲平を軽々と肩にかついで、部屋を歩きはじめた。小柄なのにすごい力だ。リビングの隅まで来ると、よいしょとかけ声をかけて、肩に載せた哲平の体をくるりと反転させた。

「急速旋回〜っ」

哲平もかえでとはり合うように声をあげる。「うっひょ〜っ」

部屋の真ん中に戻ると、今度は哲平を逆さ吊りにする。

「急降下爆撃！」

「ひゃっほ〜い」

のっぽの肩に乗ったかえでが、鼻のチェーンを引っ張っている。自分にもあれをやってくれと言っているらしい。のっぽもかえでを肩にかつぐ。ねねこが言った。

「よし、編隊飛行っ！」

「うわわぁ〜い」

「うききききき」

興奮したかえでが手足をばたつかせて、サイドボードの上の絵皿を落とした。路子の口が「あ」のかたちになる。絵皿が床に落ちる寸前、モヒカンがスライディングキャッチした。冷蔵庫から勝手に出したビールを打ち鳴らして来宮が拍手をする。

「ナイスだ、犬蔵。お前、北海道ファイターズの入団テストを受けろ」

ねねこの肩の上で哲平が息を弾ませて言った。

「ねぇねぇ、ママ、このオバサンたち、今日泊まっていくんだって！」

オバサンと呼ばれたねねこが、哲平の頭を手荒く壁に打ちつけた。それにも哲平は歓声をあげる。

路子が小さく息を吐いて、啓一に肩をすくめてみせた。

「しかたない。二、三日ね」

「ああ、すまん」もう少し長くなるかもしれない。

「食費はちゃんと出してもらってね。哲平の新入学で今月は苦しいんだから」

「経費で落とすよ。もう役所勤めじゃないし」

「落ちるの？」

「たぶん」自信はないけれど。

7.

「もしもし、遠野と申します。駒谷市役所の国際交流課時代にお世話になった者ですが」

昨日から電話をかけ続けて、ようやくつかまえた受話器の向こうの人物が、自分の名前を覚えているかどうか不安だった。

――おう、遠野さん、ひさしぶりだな、元気かい。

覚えていてくれた。地方訛《なま》りが強い塩辛声が返ってくる。

電話の相手は『飛鳥組《あすかぐみ》』の社長、多田政邦《ただまさくに》だ。

飛鳥組は、経済基盤が公共投資頼みの駒谷市に必要以上の数がある建設会社の中では、異色の存在だ。神社・仏閣の建築専門の工務店で、多田は県の文化財保存技術協会の会長。イベント施設づくりの相談など普通ならとてもできないが、思いつくかぎり他にツテはない。

多田自身に仕事を依頼するなんてハナから無理に決まっているから、顔の広い彼に、請け負ってくれる工務店を紹介してもらえれば、贅沢を言えば腕の確かな人間が揃っている飛鳥組から一人、二人回してもらえれば、と啓一は考えていた。

――あの時はいろいろすまなかったな。

律儀《りちぎ》な口調で多田が言う。

国際交流課にいた頃、啓一の唯一の仕事らしい仕事が、駒谷に残る古い寺社建築に対する問い合わせに答えたり、資料を作成したり、多田の噂を聞きつけて視察や見学に来た海外からの客――二年間で三組だったが――を案内したりすることだった。面倒見のいい多田が民間機関を通じて外国から研修生を受け入れ、彼らの滞在期間で揉《も》めていた時、間に入ったのも啓一だった。

「とんでもないです。親方、最近はいかがです？　お忙しいですか」

飛鳥組は社長と従業員二十数名。宮大工集団としては大手で、れっきとした株式会社なのだが、多田は社長と呼ばれるのが嫌いらしく、誰であれ他人には親方と呼ばせている。

――ああ、おかげさんで、いまは円福寺の改修にかかりっきりだ。それが終わったら隣町の月方神社。ありがたいね、神様と仏様には不況は関係ないようだな。

「お願いしたいことがありまして」

怒られるのを承知で話をすると、怒るというより不思議そうな声を出された。

――アテネ村に神社を建てるのか？

「いえ、じつは……」

意を決して詳細を話す。黙りこまれてしまった。やはり怒らせてしまったか。

「やっぱり、無理ですか……」

長い沈黙の後、親方が浪曲を唸《うな》るような声を出した。

――こっちも頼みがある。聞いてくれるか。

「はぁ、もちろん」

――いまうちには俺の孫が来てるんだ。

「孫？」

――ああ、親もとから預かってる。息子はサラリーマンになっちまったが、孫に俺のお手々だけでも継がせようと思ってな。そいつにその仕事をさせてもらえねえかな。

継がせるのは会社ではなく技術だけ、と言いたげな口ぶりだった。多田はそういう人だ。従業員みんなが家族。分けへだてなく叱《しか》り、褒め、とことん面倒を見る。

――一人前の大工になるまで家には帰さないつもりなんだ。修業を始めたばっかりでまだまだだが、継手《つぎて》や仕口《しぐち》のこしらえ方ぐらいは教えてある。一般住宅程度なら、そこらへんのなまくら大工よりましだ。そいつを使ってやってくれないか。人手も必要なだけつけるし、俺もきちんと目を届かすようにする。それでも構わないなら、仕事、させてもらうよ。

もちろん否《いや》も応もない。修業の厳しい飛鳥組の職人なら、若くても仕事はしっかりしているはずだ。まして親方の孫ならなおさらだろう。

「お願いします。助かります」

啓一が言うと、親方もなぜか同じせりふを口にした。

――助かるよ。

電話を切ると、目の前に林田の顔があった。さっきまで啓一と同様、受話器を握ってどこかと話をしていたのだが、いまは向かい側のデスクからイグアナが這《は》うように身を乗り出していた。こちらに伸ばしてきた顔が必要以上に近い。啓一は顔をのけぞらせた。

「なんだい？」

「ポスターの件ですが、業者を替えるというのは本当ですか？」

林田が上唇を舐《な》める。いまにも舌が伸びてきて、啓一の頬を這うのではないかと思った。

「うん、調べてみたら、あの印刷会社は時間がかかりすぎるし、見積もりも異常に高いんだ。もっと早くて、安い業者に発注するつもりなんだけど」

「あれはペガサスの担当者と協議して決めた業者ですよ。それをいきなり替えるというのは、いかがなものでしょうな。あとあと係長が困ったことにならなければ、いいのですがね」

日に焼けた真っ黒な顔にひきつった笑いを浮かべていう。腹の中も顔と同じ色をしているかもしれない。困るのはお前じゃないのか？

「でも入札で決定した業者じゃないだろ。向こうもキャンセル料はいらないって言ってきてるし、別に構わないと思うけどな。一任すると言われたわけだし」

林田が啓一を睨《ね》めつけ、鼻の穴を広げた。

「次の会議が楽しみですな」

それだけ言うと、イグアナが巣に帰るように椅子へ戻り、新聞の中に隠れてしまった。アトラクション会場設営の現場監督は林田に任せたかったのだが、協力してくれそうにない。しかたなく丹波に声をかける。これから飛鳥組の親方に会うと伝えると、ぴしゃりと両手を叩いた。

「よいねぇ。文化財保技協会の会長のところなら、どこからも文句は出ないだろう。うまいことを考えるねぇ、遠野君は」

「これから打ち合わせなんですが、よかったら同行していただいて……」

駒谷では名士の飛鳥組の親方に会う以上、こちらも一人というわけにはいかない。丹波が一転、警戒する表情になった。

「これからというのは？」

「いますぐという意味です」

「おやおやそれはまた急な。しかし今日はもう無理だねぇ」

正確な時刻よりいつも数分進んでいる推進室の時計は、まもなく午後四時になろうとしている。無理だというのは、これから出かけると、丹波が毎日四時四十五分きっかりに始める帰宅の準備はおろか、終業時間にも遅れてしまう、ということを言っているのだ。

「今日は、どうしてもはずせない会合があるしねぇ」

その会合を啓一は知っている。週一回の書道サークルの活動日だ。

「わかりました」

徳永は不在。いつのまにか姿が消え、みんながそれに気づいた時には、推進室のホワイトボードの外出先に「病院」と書かれていた。どこかが悪いようには見えなかったのだが。柳井は啓一たちの会話を耳にしたとたん煙草のパッケージを握りしめて喫煙所へ逃げようとした。今日も合コンだろうか、派手なスーツの肩を叩くと、背筋がぴくりと伸びた。

「柳井、行こうか」

親方とはアテネ村で直接待ち合わせることになっている。市庁舎からアテネ村まで、クルマで二十分ほどの道のりは、もう通い慣れた道だった。どんなに忙しくても一日一回は足を向けている。

アテネ村のどこになにがあるかもすっかり覚えた。夢に出てくるほどだ。最近、啓一はよく寝言を言うらしい。今朝も「その石像をどけてくれって叫んでたよ」二階を来宮たちに占領されて、一階の和室でまた一緒に寝ることになった哲平にそう言われた。

RX－7を片手で運転し、もう一方の手を窓にもたせかけている柳井に声をかけた。

「すまないな、お前ばっかり」

「いえいえ」

「他に頼る人間がいなくてさ」

本心で言ったのだが、冗談だと思ったらしい、柳井が笑う。

「いや、構わないっす。忙しいのは嫌いじゃないですよ。合コンの時以外」

「悪かった。間に合えばいいけど」

「いや、実は今日は何もなかったんですよ。六時からテレビでサッカーが見たかっただけ」ハンドルを気だるげに回しながら、柳井が言葉を続けた。「最近、係長と残業してるでしょ。正直、ほっとしてるんです。どうせ帰っても、なんにもやることないから」

「合コンとかデートで忙しいんじゃないのか」

「だったらいいんですけど。そんなのほんのたまにっすから。ときどきヒマすぎて、自分が何してるのかわかんなくなる。最近は、こいつとのデートばっかですよ。家にいてもつまんないし」

そう言ってRX-7のハンドルを叩いた。

「係長は東京が長かったから知らないかもしれませんけど、駒谷には若い女が少ないから、クルマが恋人ってやつが多いんです。仕事だってろくなのないから、クルマかバイクいじりに熱中する。このRX-7だって、あちこちいじって、馬鹿みたいに金かけて。

なにやってんだか。自分でもそう思いますもん」

いいや、知ってる。啓一が二十代の頃からそうだった。考えてみれば、いままで柳井とは私生活の話をしたことがほとんどなかった。

「そういえば、お前の家って――」

その時だ。柳井が舌打ちをした。

「やっべぇ」

後方から地鳴りを思わせる音が聞こえてきた。いつのまにかRX‐7の背後をバイクが追走していた。クラクションは古式ゆかしい『ゴッドファーザー』のテーマ。地元の暴走族だ。駒谷には暴走族が多く、郊外の山道は格好のパーティ会場になっている。アテネ村の塀や神々の彫像は彼らのスプレー落書きだらけだ。

「ほっときゃいいじゃないか」

「無理っすよ。俺らを追ってるんです。きっと俺のクルマがかっちょいいのが、気に入らないんだ。知らないんですか、係長。ここの峠を走る族ってのは極悪っすよ。県内最凶。駒谷の車好きは、夜は絶対この道は走りませんもん。俺も何度煽《あお》られたことか。この間も東京ナンバーのダサいあずき色のRVが追い立てられて、杉林に突っこんだって話っす」

柳井が早口でまくし立てる。怯《おび》えているらしい。目が落ち着きなく前方とルームミラーの間を往復していた。

「クルマ停めちまったら、引きずり出されてボコボコっすよ。こんな時間から出てきやがるとは思わなかった。振り切りますから、しっかり摑《つか》まっててくださいよ」

いきなり柳井がアクセルをふかす。振り向くと、四百CCクラスと、それ以上ありそうな大型バイク五、六台が間近に迫っていた。

口ほどにもなく、柳井は逆にどんどん距離をつめられている。バイクに乗っている連中は、都会ではもう珍しいだろうM字型に剃《そ》り込みを入れたパンチパーマや、キノコみたいにふくらませた髪に鉢巻きをしたのや、バンダナで覆面をしているのやら。ほとんどがノーヘルだ。いまや蛾《が》の触覚のように細く剃った眉がわかるほどの距離だった。バイクの後方には竹槍みたいにマフラーを突き立てた改造車の姿も見えた。

「とりあえず駐車場に逃げこみましょう。そうすれば、なんとかなるかも」

RX-7がアテネ村の正門を右に折れると、バイクと改造車も右折した。確かに追いかけられているようだった。柳井が派手にタイヤを鳴らしてアテネ村の駐車場にクルマを突っこむと、すぐ後ろでやはりタイヤの擦れる音がした。

柳井は通用口近くにクルマを停めるつもりらしかったが、向こうのほうが早かった。通用口の前へ、行く手を塞《ふさ》ぐように、次々とバイクが停まる。

「なんともならなかったな」

「……そうっすね」

連中がバイクと改造車から降りて、こちらへ近づいてくる。老《ふ》けてみえるがみんな十代だろう。哲平とひとまわりほどしか変わらない年齢だ。目玉をふくらませて、乾いた唇を舐めている柳井に言ってやった。

「怖がることないよ、相手はまだ子どもじゃないか」

「そういう係長も、声、震えてません？」

「い、いや、別に……」喉につまった生唾《なまつば》をのみこんで言った。「こっちに敵意はないんだ。話せばわかるさ」

「じゃあ、まず係長が話し合ってきてください。俺、クルマで待ってますから」

「……あ、ああ」

暴走族は全部で八人。首を必要以上にねじ曲げたり、口の中でガムをころがしたり、煙草を煙突みたいに突き立てたり、それぞれの得意の威嚇《いかく》ポーズらしいパフォーマンスで歩み寄ってくる。肩の後ろに両腕を回してつるはしを担《かつ》いでいるやつもいた。

どうしよう。暴力沙汰《ざた》は苦手だ。というより喧嘩《けんか》など大人になってから一度もしたことがない。頭の中でロッキーのテーマが鳴った。『ロッキー2』。試合が怖くなってチャンピオンとの対戦を拒否しようとするストーリーのほう。

その時だ。駐車場に2トントラックが猛スピードで飛びこんできた。タイヤが鳴り、柳井より数段上のドライビングテクニックで車体がドリフトし、RX-7の近くにぴたりと停車する。ボディには『飛鳥組』の文字。助手席に親方の姿が見えた。

助かった。六十過ぎの爺《じい》さんだが、飛鳥組の親方には地回りのヤクザでさえさからわない。

トラックの運転席から若い男が降りてきた。暴走族がそちらを振り返る。まだ二十歳そこそこの年齢だ。てぬぐいの鉢巻きが金色の髪を逆立てている。地面に裾が引きずりそうな紫色の作業ズボンを穿《は》いていた。男は八人の暴走族に臆《おく》することなく、鋭い視線を飛ばした。

暴走族が男をめがけて突進していった。まずい。啓一はなけなしの勇気をふるって、あたふたとクルマを飛び出す。背後で柳井が叫んでいる。

「係長、やめたほうがいいですよ!」

金髪の五メートルほど手前で暴走族が立ち止まる。横一列に並び、いきなり金髪に向かって大声を張り上げた。

「ちぃぃぃーっす」

それから全員が深々と頭を下げた。

え?

男に続いてトラックから降りてきた親方が暴走族たちを怒鳴りつけていた。

「馬鹿野郎、てめえら、最初に挨拶すんのは、あの人だろう」

そう言って啓一を指さした。八人がこちらを向き、金髪の若い男に対してのものと比べると、あきらかにおざなりの挨拶を投げて寄こす。

「すまねえな、遠野さん。礼儀を知らねえやつらで」

啓一は親方の日焼けじわの深いじゃがいものような顔と、切れ長の尖《とが》った目をした金髪と、彼の後ろでよくしつけられた猟犬さながらに整列した八人をぼんやりと眺めた。

親方が金髪に向けて顎《あご》をしゃくる。

「これが俺の孫だ。まぁ、よろしく頼む。ほら、挨拶しろ、新次《シンジ》」

金髪はボクサーが対戦相手を睨《にら》むような表情で、首をかすかに前へ傾けるだけの会釈《えしゃく》を寄こしてきた。そうしている間も視線は啓一から離さない。まわりのすべての人間に喧嘩を売っているような目つきだった。

「新次に人を集めろって言ったら、案の定、こいつらを呼びやがった。昔、こいつが悪さしてた時の仲間だ」

そういって背後の暴走族たちを振り返る。昔といってもそんな昔ではないだろう。シンジという名の若者は、近くで見るとまだ十八、九といった年齢にしか見えない。

「あんたの孫たちが騒いで眠れないって、この近くに住んでる婆さんに怒られてさ、こいつらに説教したんだ。いつまでも夜中に馬鹿騒ぎなんぞしてねえで、真面目《まじめ》に働けって。全員、うちで雇うわけにもいかねえし、こいつらも雇われる気はねえようだが、そう言った手前、ときどき俺のところの解体仕事なんかを手伝わせてるんだ」

確かに暴走族ファッションだと思っていた彼らの鉢巻きやヘルメット、だぶだぶのつなぎや裾を垂らしたズボンは、作業服といわれればそう見える。

「悪いな、いまうちは忙しくて、こんなやつらしか用意できねえけど、こいつら、体力だけは売るほどあるから、ぞんぶんに使ってくれ」

恐る恐るクルマから首を伸ばしている柳井に叫んだ。

「設計図を持ってきてくれ」

それから親方と九人の男――というよりまだ少年たちに声をかけた。

「では、さっそくですが、仕事の内容の説明を――」

設計図といっても、いまのところ沢村のおしゃれなデッサン集しかないのだが。図面を取り出すと、シンジが両足を広げて深々と腰を落とした。両手は開いた腿《もも》の上。他の八人もそれにならってウンコ座りをする。親方はアスファルトの上にあぐらをかいた。

啓一と柳井もおずおずと腰を落とす。両膝《ひざ》をかかえた体育座りだ。

〝アリスのローズガーデンパーティ〟

バラの花をあしらったタイトルロゴを見るなり、シンジが地面に唾《つば》を吐いた。

「まじかよ」

他の八人も、いまにも唾を吐きそうな顔をした。

啓一も心の中で叫んだ。まじかよ。

ペガサスの理事長室を出た啓一は、大きく息を吐いて、閉めたばかりのドアに背中を預けた。

丹波の押印《おういん》をもらった起案書を見せたところだった。商工部長に釘をされた以上、避けては通れない関門。「ボトムアップでゴーゴー」のための霊験《れいげん》あらたかなお札をもらいに来たのだ。

ペガサスの文書事務は市役所とまったく同じだ。何をするにも起案書と呼ばれる用紙を提出しなければならない。書式も焼き直したものを使っている。

起案書には、起案者、件名、そして案件に関する説明文などを書く。表面には決裁印のための欄がずらりと並び、件名の下には、「伺い文」と呼ばれるこんな文章があらかじめ印刷されている。

『上記のことに関して（　　　　　　　）してよろしいでしょうか。
　　　　　　　　　　　　　　　　　　　　します。　　　　　　　　』

「してよろしいでしょうか」あるいは「します」どちらかに削除線を引くわけだが、駒谷市役所の場合、通常は「してよろしいでしょうか」を残すのが慣例で、啓一もいまま

ではそうしてきた。だが、今回は、

『件名　アテネ村ゴールデンウィークイベント新規アトラクション企画について

上記のことに関して（別紙の通り実行）します。』

『します』だ。

理事長はろくろ踊りの練習中だった。啓一が緊張して差し出した起案書を、日本舞踊風の手さばきですくい取り、すり足で理事長室をねり歩きながら読み、書面を鼓《つづみ》のように叩いてから、あっさりと言った。

「かまわんよ」

たぶん増淵市長か商工部長との間で話がついているのだろう。驚くほど簡単にオーケーが出た。厚さが一センチ近い企画書を用意していったのだが、その必要もなかった。

難関突破。もう一度、安堵《あんど》の息を吐く。いまにもドアが開き、「やっぱりきちんと見せてくれ」と理事長がすり足でにじり寄ってくるような気がして、啓一はそそくさと理事長室を離れた。

商工会議所ビルを出たとたん、携帯が鳴った。

——おう、馬の助。

来宮だ。

「どうしたんですか」

――なんとかしろ、お前の仲間が文句をつけてきた。

「仲間？」

――いま、駅前でパフォーマンスをしてたのさ。ほら、公演中止になった『蠍《さそり》女と八人の壺《つぼ》男』。せっかくここにしばらくいるんだ。挨拶がわりに路上でさわりの部分をやってたら、いきなり、おまわり君に呼び止められたんだわ。

「警察？」

――公務員同士だろ。話をつけてくれ。

「そんなこと言われても。いまどこです」

――クルマの中さ。白と黒のおしゃれなツートンカラー。カラオケ付き。あ、無線か。久しぶりだな、これに乗るのは。

電話の向こうで来宮がわめきはじめた。

――離せよ、うるせえな、いいだろ電話ぐらい。手錠なんかすんじゃねえって。

「す、すぐ行きます」

一難去って、また一難だ。

「すまないね、馬の助クン」

「こんな時だけ、クンづけしたってだめですよ」

駒谷警察署は、市役所とは目と鼻の先、歩いてほんの数分の距離なのだが、事情を説明し、連行された来宮を引き取るのに二時間もかかってしまった。

駒谷駅前のロータリーの真ん中には、円形の広場がある。そこで、ふたこぶらくだはパフォーマンスをしていたそうだ。来宮自らが演じる火噴き男の炎が、街路樹に燃え移って大騒ぎになったらしい。

「ねぇ、来宮さん、問題を起こされると困るんです。役所はうるさいですから」

ただでさえ駒谷市は道路使用に関して制約が多い。警察以上に市役所の管理者の目が厳しいのだ。数年前、中央官庁の視察団を招く時に急遽《きゆうきよ》つくった「駅前浄化条例」があるからだ。他の地域では黙認されている大道芸などは、もってのほかだった。

「臨時とはいえ仕事を頼めなくなっちまう。ギャラどころか宿泊代も食事もなし。それでも、いいんですか」

「悪かったよ」

来宮が子どものようにこくりと頭を下げた。来宮に説教をするなんて、灰皿を投げつけられていた頃を思うと信じられない。ちょっといい気分だったが、来宮はろくに話を聞いていないようだった。

「あ、そうそう、さっきパトカーの中で、すげえいいこと思いついたんだわ」

「聞きたくありません」

「スポンサーを見つけようと思うんだ。この町で。ほら、昔、俺たちに住宅地の中の野外ステージを貸してくれた会社があったしょ。ああいうスポンサー」

「あれ、なんだか怪しげな会社でしたよ。いま考えると地上げの嫌がらせの一環として雇われてた気がするんですけど」

「そうかなぁ。俺は近所の人にも、けっこう受けてた気がするのさ。とにかく金と場所を貸してくれるとこがあれば、おまわり君に舐《な》められることはない。堂々と芝居ができる」

「駒谷じゃ無理ですよ。大きな企業なんかありませんし、あったとしても文化活動や教育活動の一環みたいな劇団じゃないと」

「いや、あるよ」

「ねぇ、来宮さん。僕はふたこぶらくだをいい劇団だと思います。でも世間の評価はまた別だ。いったいどこの誰が……」

そこまで言って、啓一は口をつぐんだ。答えるかわりに来宮が肩を叩いてきたからだ。ぽんぽん。

「……だめですよ、アテネ村のイベントでは。もう企画が決まってますから」

「じゃあ、どこかに話をつけてくれ。文化活動の一環でも教育活動の一環でも、こっちはいっこうにかまわないからさ、な」

ぽんぽん。

「僕に言われても……」

そう言いながら、来宮に目をのぞきこまれると、ついどこに話を持っていけばいいのか考えてしまう。昔、刷り込みされた習い性かもしれない。ふたこぶらくだでは来宮の存在は絶対だった。「来宮天動説」という言葉があったほどだ。啓一も入団した最初の一年間はまともに口はきけず、名前も覚えてもらえなかった。いまだに本名で呼ばれた記憶がない。団員の中で来宮が本名で呼ぶのは、一目置いている咲太郎さんだけだ。

「考えておきます。そのかわり、二度と揉《も》め事をおこさないと約束してくれますか？」

「するともさ」

来宮がにこりと笑った。来宮なら笑い猫の役を、メーキャップなしでやれそうだ。

「火はやめてくださいよ」

「わかってるって、俺も昔より丸くなったから。世間っていう大波にもまれ、削られ、もうマリモみたいにまんまるさ」

もう一度、来宮が啓一の肩を叩いて笑った。嘘に決まってる。

8・

駒谷の山裾に白い梨の花が咲きはじめると、そろそろ春も終わりだ。

啓一はアテネ村へ向かう道にエスティマを走らせていた。ゴールデンウィークイベントまであと十日ほど。これからすべきことを考えると、ついアクセルを踏む足に力が入ってしまう。ふだんなら必ず停車する駅前通りの黄色信号を、スピードを上げて走り抜けた。ルームミラーからさがったマスコット人形が、乱暴な運転を抗議するように揺れる。玄関で見送られた時の哲平の言葉がよみがえってきた。

「お父《とう》、今日も仕事なのぉ？ かけっこの練習、一緒にするって約束したのに」

走るのが得意な哲平は、来月の運動会の徒競走で一等をとると張り切っているのだ。

久しぶりの息子からの誘いだったのに、断るしかなかった。

口を尖《とが》らす哲平の隣で、かえでもぷくりと頬をふくらませていた。

「やくそくしたのに」

かえでとは何の約束もしていなかったが、心が痛かった。先週に続いての休日出勤。

土日に仕事をするなんていつ以来だろう。この間の市議会議員選挙の時以来か。週末も開放されている施設の職員をのぞけば、駒谷市役所の人間が休日出勤するのは、文字通り天変地異があった時だけ。台風か大雨で役所に対策本部が置かれようかという場合や、当番制で回ってくる選挙の手伝いに駆り出される時ぐらいだ。

そういえば前回の市議会議員選挙の時も、哲平に文句を言われた。国会議員の補欠選挙の際、公職選挙法違反容疑に駒谷市議数名が連座したため、その禊《みそ》ぎという名目で議会は自主解散したのだが、結果はもともと少ない反市長派がさらに減っただけ。地方自治法が改正され、議員定数の上限が定められる直前だったから、市長派議員たちが議席をあと四年間確保するための駆け込み解散だったのではないかと囁《ささや》かれたものだ。真偽のほどはともかく、駒谷の市議会議員四十四人は、人口七万の都市にしては破格の数であることは事実だ。市長派議員の多くは議席を守ったが、啓一は一カ月前に口にしていた、静岡までJリーグの試合を見に行くという哲平との公約を守れなかった。

『うちのお父さんの仕事は、すごくいそがしくて、土よう日も日よう日も出かけます。ぼくとのやくそくもまもってくれません』

親の背中を見せるのが、子どもへのなによりの教育と言うが、背中ばかり見せられたら、子どもだってたまらないだろう。

路子は啓一の休日出勤について何も言わなかった。というより、このところろくに口をきいてくれない。特に不機嫌というわけではないのだが、声をかけるのはいつも啓一で、向こうからは話しかけてこない。最近はアテネ村の仕事の話をするようになったのだが、路子はいつもどこかうわの空だ。理由はわかっているつもりだった。ほんの二、三日で立ち去るはずだった来宮たちが、いまも遠野家に居座り続けているからだ。

次の信号がまた黄色に変わる。今度こそ間に合いそうにない。バイオリズムが下り坂の時には、信号にまでツキがなくなる気がする。啓一はブレーキを踏み、小さくため息をついた。

右手が梨畑、左手は桃園。白とピンクの鮮やかな配色をだいなしにしているこまたに観光ホテルの血膿色《ちうみいろ》の屋根が見えてきた。手前に真新しい看板が立っている。

『駒谷アテネ村・右折5キロ　G・Wイベント　4月29日〜5月5日』

ささやかだが、アテネ村リニューアル推進室の初仕事だ。デザインは沢村の会社に依頼した。ロゴタイプはイベント企画でボツになった書体。なにしろアテネ村はアクセスが悪い。表示がわからないと、せっかく来てくれた客が、道を間違えたかと、Uターンしてしまう恐れがあるのだ。

ゴールデンウィークイベントに合わせた急ごしらえのものとはいえ、発注から一週間で実現するなんて、駒谷市役所関連の仕事にしては異例のスピードだ。丹波のデスクに事後承諾の起案書を載せ、RX‐7のトランクにシャベルを積みこんで柳井と二人で立てた。いままでどおりにやっていたら、看板が立つのは、来年のゴールデンウィーク前になっていたに違いない。

こまたに観光ホテルから、今度は延々と駒谷ビューティーロードが続く。柳井のRX‐7の走行メーターを使って計測したから少々アバウトなのだが、ここにも何カ所か残りキロ数を記した看板を立てた。

残り約一キロの看板から、二キロ近く走ると、ようやくアテネ村の模造大理石のゲートが見えてくる。生け垣に電飾ライトが這《は》っていた。園内の上空には万国旗がはためいている。一昨日、ふれあいファミリーパークから届き、飛鳥組の見習い大工シンジと彼の舎弟たちに設営を頼んでおいたのだが、もう仕事が終わっている。シンジの舎弟には鳶《とび》職人が何人もいるのだ。あたり前といえばあたり前だが、啓一にとって彼らの仕事の早さは感動ものだった。問題がないわけではないのだが。

初めて沢村を引き合わせた時は大変だった。場所はこのアテネ村。沢村は現場作業の人間を嘲笑《あざわら》うような真っ白いスーツで現れ、プレゼンケースとかいう大きな書類入れから、表紙にアリスがエプロンドレスをなびかせたイラストが添えられ、インスタレーション・ディフィニット・イメージという意味不明のタイトルが付いた設計図を取り出した。

「なんだか作業員がガキばっかりですね。バイトですか？　だいじょうぶかなぁ」

後ろにシンジたちが立っていることも知らずに、啓一に顔をしかめてみせた。沢村が設計図だという図面は、詳細な数値が入っておらず、個人的な趣味がより深くなっただけの、またもや具体性のない具体案《ディフィニット》だった。

「ガキで悪かったな」

沢村は突然のシンジの出現に目を丸くし、いきなり図面をひったくられて、ぽかりと口を開けた。一瞥《いちべつ》したとたん、シンジが両手をパーにして図面を落とすと、目と口を同時に全開にした。

「な、な、なにをするんだ」

「なぁにがいめーじ図だ、いっぺん、死ね」

「彼は、多田新次君。今回の現場責任者だ」

啓一が紹介すると、よせばいいのに、図面の埃《ほこり》を払いながら「かんべんしてくださいよ、こんな子どもを」と呟《つぶや》き、舎弟の一人に襟首をつかまれた。

「そりゃあ、こっちのセリフだ。こんなガキのお絵描きじゃ、祠《ほこら》も建《た》たねえよ、ばぁか」

ただのアルバイトの兄ちゃんだと思いこんでいたシンジにすごまれ、柄の悪そうな少年たちに周囲を囲まれて、沢村はようやく状況を理解したらしい。啓一に涙目を向けてきたが、啓一は黙ってシンジの言葉に頷《うなず》いた。おかげで翌々日には、設備の詳細な立面図と内装の見取り図が啓一のもとに送られてきた。ようやく開始された作業の進捗《しんちょく》状況を確かめるために、今日もここで沢村と待ち合わせている。午前十時五分前。アテネ村はすでに開園しているが、相変わらず従業員以外に人けはない。チケット売り場では、元市役所OBの老人たちが、堂々とカウンターに置いたテレビを眺めていた。

案内看板同様、文字が小さくて見づらいと評判の悪いチケット売り場の料金表もつくり替えたいのだが、ここにはイベント期間中の特別料金が掲示されることになる。料金見直しの検討はリニューアル推進室に課せられた仕事のひとつだ。ペガサスは市長の命を受けて、半年前から期間中だけ料金を試験的に変更する案を検討しているそうで、明日に予定されている会議の議題にもなっている。

約束の時間を過ぎても沢村は姿を現さなかった。シンジたちに怯《おび》えてすっぽかすつもりだろうか。しかたがないからひとりで先に行くことにする。

アリスのローズガーデンパーティの会場となるのは、アテネ村の敷地の西側。ゲートの先の薔薇《ばら》園の左半分と、その上のパイプスライダー。そしてスライダーの到着地点にあるこども広場——ネーミングにだけ「こども」とつけた、ただの原っぱ——だ。アテネ村の敷地自体が広いからかなりのスペースではあるが、メイン会場となる中央広場は使わせてもらえない。万国旗と電飾ライトを自分たちの会場にだけ設置するのは露骨すぎる気がして、他のスペースにもおすそ分けをした。

現在のアテネ村の唯一の見ものと言える薔薇園はいまが盛りで、小ぶりの赤いバラが咲き誇っている。いまのところ問題はない。しかし、問題はいまが盛りだということだ。今年の春が暖かすぎたためか、一季咲きのバラがイベントが始まるまで持つかどうか心配だった。

バラの間の坂道を登っていくと、丘陵の上に工事用フェンスが見えてくる。中では着々と設営工事が進んでいるはずだった。

フェンスは期間前にここを訪れる客に配慮したものだ。『工事中につきパイプスライダー・未来ランドは休業させていただきます。ご容赦ください』という文面の看板を掲げるように頼んでおいたのだが、どこにもない。まぁ、あいかわらずの閑散さからして、ご容赦してくれない人はいなさそうだから、それはいいのだが、そのかわりに黄色のスプレーでこんな殴り書きがしてあった。

『立ち入り厳禁！　有栖乃狼徒餓殿覇亜亭』

その下には髑髏《どくろ》マーク。隣にはこんな文字が躍っている。

『天下御免　駒谷鉄騎《てつき》隊』

こちらは血の色に似た赤。入ったら容赦しない、と周囲を威嚇《いかく》しているようにしか見えなかった。

資材搬入口から中に入ろうとすると、いきなり胸もとに鉄パイプが突きつけられた。ダボダボの作業服を着た若い男だ。ヘルメットの上から巻いた鉢巻きに『鉄騎隊』と書かれている。

「何をしてるんだ？」啓一が尋ねると、逆に聞き返されてしまった。

「そっちこそ、何の用だ」

目から下をバンダナで覆《おお》っていて人相はわからないが、まだ変声期が終わっていない声からすると、せいぜい十五、六といったところだろう。

「中に入りたいんだ。通してくれないか」

「合言葉は？」

「へ？」

「合言葉っ！」

少年がアヒル声で言う。声は幼くても背丈は啓一とさほど変わらない。

「……知らないよ」

中からシンジの声がした。「馬鹿たれ、その人は施主さんだ、早く入れてやれ！」

「押忍《オス》！」

ようやく胸もとの鉄パイプが下ろされ、中に入ることができた。意外にも沢村はすでに到着していて、ウンコ座りで煙草を吹かしているシンジから顔をそむけるようにして立っていた。げんのうやつるはしを手にした連中に囲まれている。つるはしを天秤棒《てんびんぼう》のようにかついだパンチパーマが沢村の前に立って、目玉を上下に動かし、そっぽを向き続けている視線を捉《とら》えようとしていた。

振り向いた沢村は、片手を顎《あご》にあて、もう一方の手でひじを支えるお得意のポーズをとっていたが、ひじが少し震えていた。だから顎も震えている。啓一の姿を見ると、いつもの人を見下したような目つきに、ほんの一瞬だけ安堵《あんど》の色が浮かんだ。

「見てくださいよ、あれ」

沢村が指さす先には、パイプスライダーの終着地点となるはずのログハウスが建てられている。

「おお、ずいぶん、進んでるじゃないか、もう屋根が……」

屋根が妙だった。三角屋根の頂点で丸太が交錯し、たがい違いに伸びている。沢村が下唇を突き出した。

「イギリスの田舎家風にしてくれって言ったのに、これじゃまるで神社だ」

シンジが沢村の顔に煙草のけむりを吹きつけた。

「しょうがねえじゃねぇか、これしか習ってないんだから。文句あんなら、仕上表ぐらい書けよ」

「屋根だけじゃない。木材だって、僕はレッドシーダーでって頼んだのに」

シンジの顔は見ず、啓一に訴えるように言う。

「ど素人《しろうと》が。外国産なんてカスだ。柱はヒノキ、梁《はり》と造作はマツ。こっちのほうがずっと耐久性がいいんだよ」

ヒノキ？　一本いくらだろう。増淵御殿と呼ばれる、給与だけでは絶対に建てられないだろう市長の総ヒノキ造りの豪邸を思い浮かべた啓一は、思わず頭の中の電卓を叩いてしまった。赤系統の色合いのログハウス材にこだわっていた沢村が唇を震わせる。

「なんで一週間のイベントに耐久性が必要なんだ」

「そっちの注文だろが。できるだけ頑丈なのをつくれって」

「そんなこと、ひと言も言ってないぞ」

沢村が片手を振って否定する。二人が同時に啓一を睨《にら》んできた。

「あ、いや……つまり、期間中に事故があったらまずいから」

沢村がひとさし指で眼鏡を押し上げて、冷やかな視線を向けてきた。

「事故って？」

「ほら……いくらイベント用でもあんまり安っぽいと困ると思って。丸太が倒れたり、天井が落ちたり」

「安っぽい」という言葉に、シンジが細い眉を吊り上げる。最初はシンジのことを信用していなかったから、ついそんな指示をしてしまったのだ。彼と仲間たちが作業すると聞いた瞬間、ふいに、いい加減な工事で建物が崩壊し、負傷者が出るイメージが頭に浮かんでしまった。それに対して釈明をしている自分の姿も。沢村がひとりごとめかして、ぼそりと呟く。

「見損なったな。同じだな」

同じというのは、ペガサスの理事たちのことだろう。こう言いたいのだ。どうせ、あんたらはいい結果を出すことより不始末をしでかさないほうが大切なんだ、と。

沢村の言葉に、シンジが頷いている。喜んでいいのかどうかわからないが、二人の意見が一致したのは初めてだ。

「耐久性ってのは、そんな理由か。くっだらねぇ。天井が落ちるのが心配だったら、屋根の下で眠るんじゃねぇよ」

「ごめん」

素直に謝った。理事たちを笑えない。自分だって推進室ではなくペガサスの事業部に配属されていたら、会議テーブルの向こう側で理事たちと調子を合わせて、沢村のアイデアにしかめっ面《つら》をしていたかもしれない。黙りこんでしまった二人を取りなすつもりで言った。

「確かに多少イメージは違うけど、なかなかいい出来だと思うよ」

シンジの腕はなかなかだった。組み上げられた丸太にはまったく隙《すき》がない。建築家ではなくただの空間デザイナーである沢村に替わって自分で設計をしたらしい、神社の千木《ちぎ》風に四本の丸太が突き出た外観は、古代の神殿がこうだったのではないかと思わせるような荘厳《そうごん》なシルエットを描いている。確かに沢村のめざすメルヘンワールドにはほど遠かったが、こじつけだけでつくられたアテネの神殿より、背後の駒谷山系の杉林にはよく似合っていた。

「これはこれで神秘的な雰囲気が出ているし」

「でも、僕のイメージが」

「おめえのイメージなんか、おめえ以外、誰も気にしてねえよ。あのクソみてえな図面はてめえの部屋のよい子の学習デスクの前に貼っておけ！　図面見ながらセンズリこいてろ」

「なんだと」

「まぁまぁ、ひとつ仲良く。いま流行《はや》りのコラボレーションってやつで。いまさら作り直すわけにもいかないしさ」

「そういう言い方って、やだな。なんだかやる気なくしちまう」

沢村がそう言うと、同意するようにシンジが唾《つば》を吐き出した。

「あ、ごめん。じゃあ、お互いの妥協点を求めて話し合おう」

焦燥感で身体中の細胞がふつふつと泡立ってくる。間に合うのだろうか。

「万国旗なんぞ、我々は頼んだ覚えはないよ」

ペガサスの二人の副理事長のひとりが、啓一のつくった企画書を手の甲で叩き、会議室にかん高い音を響かせた。

「いま頃こんなものを持ってこられても困る。事後承諾じゃないか」

もうひとりの副理事長も首を横に振り、他の理事たちもほぼ同様のしぐさでそれにならった。真ん中の理事長席はぽっかりと空いている。狸のほうの副理事長が、叩いていた企画書をうちわのようにひらつかせた。

「君たちには、新規催事とポスターの印刷だけを依頼したのに、なんでこんな勝手なことをするんだね」

システム手帳に出席者の発言を遂一書き写していた丹波が、「君達」と書き終えたところで椅子の上で跳ねあがった。あわてて手もとの企画書に視線を落とし、それから啓一に丸くふくらんだ目を向けてくる。

理事長は欠席、と聞いた時から嫌な予感はしていた。腰痛だそうだ。ろくろ踊りの練習のしすぎじゃないだろうか。

前回同様、会議テーブルの片側に理事たちが並んでいる。壁際に置かれた椅子には実務担当の若手社員たち。若手と言ってもペガサスにしてはの話だ。推進室からの出席者は啓一と丹波だけで、テーブルの反対側に二人でぽつんと座っていた。

なんだか被告席のようだった。林田は日曜の野球の試合で手首を捻挫《ねんざ》し、午前中は病院へ行くそうだ。こうなることを懇意の事業部長から聞き及んでいて、仮病を使ったのかもしれない。

「理事長にはお話しをしてあります」

ペンを手にした姿勢のまま固まってしまった丹波に替わってそう答えたが、二人の副理事長の心証をさらに悪くしてしまう結果になった。

「僕は聞いてないよ」

「私は知らないね」

二人とも社《やしろ》を失った狛犬《こまいぬ》みたいに空席の両側から啓一を睨んでくる。どちらも今日のナンバーワンは自分だと言いたげな顔をしていた。狸の副理事長は、いつもより椅子を真ん中に近づけている。

「どれも必要なものに思えましたので。しかもそれぞれの物品の購入価格と人件費はともにコストをだいぶ抑えることが――」

啓一の言葉を無視して鶴の副理事長が喋《しゃべ》りはじめた。

「まったく理事長はなぜこんなものを承諾したのやら……」鶴は理事長に忠実だったはずだが、理事長が不在の今日は、口調にあからさまな棘《とげ》がある。「予算には予算の使い方というものがあるだろう。確かにうちは市役所と違って随意契約《ずいけいやく》可能だけれどね、電飾ライトや備品類を地元企業に発注しなかったことが後々問題になるかもしらん」

いまどきあの程度のものならレンタルでじゅうぶんのはずだ。アテネ村は毎年イベントがあるたびに中央広場に豪華なステージをつくるが、初日の市長や来賓を招いたオープニングイベント、最終日のミス駒谷コンテスト、一日一ステージの駒谷混声合唱団が登場する時にしか使わず、決まりきったデザインのそれを、毎年、一から業者に発注しているのだ。

出向組の理事の一人がいまいましそうに言う。

「いくら文化財保技協会の会長のところとはいえ、宮大工に工事を発注するのもねぇ。飛鳥組というのはいかがなものか」

誰が流行らせたのか知らないが「いかがなものか」という言葉は、いかがなものか。はっきり「駄目だ」とか「私は反対」と言えばいいのに。

「もっと適切な業者があったろうに。きちんと正規のルートで発注すべきだったと私は思うね」

出向前は土木課にいた男だ。正規のルートというのは、たぶん自分が遠からず天下り先として世話になるつもりの建設業者のことだろう。

事業部長が言いつけ坊主のように口を尖《とが》らせた。

「印刷業者も勝手に替えられてしまいまして。いやぁ、まいりました。あそこは市役所の刊行物を数十年来手がけてきた老舗《しにせ》でしたのに、あっさりですわ。イベント用ポスターは、彼らにとっては年に一度の腕のふるい時ですのに」

「特命チームだかなんだか知らんが、独断に走りすぎやしないか。市の意向なら我々がなんでも呑《の》むと思ったら、大間違いだよ」

副理事長（狸）が啓一を睨んでくる。

「かえって我々の仕事の邪魔だよ。これじゃあ推進室ではなく抑制室だわね」

副理事長（鶴）の面白くもなんともないジョークに、何人かが追従笑《ついしょう》いをした。啓一の元上司の理事もだ。どうりで、会議が始まる前に挨拶をしたら、そっぽを向かれてしまったわけだ。

なにがボトムアップでゴーゴーだ。こうなることは目に見えていたのかもしれない。推進室は職務権限をきちんと決められていないまま、ペガサスに放りこまれたのだ。市長選挙が近いためか、票の取りまとめには力を惜しまない理事たちは強気だ。室長決裁で事は進むなどと言っても、実際には自分より入庁が早い天下りOBたちに丹波が逆らえるはずがなかった。下平《しもだいら》が言ったとおりだ。結局、アテネ村リニューアル推進室なんて、住民の批判をそらすためのただの方便。方便のために五人も人間を使って、無駄な仕事をさせているだけだ。

言われっぱなしでは、しゃくだった。啓一は反論を試みた。

「印刷に関しても、コストは飛躍的に安くなり、時間も短縮されました。何が問題なのでしょうか」

狸の副理事長がきっぱりと言う。ゆるぎない金言を口にするように。

「前例がない」

何度聞いた言葉だろう。駒谷市役所で上司が部下を黙らせる時の決まり文句だ。「前例がない」から誰もが過去の書類をそのまま書き写した新規計画書をつくる。「前例がない」から公共設備の設計は、昔の設計図をひっぱり出して焼き直ししたものばかり。そのほうが手間がかからず、しかも批判されることもない。「前例がない」という言葉を枕に、駒谷市役所は時代に背中を向けて、長い眠りについているのだ。

「これはいったいどういうつもりだね」鶴の副理事長が老眼鏡をひたいに押し上げ、わざとらしい巻き舌で言った。「メリーゴーランドぉ？」

「それも格安で手に入りました。なにしろ中古品ですから」

我ながら悪くないアイデアだと啓一は考えていたのだが、テーブルの向こうに並ぶ面々の表情を見るかぎり、誰も褒めてはくれないようだった。

「設置場所は他の催事の邪魔にならないところを予定――」

啓一の言葉を理事の一人が遮った。

「なぜ、よその自治体のテーマパークで使っていたモノをうちが使わにゃならんのだね。けしからんじゃないか」

「そうそう、どうせ購入するなら、新品にしないと。市のメンツにかかわる」

税金は使わないと損――そう考えるのが役人という生き物だ。そして使い方をまるで知らないのも。

例えば、時の運輸大臣が視察の際に立ち寄る可能性があるというだけで、駒谷のバスターミナルに新設された建築費一億円の公衆便所。結局、大臣は尿意を催さなかった。パイプオルガンを設けたコンサートホールは、年に数回しか使われず、音響設計だけで数億円を費やした五百人収容の施設は、もっぱら老人会のカラオケ大会の会場になっている。

農村のIT化促進を謳《うた》い文句に、農業従事者を対象としてパソコン関連購入費の補助金をばらまいた事業は、「じいちゃんが畑をもっているだけで、ゲームソフトが買える」などと農家の子どもたちが羨《うらや》ましがられただけだった。

『環太平洋リンゴ生産者会議』を開催した隣の市に遅れを取りたくない、というだけの理由で建設された、駒谷コンベンションセンターには、同時通訳が可能な広い会議場が設けられているが、国際会議などただの一度も催されたことがない。

「だいたい、潰《つぶ》れたテーマパークのお下がりなど、縁起《えんぎ》でもありませんな。何かよからぬ憑《っ》き物がとり憑いているかもしらん」

よからぬ憑き物は、あんたらだ。そんな言葉が喉まで出かかった。体中の細胞がざわざわと騒ぎ、熱くなり、火噴き男のように口から炎が噴き出してきそうだった。この八年の間、呆《あき》れ、疲弊し過ぎて、いつしか職場のどこかに置き忘れていた感情。怒りだ。

「確かに、あれはまずいよ」米寿を超えているかもしれない老理事が言った。「あれは目が回る。危険だよ。体によくない。電波が出る。十年前かな、私も孫にせがまれてメリゴーラウンドちゅうのに乗ったことがあるが、危うくペースメーカーが止まるところだった」

さすがにこの発言には会議室の空気が氷結してしまったが、彼の元部下だった鶴が合の手を打った。

「岡安理事のおっしゃることはわかるなぁ。ほら、何年か前に転落事故があったじゃないか。あれは、確かメリーゴーランドだったよねぇ」

言葉の後半は末席の催事課長に向けられたものだったが、催事課長は困惑した表情を返しただけだ。

「そうだったよねぇ、君」

催事課長があわてて立ち上がり、ドアの外へ消えた。副理事長の言葉を裏付けるために資料を調べに行ったのだろう。事業部長は閻魔《えんま》帳を書き記すようにメモ書きをしながら、聞こえよがしのひとりごとを漏らした。

「これだから、民間出身は……」

この男は出向から戻れば、本庁のかなり上まで行くだろうと噂されている。お前は係長どまりだな、と言っているように聞こえた。事業部長が有能な行政マンを気取った口調で、とんでもないことを言いはじめた。

「新規催事は一度、すべてを撤去し、改めてしかるべき業者に見積もりを取らせましょうか？」

「おお、それがいい」

「いよっ、辣腕《らつわん》部長」

啓一は思わず声をあげた。

「待ってください、そんなことをしたら、初日に間に合わなくなってしまいます」

「それは君らの担当している催事だけだろう。ろくろ踊りパレードも物産展も混声合唱団もつつがなく進行している。準備万端、何も問題はない」

狸が振り向いて、壁に並んだ社員たちに同意を求める。全員が頷《うなず》いた。そりゃあそうだろう。去年と同じ企画を社員総出で進めているのだから。

「しかし、ここまでの予算をすべて無駄にしてしまうことになると思いますが」

「無駄？」

二人の副理事長が揃って「何が?」という顔をした。

背筋が寒くなった。本当にわからないのだ。八年間市役所に勤めていて、こうした手合いとの会話には慣れているつもりだった啓一でも、怖くなってきた。株式会社ペガサスリゾート開発は、市役所より役所だ。よりよい天下りをめざして役所で役人らしく日々を過ごしてきた人間の吹き溜まり。啓一は童話以上の不思議の国に迷いこんだ気がしてきた。

「間に合わないものを、無理してやることはないわな。中止という選択肢もないわけじゃない」狸の副理事長が、狸顔を贅肉たっぷりの首に埋め、目を閉じて重々しく言った。

「引くのも、また大義」

彼らの大好きな、戦国武将をダシにした自己啓発書からの受け売りとしか思えないそのセリフに、理事たちは深く感銘を受けたようで、口々に賛意を表しはじめ、会議室がまたもやかましくなった。

「中途半端《はんぱ》な出し物で恥をかくのは私らですからねえ」

「そうそう、アテネ村の沽券《こけん》にかかわる」

「名をとって実を捨てる、それもまたよし」

「第一、もう催事はじゅうぶんかもしれませんな。ここはひとつ、理事長以下ろくろ踊りの皆さんに、ぱっと盛り上げていただいて」

「メリゴーラウンドはいかんよ。あれは目が回るんだ。心臓をやられる」

「回っていいのは、ろくろ踊りパレードだけと言うことで」

「うほほほほ、うまいこと言うねぇ、君」

カン。

啓一の頭のどこかで、試合開始を告げるゴングの音がした。いままでのみんなの苦労を水の泡にするわけにはいかない。唇から言葉がほとばしり出た。

「もう撤去は無理です！」

会議室が一瞬にして静まり返り、全員が啓一に顔を向けてきた。

「無理というのは、どういうことだね？」

鶴の副理事長が老眼鏡の端をくわえて、鶴というより猛禽類《もうきんるい》じみた目を向けてくる。思わず生唾を呑みこんだ。

どういうことだと言われても。そこまで考えていたわけじゃない。

せっぱつまった啓一の口から、自分でも思いもよらないセリフがこぼれ出た。

「先日、現場におりましたら、『駒谷未来評議会』のメンバーがお忍びで視察に来ていました」

全員が顔をこわばらせる。予想以上の効果だった。駒谷未来評議会は、駒谷の住民グループが横断的に集結している市民団体だ。日増しにメンバーを増やし、市長と市長派議員、そしてペガサスの天敵になりつつある。市民による行政監視制度の充実が運動の項目のひとつで、目下のところ彼らが最大の標的にしているのがアテネ村だ。

嘘だった。本当は評議会の顔ぶれなどろくに知らない。しかし、せりふはほとんどもらえなかったとはいえ、「狂瀾《きようらん》の芸術」と一部評論家に激称された劇団ふたこぶらくだの元団員だ。大芝居を打たなければ。啓一は顔の筋肉のすべてを使って沈痛な面持ちをつくり、ひとさし指でこめかみを揉《も》むしぐさをしてから、一同の顔をゆっくりとなで斬《ぎ》りにした。

「来園客にしては妙だと思ったんです。パンフレットと施設をやけに熱心に見比べて、カメラでひとつひとつを撮影していました。カメラ付き携帯ではなく、ズームレンズを装着したセミプロ用のカメラで。そこで、おかしいと思いました。アテネ村に本格的なカメラで記念写真を撮るほど価値のある場所があるとは思えませんから」

啓一の言葉に二人の副理事長も、理事たちも、もっともだという顔で頷いた。

「男女三人連れです。三十代から四十代。全員がサングラスというのも妙でした。男一人、女二人」

嘘をもっともらしくするために、指を一本立て、それから二本立てた。駒谷未来評議会のメンバーは女性のほうが多いのだ。

「男はカメラで撮影し終えると、すぐにサングラスをかけ直す。どう見ても怪しい。そこで、こっそり後をつけてみました。ゲートを出た瞬間、サングラスをはずした一人の顔を見たら……」

ここで首を振って由々しき事態だということを表現する演技。わざとらしくならないほどの間を置いて、決めゼリフ。

「驚きました」

もう一度首を振ってから、セリフを続ける。

「アテネ村の関係者である以上、私も未来評議会の中心メンバーの顔と名前は頭に叩きこんでいます。間違いなく、その一人でした。今回のイベントの調査に来たのだと思います。なにしろアテネ村のイベントには無駄な出費を重ねている、業者の指定が恣意《しい》的すぎるなど、とかく悪評が多いですから」

またも一同が大きく頷く。副理事長（鶴）が生唾を呑みこんでいる。慣れない長ゼリフに舌がもつれはじめていた。最後にもうひと言だけ。

「一度設営したものが当日に消えていたなどと知れたら……」

あとの言葉は口にするかわりに、眉間《みけん》に刻んだしわと、噛《か》みしめた唇と、斜め右下三十度に落とした視線で表現した。来宮がある時、団員たちに語った言葉に従ったのだ。

「セリフっていうのは、語らない部分を想像させるためにあるのさ」

いま考えれば公演が間近なのに脚本ができていない言いわけだったのだが、今回にかぎって言えば、来宮の言葉は正しかった。ペガサスの理事たちが顔を見合せたまま黙りこんだ。静まり返った会議室に丹波のペンを走らせる音だけが続いた。

沈黙の中にそろりと忍び足をするように副理事長（狸）が咳払《せきばら》いをした。

「まぁ、始めてしまったものはしかたない。現状については良しとしようか」

その言葉を待っていたように一同が頷く。

助かった。啓一はこっそり息を吐いた。しかし、すべてが丸く収まったわけじゃない。

鶴が長い首を伸ばして話を突っつき返した。

「しかしメリーゴーランドはいかんよ、メリーゴーランドは」

老理事も言った。

「そうそう、あれは危険だ。目が回るんだよ。十年前だったか、孫がどうしてもっちゅうから乗ってねぇ。いやはや、救急車を呼ぼうかというほどの騒ぎになってしまって……」

さっき自分の喋《しゃべ》ったことを完全に忘れて、同じ話をむし返している。

「聞いてください。あのメリーゴーランドは――」

「以上だ」狸が話はこれで終わりだというふうに啓一に指を突き出した。「今回の選定業者および資材購入先は、うちに登録されていないところが多い。それぞれについての会社概要を報告書にして提出するように。資本金、事業内容、実績、過去のトラブルの有無……」

「劇団もですか？」

「もちろん」

ふたこぶらくだに事業内容なんてあるだろうか。啓一はささやかな抗議の意味をこめて、テーブルの向こうに聞こえるようなため息をついたのだが、ちょうど司会進行役の理事が声を張りあげたから、それは誰にも聞こえなかった。

「続きまして、期間中の特別料金の件ですが――」

壁際に座っていた社員たちがホワイトボードを引っ張り出し、プロジェクターを設置して、スライドを映し出す。一人が説明を始めたが、メリーゴーランドのアイデアが消滅してしまったショックで、啓一の耳にはろくに言葉が届いてこなかった。

「料金設定に関する調査チームにより、半年間、検討を重ねました結果です。まずこちらのグラフをご覧ください。昨年の集客数上位五十位のアミューズメント、レジャー施設の平均入場料金です。えーこれと比較しますと、アテネ村は中の上、やや高額ゾーンに位置しております」

もう一度ため息をつき、壁を見る目でぼんやりとスライドを眺めた。

「続きまして、ここ数年間に、入場料金等《とう》を下方修正したレジャー施設の入場者数と収益の変動はこちらです」

壁のひび割れが右肩上がりの折れ線になった。当然のことながら、入場料金を下げた施設のほうが入場者数が増え、かえって粗利益率も向上している。価格変更積極派の事業部長が大きく頷いていた。

「これはいかんな」

「困りましたね」

「問題ですな」

さすがのペガサスの面々も、事態の深刻さに気づいたようだった。誰もが二人の副理事長の顔にお伺いを立てる顔を向けていた。どちらか一方だけを見つめすぎないように、交互に視線を泳がせて。

狸の副理事長が重々しく言った。

「それでは変更はできんね」

おざなりに聞いていたから、聞き違えたのだと思った。しかし、その言葉に一同がいちようにあいづちを打っている。

「我々の料金設定が過《あやま》ちだったという誤解を招きかねん」

「設立当初とは事情が違いますからね。いまさら責任云々《うんぬん》といわれても困りますな」

「ということだわな。イベント期間中の料金も据え置き。目標入場者数は昨年と同数が最低ラインだな」

狸の言葉に丹波が目をむいていた。今年度からのアテネ村の実績は、とりもなおさずリニューアル推進室の評価につながるのだ。なんのかんのいって唯一の目玉企画だったミス駒谷コンテストが消滅した今年は、ゴールデンウィークイベントの入場者数は減少必至だった。同じく自分の評価にかかわる事業部長が遠慮がちに食い下がった。

「試験的に子ども料金だけ下げるというのは、いかがでしょうか」

その言葉にいつもの押しの強さはなく、すぐに鶴の声にかき消された。

「料金を安くして、もし客が押しかけたらどうするんだ。私たちが間違っていたと公表するのも同然じゃないか」

啓一は思った。やっぱりここは不思議の国だ。何もかもがあべこべの鏡の国。俺はうさぎの穴に落ちたに違いない。

催事課長が戻ってきて、命を受けた鶴の副理事長のもとへ走り、耳打ちをした。首を振っているところを見ると、どうやら彼が言っていた事故などなかったらしい。報告を受けた鶴は悪びれる様子もなく言い放った。

「ああ、あれは、コースターっていうのか。まぁ、似たようなもんだろう」

「メリゴーラウンドはいかんよ、あれは危険だ。十年前だったか、孫にせがまれて乗ってはみたが、いやはや、死ぬ思いをしたよ。救急車が——」

ぐるぐるぐるぐる。見えない手で脳味噌をかきまわされている気分だった。啓一の頭の中でドードー鳥やねずみやおうむがコーカス・レースをはじめた。ぐるぐるぐるぐるぐる。

9.

家に戻ったのは、時計の針が次の日へ侵入しはじめた時刻で、哲平もかえでもとっくに寝ていた。子どもを寝かしつけた後、夜遅くまで本を読むのが路子の習慣で、この時間ならまだミルク入りのコーヒーをテーブルに置いて起きているはずなのだが、最近は啓一が帰る前に床についてしまう。なんだかそれが自分を避けているように思えて、このところの心と体の重さをさらに十パーセント増しにする。家族が寝静まった自宅へ帰る経験があまりなかった啓一には、保安灯だけがともされたリビングがことさら薄寂しく感じられた。

二階は来宮《らいみや》たちに占拠されているから、三人が寝ているのは一階の和室。リビングと壁ひとつ隔てた啓一の母親の部屋だった六畳間だ。路子たちを起こさないように、声を抑えて雄叫《おたけ》びをあげた。

「うおおおっ」

今日一日、喉もとまで出かかった苛立《いらだ》ちと憤慨を、火噴き男のようにいっきに吐き出したのだ。重い心と体が、少し軽くなった。五パーセントほどだが。

ダイニングテーブルの上に、哲平の覚えたばかりの漢字がまじった置き手紙が載っていた。

『お父《とう》 おやすみなさい しごと がんばってね』

隣には兄のまねをして書いたと思われる、ひらがなを練習中のかえでの字。

『おやすみない がんばてぬ』

家電メーカーに勤めていた頃の先輩社員の言葉を思い出した。二人で得意先へ向かう途中、立ち食いそば屋で昼飯をすませている時、たぬきそばに七味唐辛子を振りかけながら、遠い目をして彼はこう言ったのだ。

「俺のとこにもついに来たよ。サラリーマンの定めだな」

「何が来たんです？」

「この間、ひさしぶりに早く帰った日の翌朝よ。ほら、俺、遠距離通勤だから、家を出る時には、いつも子どもは寝てるのよ。でもその日にかぎって娘が早起きしててさ、玄関で見送られて、言われちまった。『また来てね』って。冗談話じゃ聞いていたけど、本当に自分が言われるとは思ってもいなかったよ。課長にその話をしたら、お前もかって顔をされた。課長、なんて言ったと思う。『これでお前もようやく一人前だな』だよ」

残業が毎月二百時間を超え、数少ないオフタイムも酒に費やし、ガンマ三百を誇っていた彼の家庭は崩壊寸前で、何年も前から奥さんに離婚を迫られていた。

「ひとりもんのお前にはわかんないかなぁ。いつもはさ、夜遅く家に帰るとガキの手紙が置いてあるんだよ。『パパ、がんばって、今日、わたしは学校で――』なんていろいろ書いてあって。俺、眠くてふらふらしてても、酔ってべろべろでも返事書いちゃうからね。同じ家に住んでるのに文通。せつないよ。女房と別れるのは全然平気な気がするのに、夜、あの置き手紙を読むたびに、娘は絶対に手放せないって、思っちまうんだな」

どんぶりが唐辛子で真っ赤になっていることも気づかずに、彼はそば屋の壁の向こうを見つめていた。

俺はいったい何でがんばってるんだろう。何のため？　誰のために？　哲平によその父親に負けない作文を書いてもらうためか？　町の功労者たちみたいに、いつか市民ホールにちっちゃな銅像を立ててもらうためか？

わからなかった。これじゃあ、遺書に業務連絡を書いて自殺した同期のあいつと変わらない。

水槽の中で、ソクラテスが水音を立てている。

「ただいま」

啓一が声をかけると、水底から浮かびあがり、ぬっと首をもたげてきた。お前だけか。俺を待っていてくれたのは。ネクタイをむしりとってソファに放り出し、水槽にカメ用のペットフードを落とす。

「なぁ、俺は何をやってるんだろう？」

もし路子が起きていたら、ほんのひと言ふた言、たわいもない話でいいから言葉を交わしたかったのだが、いまの話し相手はソクラテスしかいなかった。哲学者めいた容貌に似合わず、ソクラテスは肥った豚のように食欲旺盛《おうせい》で、啓一よりエサに夢中だ。水に浮いた固形フードを無心に呑《の》みこんでいる。どうせ飼うなら、せめて鳴き声を立てる動物にすればよかった。

「俺、間違ってないよな」

一度吐き出したエサをまたくわえこむソクラテスの間抜けな姿を見ているうちに、ミドリガメに愚痴をこぼしている自分が馬鹿に思えてきた。水槽にひとつ、ため息を落とす。

「野菜もとらないとな。キャベツ持ってくるよ」

立ち上がったとたん、二階で奇声があがり、どしんと床が鳴った。天井から降ってくる埃《ほこり》を見つめて、啓一はもう一度ため息をついた。

稽古《けいこ》も公演もたいていが夜からで、その後に反省会だ打ち上げだと、金の許すかぎり飲み続ける劇団員たちにとって、いまの時刻は宵の口だ。二階へあがって文句を言おうと思って部屋を出かけたとたん、見すかすように騒ぎが静まった。

夕飯は食いそびれていたが、腹が減りすぎて食欲がない。飯より酒が飲みたかった。キャベツをとりに行くついでに、ラップがかけられた夕食の皿を冷蔵庫に戻そうとして、驚いた。発泡酒の缶がずらりと並んでいる。まるで発泡酒のCMに出てくる冷蔵庫みたいだった。路子の手作りジャムやスープストックが片隅に押しやられていた。これじゃあ、怒って先に寝ちまうわけだ。

製氷室の中にまで突っこんである缶を取りのぞいて、氷をグラスに入れ、サイドボードの前に立つ。ちびちび飲んでいた貰《もら》い物のブランデーが消えていた。啓一は厭世《えんせい》的な目で小刻みに震え続ける天井を見上げる。あいつらのしわざか。宿は貸すが、食い物は別会計という約束なのに。

ソクラテスにちぎったキャベツをやりながら、失敬し返した発泡酒をあおって、げっぷをしていた時だ。階段から誰かが降りてくる気配がした。ドアが開き、どろぼう猫じみた足音がリビングに入ってきた。

来宮だった。間接照明しかつけていないから、水槽の前に座った啓一には気づいていない。黙って見ていると、勝手に冷蔵庫を開けて、野菜室から取り出したトマトをヨットパーカーのポケットにつめこみはじめた。ピーマンを探りあてて首をかしげ、スープストックのタッパーを開けて、また閉める。酒の肴《さかな》を探しているらしい。夕食の皿のラップをはがし、匂いを嗅《か》いでいる来宮に声をかけた。

「その海老フライなら、今日のだから、だいじょうぶですよ」

来宮の背筋がぴくりと伸びた。海老フライの皿を背中に隠して、不気味な愛想笑いを浮かべた顔をこちらに向けた。

「おかえり〜、遅かったじゃない」

「どうも、ただいま帰りました」

「いろいろ大変みたいだな。少し痩《や》せたんじゃないか」

あなたもその、いろいろ大変のひとつですよ。そう叫びたいのをこらえて、啓一はやんわりと切り出した。

「あのぉ、あんまり言いたくはないんですが……」

来宮が重々しく首を振る。

「言いたくないことは、無理して言わないほうがいいぞ」

「いや、それは困ります」

また二階から歓声がし、天井がぶるぶると揺れた。

「あのぉ、そろそろ……」

仮にも昔は自分の座長だった人だ。劇団では神様。さすがに出ていけ、とは言い出しづらかった。

「なによ？　ああ、わかった、これか？　悪いな、馬の助」

来宮が震える天井を指さす。啓一は何度も頷《うなず》いた。

「なんだ、早く言ってくれればいいのに」

「わかっていただけて、嬉しいです」

「お前が帰ってるなんて知らなくてさ。悪かったな、誘わなくて。仲間に入りたかったのか。遠慮しないで来いよ」

「いや、そうじゃなくて」

「遠慮するなってば」

二階はとんでもない状態だった。かえでと啓一夫婦が川の字で寝ていた寝室のドアには、大きく『立入禁止』という貼り紙がしてある。中から電動ミシンの音が低く響いていた。家主である啓一ですら開けるのをためらう雰囲気が漂っている。咲太郎さんがイベント用の衣装を制作中なのだそうだ。まるで鶴の恩返し。

ひとり寝を練習しはじめたばかりの哲平の部屋は、将来二つの子ども部屋に改築できる設計で、十二畳の広さがある。こちらは惨状としか言いようがない。荷物とゴミ屑《くず》と酒瓶で足の踏み場もないほどで、寝袋が片隅へ山積みにされ、もう一方の壁には発泡酒の空き缶がピラミッド型に積み上げられている。

部屋の真ん中で団員たちがトランプゲームに熱中していた。〝ゲート〟だ。啓一が劇団にいたころから流行《はや》っていたゲーム。子がめくった一枚が、親が先に引いた二枚のカードの間の数なら、子の勝ち、そうでなければ親の勝ち、という単純なルールだが、単純なぶん、またたく間に賭《か》け金がつり上がる。たとえば『5』『7』というようなワンチャンスの手札に『6』を出すと、賭け金は五倍返しというルールもあるから、気がつくとでもない額の金が飛んでいく。これで、なけなしのバイト代をどれだけむしり取られたことだろう。

ねねこが叫んでいた。

「よしよしよしっ、そろそろ万札出るよっ」

金を巻き上げられて賭場《とば》から放り出されたらしい来宮が、恨めしそうに彼らの盛り上がりを眺めながら、トマトに塩を振りかけた。啓一の愛用のちゃんちゃんこを勝手に着ている。

「お前も飲め。遠慮するな」

来宮が紙コップを差し出してくる。啓一のブランデーでつくった氷なしの水割りだ。

「あ、どうも、すいません」

つい礼を言ってしまった。

空き缶のピラミッドの前に、大きな壺《つぼ》が置かれている。駒谷焼きの素焼きの壺だ。リハーサルのためにアテネ村に連れていった時に、ろくろ踊りパレードに使う小道具をかっぱらってきたのだろう。大切そうに木の板で蓋《ふた》がされ、重しがわりか石が載っている。よく見ると板と石は啓一の家の庭に敷いてあるデッキパネルとレンガブロックだ。何が入っているのだろう。手を伸ばすと、来宮が啓一に塩を振りかけてきた。

「それに触るな」

「なんですか、これ」

「るりこが入ってるんだ」

「るりこ?」

「ふたこぶらくだの新メンバーだ。いや、小道具といったほうがいいか。昨日、裏の畑でスカウトした」

ガーデンデッキの隙間《すきま》から中を覗《のぞ》いたが、何も見えない。鳴き声も物音もしない。

「見ないほうがいいぞ」来宮が真剣な顔でそう言うものだから、ほうっておくことにした。いつのまにか我が家の二階は魔窟《まくつ》になってしまっていた。

胃が空っぽだったためか、二杯目の水割りを空にした時には、もう顔も体もほてっていた。アルコールのせいだけではないかもしれない。昼間の出来事の愚痴を、相談相手には誰よりも向かないことを承知で、来宮にこぼしてしまったのだ。

「ふーん、なんだかすごいな。お前の職場は。前衛芝居よりシュール。そのまんまコントの台本だもな。つまらねぇ脚本より、よっぽど面白い」

「面白くはないです」

「俺は面白いな。俺にとっちゃ他の惑星上の出来事に思えるよ」

来宮は啓一につくったものより二倍は濃い、麦茶のような色合いの水割りを一気にのみ干して、たいして興味もなさそうに言う。ソクラテスに話をしたほうがましだったかもしれない。

「うちが特別ってわけじゃないのかも。どこだって多かれ少なかれ、こういうことってあるのかもしれない」

来宮はそれには答えず、トマトにかぶりつき、汁が垂れた指を舐《な》める。

「豆男の話、覚えてるか」

「もちろん」

忘れたくても忘れられない。『馬鹿豆〜千年の春と秋』という題名の芝居のことだ。何度か配役が替わったが、誰が演じても気に入らなかったようで、結局、主人公の豆男は来宮自身が演じた。

舞台は昔々の日本のどこかにある小さな村。土地は痩せ、台風や長雨や日照りに悩まされ、活火山のふもとにあるためか、しじゅう地震に見舞われる不幸な村だ。主食である米もろくにとれない。村人はそれでも毎年、せっせと米をつくり続けている。

ある日、この村に、一人の男がやってくる。どこから来たのかは誰も知らない。男は村に居つき、火山に近い荒れ地を耕しはじめて、村人たちの嘲笑《ちょうしょう》を浴びる。「あいつは馬鹿だ。そんなところを耕しても無駄なのに。ご先祖様が千年かけて耕しても稲が枯れる土地なのだから」と。

劇中で男は独白する。「種を植えないと、芽は出ない」。男は豆を植えた。村人たちは男を「豆男」と呼んでさらに嘲笑した。「馬鹿が植える豆は、馬鹿豆だ」。

しかし秋になると、馬鹿豆は実った。どんな種の豆であったのか、火山灰の地質に合っていたらしい。男の丹精こめた仕事がそうさせたのかもしれない。

折からの日照りで、村の稲は枯れ果てる。収穫できたのは、豆男の馬鹿豆だけ。村人は男に食物を分けてくれるように乞《こ》い、男は惜しげもなく豆を分け与えた。豆男は、豆に慣れない村人たちに食べ方も教えた。豆の炒《い》り方、煮豆のつくり方、豆を焼いて食う料理。村は救われ、豆男は一躍、村の救世主として尊敬を集めるようになった。

翌年から村に小さな異変が起こる。自分たちの耕作地に稲ではなく豆を植える人々が現れたのだ。その風潮が広まるにつれ、村の長老たちは眉をひそめた。なぜなら、この村には古くからの言い伝えがあるからだ。

「毎年春には稲を植えよ、秋には稲を刈れ」。どこの誰が伝えた言葉であるのかは、百年近い春と秋、夏と冬を経験している長老たちですら知らないのだが、遥《はる》か昔からのその言葉は、村の犯しがたい掟《おきて》となっていた。

稲を植えよ、稲を刈れ、たとえ火の山の灰にまみれても。それを合言葉に、村の中に増えはじめた豆畑には、唾が吐きかけられ、引かれた用水の水は止められ、あげくには踏みにじられるようになった。この村では豆ではなく稲を植えなくてはならないことを気づかせるために。

豆畑を踏みにじった人間は、豆男から種となる豆を譲り受けなかった連中なのだが、豆畑を踏みにじられた人間たちの怒りは、畑を踏みにじった人間にではなく豆男に向いた。「あの男にそそのかされたばっかりに、稲の苗を育てることができなかった」「あいつのせいで、今年の秋はさんざんなものになるだろう」前の年の秋にあがめられた豆男は、翌年の春にはもう村の疫病神《やくびょうがみ》になった。

「あいつは、自分の土地の馬鹿豆を実らせるために、村に雨を降らさない呪《のろ》いをかけている」村人の一人の、なにげなく口にしたつくり話が、何人かの口を伝わるうちに、尾ひれがつき、しだいに生々しい真実として語られるようになった。そして、皆が口々に叫びはじめた。「豆男を村から消せ」と。なにしろ、誰が決めたかは知らないが、村のありがたい、いままでつつがなく守られてきた掟をやぶった者なのだから。

村人たちは豆男の火山の麓《ふもと》の小屋を襲い、豆男を殺す。誰が手を下したのかはわからない。誰かの鍬《くわ》が頭を割ったのかもしれないし、誰かの鎌《かま》が喉を掻《か》き切ったのかもしれない。誰かの手にしたこん棒がとどめを刺したのかもしれない。村人の誰もが鍬か鎌かこん棒を手にしていたから、すべては謎のままだ。

豆男が死に、翌年から村はまた昔どおりの村に戻った。村人たちは、せっせと作物を植えはじめる。作物の中心は豆だ。なにごともなかったように、豆男から奪った種豆を植えはじめるのだ。

啓一は、この芝居でもいつものようにせりふのない村人Eの役だった。

芝居のクライマックス、豆男が抹殺される直前に舞台は暗転し、そこに豆男役の来宮の声が響きわたる。豆男は、最後に叫ぶのだ。呪いの言葉を吐くように。

「千年先までそうしてろ」

啓一は自分で水割りをつくって、一気に半分を空にした。少し濃すぎたかもしれない。酔いが急にまわってきた。来宮に尋ねる。

「……僕が豆男だと？」

「いいや」

お前はそんな器じゃない。ただの村人Eだ。そう言われた気がして、少し傷ついた。

「誰もが豆男であり村人なのさ。問題は豆男が豆を植えられる村じゃなくちゃ暮らせないってことだ」

自分の芝居を語る来宮の言葉は、あい変わらず意味不明だ。

「……よくわかりません」

「やっぱし。じつは俺にもよくわからない」

来宮が首を振る。そうだったのか。団員たちはいつもわけがわからず、それぞれの勝手な解釈で来宮の芝居を演じていたが、来宮が何十回もダメ出しをしたり、空き缶を投げつけてくるのは、作品の意図を役者たちが理解していないことへ腹を立てているのかと思っていた。

「あの芝居は映画の『ゴジラ』を思い出して書いたんだ。馬の助、ゴジラは観たことある？」

「正月休みに行きました。子どもを連れて。モスラと一緒にメカゴジラと闘うストーリーで。たいへんでしたよ。モスラが出てきたら、かえでが劇場で叫び出しちまって。パパのちんちんって」

「もっと前のさ、いちばん最初の。志村喬《たかし》が博士役で出てるやつ」

「どうだったっけ……あ、あるような」かすかに覚えている。子どもの頃、テレビの映画劇場で観たのだっけ。

「いつも思ってた。ゴジラがなんで日本人に受けるんだろうって。怖がったり、面白がったり、懐《なつ》かしがったりするのは、なぜかって。俺、わかったさ。あれは台風なんだよ。もしくは地震、洪水」

「は?」

「ゴジラが伊勢湾に上陸しましたっ、とか、東海地方を東京に向かって北上中ぅ、なんてアナウンサーが絶叫して、みんながわやわやリヤカー引っ張ったり、背中に荷物くくりつけて逃げまどったり、自衛隊が勝てっこないのに、タラララタララ〜なんて行進曲をバックに出動するシーンとかがあるだろ。俺、あれがいつも災害のニュースとダブって見えるんだ」

「……はぁ」

「日本人にとってゴジラってのは生き物じゃない。天変地異なのさ。DNAに刻まれちまった脅威の記憶なんだな、きっと。ハリウッド製のゴジラとはそこが違う。人の力で抹殺して喝采《かっさい》する存在じゃないんだよ」

あいづちを打ったが、じつは半分も意味がわからなかった。

「闘っても勝てないものなの。どこかよそへ行ってくださいって拝む神様なの。この国の人間って、昔から闘っても勝てないものをたくさん相手にしてきたから、闘うのが下手なんだよ。サムライの国なんかじゃない。百姓の国。無理して闘おうとすると、舞い上がるは、とち狂うはで、ろくなことにならない。誰が何をするかじゃなくて、誰かが何かをしたから、んじゃオラもやるべって、周りを見て雰囲気で突っ走るだけ。みんなで集まって耐え忍ぶほうが得意なの。そして、そうやって耐えてる自分たちが実は案外と好きなのさ」

「でも日本の初代ゴジラだって、確か最後は倒されるんですよ。また出てくるかもっていうラストもハリウッドのと同じだったんじゃないかな」

「細かいことはいいじゃない」

「来宮さんは、みんなとは違う？　豆男なんですか」

啓一は聞いてみた。

「いや、俺もたぶんみんなと一緒さ。俺だってハリウッド物より日本のゴジラのほうが好きなんだ」

来宮は水割りをひと息であおり、それから、にんまりと意味不明に笑った。さっきまで自分の闘う相手がそれこそハリウッドゴジラ並みに強大である気がして、無力感に陥っていたのだが、もしかしたらそれ以上に手に負えず得体の知れない怪物かもしれない。

啓一は今日、数えきれないほどついた吐息を、また紙コップの中に落とした。

「残念だな、メリーゴーランド」

「珍しくないだろう。今日び、ラブホテルにもあるぞ」

「いえ、いちおう僕なりにアイデアが。うまくやればアテネ村の目玉になったかもしれない。あ〜あ、見たかったなぁ」

今日の午後、メリーゴーランドの移設の話をキャンセルさせて欲しいと連絡したら、ふれあいファミリーパークの山下は、電話の向こうで十秒近く絶句していた。

「何かあるのか、メリーゴーランドに思い出とか」

「いや、特にないと思いますけど」

「幼児期のトラウマか？　みんなが父親と一緒に楽しそうに木馬に乗っているのを、買ってはもらえないソフトクリーム売り場の蔭《かげ》で泣きながら眺めていたとか」

「そんなことありません。勝手に脚本をつくらないでください。子どもの頃は俺の父親はまだいましたし」

「母親に言われたのか？　遊園地のメリーゴーランドの前で。ここで待っておいでって。でも、母親は帰ってこない。なぜなら、若い出入り職人と片道切符の夜行列車に――」

「あ、そう言えば、路子と一度だけ乗ったような気が。あれはどこでだっけ」

「ラブホテルでないの？　背中が三角形になってるやつ」

「違いますよ」

来宮がしかつめらしい表情で啓一の目を捉《とら》えた。

「でも悪いのはお前だよ」

「へ？」

「俺が言ったろう。劇団に残れって。役者としてはもうひとつだったけど、裏方の才能はピカ一だったからさ」

来宮が紙コップに目を落として、しみじみと言う。ピカ一だなんて褒め言葉を来宮からかけられたのは、初めてだった。悪い気はしない。

「ほんとですか？」

「おおよ。いまからでも遅くない。金槌《なぐり》の使い方は忘れてないだろ。もう一度、やってみるか。お前の不幸な姿を見るのは忍びない」

いつになく真剣な表情で来宮が啓一の顔を覗《のぞ》きこんでくる。目の隅がかすかに笑っていた。やめておいたほうがよさそうだった。どうせ団員に逃げられた後に残ったのが役者ばかりで、裏方が不足しているに違いない。

いまの自分のほうがマシな気がした。人の家に勝手に押しかけ、奥さんに冷たい視線を向けられているのを承知で冷蔵庫から食い物をかっぱらい、うまそうに食う神経を啓一は持ち合わせていない。少々羨《うらや》ましくはあるが、真似《まね》をしたいとは思わなかった。

「それは、遠慮しときます」

「あ、そ」来宮は玩具に飽きた子どもの表情で、あっさりそう言い、トマトにかぶりついた。「うまいな、ここのトマトは」

「まぁ、ここには他にめぼしい農産物はありませんから……都会向けの高原野菜ぐらい。それと蕎麦《そば》。特に秋の新蕎麦。あとは梨、山の方へ行けばリンゴも少々、地名が駒谷なのになぜか牛肉、酪農、チーズやヨーグルト……」

挙げていけば、結構あるものだ。来宮はカラーピーマンまで冷蔵庫から持ち出していた。トマトより育てやすいから、都会向け野菜として最近農家の間で流行しつつある作物だ。

「ねぇ、来宮さん、チルド室にチーズも入ってませんでした？　とろけるタイプのスライスチーズ」

「うん、あった。あれはやめといたよ。さすがにこりゃまずいと思って」

「いや、すでにまずいです。トマトとピーマン、それ、明日の朝食用です。ピザトーストの具ですよ。ピザトーストなら子どもたちがピーマンを食べるからって。路子がピーマンとトマトとチーズを揃えておくのは、それしか考えられない」

酔いで半分閉じかかっていた来宮の目が、ぱちりと開いた。

「ちっちゃくなったな、馬の助」

そう言う来宮も、ふたつ目のトマトに塩をふろうとしていた手をとめ、ピーマンと一緒に抱えて階下へ駆け降りていった。

10

啓一が薄っぺらいトマト入りのピザトーストを食べていると、口のまわりにピザソースをつけたかえでが言った。

「ママ、トマト、おかわり」

かえでは由美の嫁ぎ先からもらうトマトがくだものより好きで、いつもトマトだけ先に食べてしまう。オーブントースターに新しいパンをつっこんでいた路子の背中が答える。

「ごめん、今日はもうそれだけなの」

「ピーマンばっかりだ。これ、やだよ」

野菜嫌いの哲平はかえでに便乗してピーマンを残そうという魂胆らしい。哲平は口のまわりに駒谷高原牛乳を飲んだコップの痕《あと》をつけている。

「夜中にどこかのネコさんがもってっちゃったのよ」

啓一は思わずむせて、口の中から食パンの粉を噴いてしまった。路子がトマトのない自分のピザトーストを皿に置き、組んだ両手に顎《あご》を載せて、啓一を見つめてきた。

「ねぇ、ケイちゃん、今夜──」

路子のほうから声をかけてくるのは、ひさしぶりだ。何を言われるかはわかっている。言われる前に言った。

「すまん、今夜こそ、きちんと話す。明日までには出ていってもらうよ」

「ううん、お二階さんのことはいいよ。咲太郎さんが夕飯をつくってくれるし。ねねこちゃんたちに子どもの面倒も見てもらってるし。もう慣れた。夜うるさいのはともかくね。そうじゃなくて、私、今日遅くなるけどいいかな。哲平とかえでは由美さんに預かってもらうから」

「おお、全然かまわないよ。俺だってどうせ今日も遅いし」

「ごめんね」

路子がティッシュでかえでの口をぬぐいながら言う。いつも通りの横顔だ。怒っているふうには見えない。

「いや、別に……」

謝られることじゃない。どうして「ごめんね」なんだろう。謝るべきなのは、自分のほうなのに。

「トマト、トマト、トマトっ」

「ピーマン、やだやだ」

二人がまた騒ぎはじめ、路子がそれをなだめたり、たしなめたりしはじめたから、路子がなぜ遅くなるのか聞きそびれてしまった。

八時二十五分に推進室へ出勤すると、珍しく柳井《やない》が先に来ていた。

「お、早いな」

「うぃっす」

いつも似たようなモード系スーツ何着かを着まわしているから、最初は気づかなかった。ピンク色のシャツとモスグリーンのネクタイが昨日のままだ。啓一の机の上に、ローズガーデンパーティにかかわるすべての会社と団体の事業内容報告書が載っていた。ふたこぶらくだはほとんど白紙だが、インターネットで調べたらしい、来宮が十年以上前にとった脚本賞のことまで記されている。この手の権威に弱い理事たちは、昨年度の総収益が推定百五十万円であることを読みとばしてくれるだろう。

「悪いな、お前ばっかり」

「いえいえ、夜は寒いっすね、ここ」

「午後のオーディション、やっぱり俺が行こうか」

先週、ふたこぶらくだだけでは足りないアクターを募集した。今日はそのオーディションの日なのだ。

「とんでもない。それが楽しみで仕事を早く終わらせたのに。その替わり着替えてきてもいいっすか」

「別に、かまわないけど」

「可愛い子、来るかなぁ」

柳井が寝不足の腫《は》れた目を宙に泳がせる。それはどうだろう。たとえ来ても、可愛いかどうかは判断できないかもしれない。にやついた顔を正面に戻し、そこにいつの間にか徳永の姿があるのを知って、柳井が椅子から尻を飛び上がらせていた。この時間には必ず机に座り、茶をすすっているはずの丹波がいなかった。

「そういえば、室長は？」

「それが、さっき奥さんから電話があって、今日からしばらく休むと。胃潰瘍だそうです」

信じられない。なんていう情けない胃袋だ。昨日の会議が丹波の薄っぺらい胃壁を突き破ってしまったらしい。

林田はいない。いたとしても備え付けの新聞各紙のスポーツ欄を順ぐりに眺めるだけで、啓一たちの仕事を手伝おうとはしないのだが、ポスター制作の前任者だったから、今日は九時から商工会議所ビルで一緒に校正をすることになっている。啓一と同行したくないのか、公然と寝坊するつもりか、直行したらしい。

気が重かった。ゴールデンウィークイベント初日まであと一週間。ポスターはとっくに完成させ、配布していなければならないのに、まだ些細《ささい》なことでもめているのだ。

「ろくろ踊りの写真、小さくないか」

額縁みたいな眼鏡を指で押さえて校正刷りを眺めていた事業部長が、啓一の顔を上目づかいで捉《とら》えてくる。

「しかし、すべてのアトラクションの写真を入れるとなると、どうしてもこれだけのスペースしかなくなるんです」

事業部長は沢村のイラストを使って片隅に加えた、アリスのローズガーデンパーティの告知スペースを、とんでもない邪魔者だというふうに指で叩き、ちちちと舌を鳴らした。

「もう少し大きくしてよ。ろくろをさ。混声合唱団の写真ももう一枚欲しいな」

素人《しろうと》の発想だ。せっかく広告を出すのだから、とあれもこれも詰めこもうとする。メーカーで多少は宣伝会議に出席していた経験から言えば、多すぎる情報は全体の焦点をぼかし、訴求ポイントを失わせる。百害あって一利なしだ。しかし、それを言い出せず、決着を一刻も早くつけるために、丸く収めようとしている自分が情けなかった。

「第一、このいちばんアップになってるの、誰？」

「誰と言われましても」

当初のレイアウトでは人間が豆粒みたいにしか見えない俯瞰《ふかん》写真だったから、せめてろくろ踊りの扮装がわかる写真に差し替えたのだ。手前に大きく写っているのは、唯一と言っていい若い女性。ダサい、年寄り臭い、と町の若者に敬遠されているろくろ踊りを、少しはましなものに見せるための工夫だった。

「やっぱりここは保存会会長がメインじゃないと。会長がちゃんと写ってるの、あったでしょ。それとうちの理事長もさりげなく入れといて」

今年米寿を迎える小柄で痩《や》せさらばえた会長の、猿回しのサルのような写真を思い出してげんなりした。しかし、いつまでも揉《も》めているわけにはいかない。

「わかりました。直します」

「それと、この『ゴールデンウィーク』の『ィ』だけど、これは小さい『ィ』でいいのかい」

事業部長が校正刷りの一点を指さした。ダブルのスーツの袖《そで》は彼の腕には少々長すぎる気がする。

「ええ、もちろん」

「おかしいな、僕の調べた辞典では、大きいほうのイだったぞ」

「いえ、国語辞典でも、外来語の辞書でもこうなっていますが」

こんなところで大きいイだの小さいィだのと揉めている場合じゃない。啓一は腕時計を眺めた。アテネ村で沢村と待ち合わせをしているのだ。もう約束の時間に間に合いそうもない。啓一がいないと、沢村と鉄騎隊がどうなるかは火を見るより明らかだ。

「どの辞書？　有名どころを全部あたったの？」

「いや、そこまでは……」

「あたろうよ」

嫌がらせだ。あきらかに。見返りをくれる印刷会社を勝手に下ろしたしっぺ返しのつもりだろう。啓一と新しい業者を失敗に追いこみたいらしい。

デザイン会社はたび重なる修正に呆《あき》れ返り、日に日に電話の声が冷やかになっている。どんな些細なことであれ、下請けは自分のところに呼びつけるのが公務員だが、とてもそんなことはできない。最近は啓一が赤字の入った校正刷りをかかえてデザイン会社を訪れているのだが、顔を出すだけで担当デザイナーに露骨に眉をひそめられてしまう。

事業部長が首を左右に振って骨を鳴らし、うぇぃと唸《うな》った。

「困るなぁ、そういういい加減なことじゃ」

啓一は指の力を一本ずつ抜き、手にしていた赤のボールペンを校正刷りの上へ落とした。

カン。思っていた以上にいい音がした。

リングの上で相手を威嚇《いかく》するように、事業部長の顔を睨《にら》みつける。自分でも驚くほど冷やかな声が出た。

「それが何なのです？」

「……え？」

「それが、何だって言うんですか？」

事業部長の首が、ななめに傾いたまま動かなくなった。

「そのイの字に、何があるんです？　あなたの人生の何が？　教えてください」

相手は眼鏡の奥の案外に気弱そうな目をそらす。

「な、な、なんだね、君は」

啓一の目を見ようとはせずに、事業部長が組み合わせた小さな手をひらつかせた。さっきから沈黙を守って、自分の立ちまわり方を窺《うかが》っていた林田が、レフリーのように二人の間に両手を突き出してきた。

「こうしたらどうでしょう。真ん中をとって、やや大きめということで、ひとつ」

「おお、それは名案だ」

「じゃあ、そうします。ただし、これで最後ですから」

机の上の校正刷りを、ことさら荒い音を立てて丸めた。まだ何か言いたそうな二人の前で席を立つ。林田があきれ顔で見返してくる。この人はいずれ市役所に戻り、庁内人事に力を持つ人になるのに、という顔だ。啓一は心の中で呟《つぶや》いた。

千年先までそうしてろ。

見張り役の少年が声をかけてくる。

「喧嘩《けんか》上等」

「天下無敵」

ようやく覚えた合言葉を口にすると、突き出された鉄パイプが下げられた。

新たなスプレー落書きが書き加えられて、ますますひどいものになっているフェンスをくぐり抜けると、あちこちでチェーンソーの音が響き、木を叩くハンマーの音が聞こえてきた。持ち場で作業を続けている鉄騎隊の人数はまた増えたようだ。彼らの赤い特攻服を作業着がわりにしている人間もいた。哲平の遊びと変わらないような合言葉を口にするのは面倒だが、ここへ来るとホッとする。少なくとも、みんなきちんと働いている。手を動かしている。汗をかいている。

沢村とシンジは、やはり揉めていた。シンジの尖《とが》った声が耳に飛びこんでくる。

「だったら、てめえでやれよ」

今度はなんだ？　ログハウスの件は、屋根の千木《ちぎ》を短くすることで話はついたはずなのだが。沢村は啓一の顔を見るなり、先生に告げ口をする子どもの表情で言う。

「まいっちゃったな、もう。またまた僕のイメージを完全に無視ですもん」

「うっせえ、イメージ、イメージって、それぱっかゆうな。イメージ馬鹿」

沢村が訴えているのは、パイプスライダーの外側に描くイラストだ。沢村が用意した下絵は、不思議の国のアリスに登場するシュールな動物たちをパステル画風に描いたものだが、いま描かれつつあるのは、まるで別物だった。公園のコンクリート・フェンスやガード下にポップな落書きを残す連中が描くような絵だ。グラフィティ族と言うのだっけ。最近は駒谷にも出没していて、ついこの間も、沿線の四列車両がカラーの四コマ漫画に替えられて、ローカルニュースになった。

「僕のイメージに従えないのなら、仕事はしないでもらいたいね」

たいしたものだ。戦うオタク青年沢村は、自分の美意識を守るためなら暴走族が相手でも一歩も引かない。前回と違って震えてはいなかった。尊敬に値するかどうかはわからないが、啓一も見習ったほうがいいかもしれない。

「おい、ケン」

シンジに呼ばれて出てきたのは、サングラスをかけた坊主頭だった。鉄騎隊のメンバーにはなかった顔だ。顎には頭髪と同じぐらいの短さの髭《ひげ》が生えている。

「おめえの絵が気に入らねぇとよ」

坊主頭がサングラスをとって、沢村へ必要以上に顔を接近させた。沢村が顔をそむけると、さらに鼻が触れるほどの距離に髭面《ひげづら》を近づけ、目をとらえようとする。シンジが言った。

「ケンは駒谷一のストリート・アーチストだ。漫画家をめざしているんだ。ギャグ漫画を描かせたら最高さ。うすた京介より面白えぞ」

「サングラスをはずして描いたらどうだろう？」

そのほうが色も正確に見えるだろうと思って言ったのだが、今度はケンの顔が啓一の顔に張りついた。

近くで見ると、まだ髭を生え揃わせるのに苦労しているような年頃だったが、目は鋭い。ギャグ漫画を描くと言うが、本人はギャグの通じる相手じゃなさそうだった。標的が啓一に移ったのを幸い、不屈のオタク、沢村が再び反撃ののろしをあげる。

「パイプスライダーは広場からもよく見えるんだから、あの絵はちゃんと描いてもらわないと」

中央広場の左手の山裾に伸びるスライダーは、広場だけでなくアテネ村の敷地のたいていの場所から見える。それを利用してアリスのローズガーデンパーティ会場をアピールしようというのが沢村のプランなのだが――ふいに啓一はひらめいた。

「ねぇ、君。もっと大きな絵も描けるかい？」

十センチの距離にある髭面に言ってみた。距離が五センチになった。答えたのはシンジだ。

「ケンが仲間を集めりゃ、JRの車両にだって描けるよ、なぁ」

やっぱり、犯人はこいつか。

「じゃあ、もっと大きなキャンバスを提供しよう」

啓一の言葉に沢村が訝《いぶか》しげな顔をする。

「どういうことです？」

「いや、まぁね……ちょっと考えがあるんだ。スライダーの絵はとりあえずストップしよう。ただしあのままでいいんじゃないかな。僕はよくわからないけど、中味がよくわからないほうが、かえって覗《のぞ》きたくなるってことはないかな？　丸見えよりも」

公務員のセンスなどあてにできるものか。沢村の顔にはそう書いてある。

「頼むよ。ここは僕に任せてくれ」

「わかりました。じゃあ、そのかわり、お願いがひとつ。あれのこと」

やけにあっさり引き下がったと思ったら、無理難題の交換条件付きだった。沢村が指さしたのは、アテネ村の左手の山裾にある荒れ寺だ。瓦《かわら》の抜け落ちた屋根に生い茂っている雑草がここからでも見える。

「丸見えで困ってるのは、あれですよ。何とかしてください。撤去するなり、フェンスを立てるなり。目ざわりなんです。せっかくの僕の世界観がぶちこわしだ」

「わかった。考えてみるよ」

「考えてみる、か」沢村が皮肉っぽい口調で、啓一の言葉をおうむ返しにする。「それ、何もしないの同義語ですか？」

　多田親方の好意で、人件費が格安になっているとはいえ、そろそろ予算が心配になってきている。もうやけくそだった。つい言ってしまった。

「なんとかする」

　赤毛にうさぎの耳のカチューシャをあてがったねねこが顔をしかめている。

「なんだか、場末のバニーガールみたいだな」

「そうよ、だって、昔、バニークラブでもらったヤツだもの」

　ひとりひとりに衣装を手渡している咲太郎さんが答えた。ふたこぶらくだの衣装担当でもある咲太郎さんは、衣装部屋として東京に六畳一間のアパートを持っている。そのストックを取りに行かせていた団員のひとりが今日、駒谷に戻ってきたのだ。

　咲太郎さんは、いままで手づくりしていた衣装と、段ボール箱数十箱分の衣装を見比べて眉根にしわを寄せ、それから団員たちひとりひとりに目を走らせて、腕組みをした。作務衣《さむえ》姿の咲太郎さんがそうしていると、誰を鉄砲玉に使おうかと悩んでいるヤクザの親分のように見えるが、本人は団員たちの衣装と配役を真剣に悩んでいるのだ。

来宮が考えた奇妙な舞台衣装を着慣れている団員たちも、みんな顔をしかめている。なにしろ衣装はたいていが不思議の国のアリスに登場する風変わりな動物や人物の着ぐるみやかぶりもの。舞台衣装というよりSFXだ。

「やっぱり、馬の助はこれだねぇ」

啓一は目を丸くした。

「え？　僕も」

ハンプティ・ダンプティにふんした来宮が、体の半分はありそうな玉子のかぶりものの中から睨んできた。

「あたりまえだろ。他にこの町に芝居ができるやつがいるのか？」

「芝居？」

「ああ、いや、なんでもない」

沢村が声を張りあげた。

「じゃあ、リハを始めます」

「なにがリハだよ、気取んなよ。稽古《けいこ》って言いな」

バニーガールのねねこが腰に両手を当てて、大きな胸を突き出すと、沢村は啓一に対する時とは打って変わった素直さで言い直した。

「……では、稽古をはじめます」

工事用の夜間照明の下に、団員たちがぞろぞろと集まってくる。異形のシルエットが浮かびあがった。哲平とかえでに見せたら、きっと喜ぶだろう。まるでポケモンかゲゲゲの鬼太郎の実写版だ。

♪夜は墓場で運動会〜。楽しいな、楽しいな。

楽しくはないけど。

ポスターを抱えた柳井が推進室に戻ってきた。今日、ようやくポスターが仕上がり、それを貼りに行ったのだ。当初予定していた沿線の駅貼りは、出稿日のメドが立たずに見送ることになってしまった。せめて市内の市営施設や広報掲示板に貼るつもりだった。

「あれ、ずいぶん余ってるな」

「それが、あっちこっちで断られちまったんです。市民センターじゃ、掲載の申請は一週間前に出さないとだめだって。土木事業所に行ったら、貼るスペースがないって言われちまった。とっくに終わった工事の施工写真なんか貼ってるくせに。派出所もどこもけんもほろほろってやつでした」

どうなってる。少し考えてから、ひたいを叩いて天を仰いだ。事業部長のしわざだ。妨害工作。姑息《こそく》なやつめ、自分の息のかかったところに先回りして、ポスターを貼らせないようにしてるのだろう。

「貼れたのは、どこだ？」

「えーと、営林センター、農業試験所、老人いこいの家……」

ほとんど効果のなさそうなところばかりだった。掲載を承諾した所だって、貼ってくれるかどうかわかったもんじゃない。

「ようやくできたのに。そこらへんの塀に貼りまくりましょうか？」

柳井は眉を吊り上げてそう言うが、いくら市の刊行物でも私有地に勝手に貼ることはできない。第一、いままでの独断を不問に付すかわりに、これからは、市役所の手続きと同様に、どんな小さな案件にも起案書を書け、と理事たちからは言い渡されている。できるとしたら——啓一はまたひたいを叩いた。何回も。それから丹波のデスクを眺めた。

そうか。丹波が病欠ということは、だ。

市役所の慣例では、すべての起案には課長職クラスの押印《おういん》が必要なのだが、例外がひとつある。そのセクションの課長職が病欠の場合は、代決——それに次ぐ人間が承認印を押すことが許されるのだ。

「柳井、一発、起案書をつくってくれ」

「どんな？」

「これから説明する」

電話を手にした。ひとつだけ手があるかもしれない。

「もしもし、道路環境課ですか？　大越課長はいらっしゃいますか？」

道路環境課の大越課長は、総務部時代の上司だ。

――ああ、遠野か。久しぶりだな。嫁さんと子ども元気か？　いまどこの部署にいるんだ。

アテネ村リニューアル推進室というと、何度も聞き返されてしまった。市の職員の間でもまったく認知されていないらしい。どういう部署であるか、いま何をしているのかを説明した。現実はともかく市長直属の特命プロジェクトチームであることを強調する。

「お忙しいですか？」

道路環境課は、駅前浄化条例にともなって新設されたセクションだ。つくってはみたものの たいして仕事はないはずだった。しかし、大越はぼやき声を出す。

――いやぁ、毎日遅いよ。今度の市長選挙のポスター掲示板、設置場所を見直すことになってさ。うちもそれにからんでるから。帰れるのは、五時半過ぎだな。

「電話をしたのは、他でもありません。最近、あちこちにふえてるグラフィティとかいう落書きのことなんですが」

――ああ、あれな。困ってるんだよ。苦情は来るけどさ。こっちだってルーティンワークがあるわけだから、消せって言われたって、そうそう手が回らない。第一、消してもすぐにまた描かれるだろ。

「実はですね、今回のアテネ村のイベントで市外からたくさんお客さんが来るでしょ。その時にああいう落書きが人目につくのはまずいという話になってまして。とくにほら、駅前のロータリーの壁」

――そうなんだよなぁ。でもこっちだってルーティンがさ。消したってまた――。

「市長がずいぶんお怒りのようなのです」たぶん。

――いますぐ手配するよ。

「いえ、それより提案がひとつあるんですが」

――え?

「期間中だけ、落書きを隠すっていうのはどうですか?」

――隠すって、どうやって?

「任せてください。悪いようにはしませんから」

――何をするか知らないけど、その上からまた落書きされるよ。もう私らの仕事の範《はん》疇《ちゅう》じゃない。警察の仕事だよ。

「それはだいじょうぶです。もう落書きなんかさせません」

妙に確信をこめた啓一の言葉に、大越は不思議そうな声を返してきた。ケンには新しい仕事を依頼したから、よけいな落書きをしているヒマはないだろう。電話を切ってから柳井に声をかけた。

「よし、貼るところが出来たぞ。しかも何十枚でも貼り放題だ」

駅を出てすぐ、バスターミナルの先にある高さ五メートルの大型フェンスだ。市が駅前再開発のために手に入れたものの、いまだに利用法が決まらずに放置されている土地を囲っている。駒谷の駅に降り立った人間の誰もが最初に目を向ける、東京で言えば新宿のアルタの電光スクリーンか、銀座四丁目の時計台のようなところだ。

「いまから出よう。すまんが今日も残業になるぞ」

「ハイホー。煙草が吸えるんなら、どこへでも」と柳井は軽い調子で答えていたが、丸めたポスターの束を抱えた啓一を見て、急に警戒する口調になった。

「で、どこに貼るんです」

「駅前の再開発用地」

「あそこかぁ。服が汚れそうだな。俺、ほら、今日はこれっすから。しわも心配」

柳井が内ポケットのブランドマークを見せる。オーディションの日に初めて着てきたスーツだ。若手職員の一カ月分の給料が飛ぶようなブランドだった。

パソコンを眺めていた徳永が音もなく立ち上がり、首にスカーフを巻きはじめた。啓一の顔は見ようとせずに、ポスターの束のひとつを抱えた。小柄な彼女がそうすると、まるで丸太にしがみついているように見える。一緒に行ってくれるらしい。柳井があわて立ち上がった。

「あ、徳永さん、半分持ちますよ」

「ありがとう徳永」

啓一がそう言うと、徳永は柱の陰に逃げこむようにポスターで顔を隠してしまった。

「悪いな、柳井も」

柳井が寝不足で腫れた目をこすり、しわが心配だったはずのスーツを腕まくりする。

「なに言ってんすか。がんばんなきゃ。もうすぐだもん」

そう、もうすぐだ。泣いても笑ってもゴールデンウィークイベントまであと五日。

11.

目を覚まして時計を見ると、まだ午前六時。昨夜、アテネ村から戻ってふとんにもぐりこんだのは午前二時過ぎだったから、頭はぼんやりしているが、一度開いてしまった瞼《まぶた》はもう閉じそうにない。

気合とともにふとんをはね上げ、かえでを踏まないように注意して窓へ駆けよった。カーテンを開けて外を見る。

ため息が出た。どんより曇っている。昇っているはずの太陽が見えない。天気のいい日にはこの窓から駒谷連山がくっきりと見えるのだが、まだ雪の残る稜線が、今日は絞る前の雑巾《ぞうきん》のような黒雲で覆《おお》われている。

昨日から何度もチェックしている予報どおりだった。駒谷一帯は曇りのち雨。天気予報は、こんな時ばかりよく当たる。今日はアテネ村ゴールデンウィークイベントの初日だというのに、幸先《さいさき》はよくない。

完璧とは言いがたいが、とにもかくにも準備は間に合った。昨日は深夜まで最後の仕上げをするシンジと鉄騎隊につきあい、沢村とふたこぶらくだのリハーサルに立ち会った。あとは天気頼みだったのだが。

キッチンから水音がしている。路子のふとんはカラだ。朝早く出る啓一や来宮たちのために食事の準備をしてくれているらしい。リビングへ行き、声をかけた。

「おはよう」

「グッモーニ〜」

路子にしては野太い声が返ってきた。対面式カウンターから突き出た顔は、姉さんかぶりをした咲太郎さんだった。

「もうすぐ朝ゴハンだから、みんなを起こしてきて」

咲太郎さんの隣から半開きの目をした路子も顔を出して、あくびを手で抑えた。

「私もいま起きたの。びっくりしたよ。咲太郎さんの料理の腕はすごいねえ。ほら、鯛めし」

路子が遠野家でいちばん大きな鍋《なべ》の蓋《ふた》を開ける。ふだん炊《た》く量の数倍の米の上に鯛が一匹載っていた。

「それからエビのチリソース」

「おお！」と叫んでから首を傾《かし》げた。「朝からエビチリ？」鯛めしはまだしも。

「縁起《えんぎ》を担《かつ》いでみたのよ。千客万来。えびで鯛を釣る」

咲太郎さんが小指を立てて姐《あね》さんかぶりを取る。もう四十代後半。髪を短くしたのは、たぶん自慢だった乙女の黒髪の生え際が寂しくなってきたからだ。縁起がいいのかどうかわからないが、トウバンジャンの香りが、まだ寝ぼけている胃袋を刺激した。確かにうまそうだ。路子が言った。

「じゃあ、味噌汁の具はやまいもにしようか。〝つる〟ってことで。カンキチ君とイヌゾー君が好きだしね」

ふたこぶらくだとの共同生活に子どもたち同様、慣れてきたのか、あきらめきったのか、路子は二階の騒音や冷蔵庫からの食材の消失に眉を吊り上げることはなくなった。咲太郎さんに夕食の支度をしてもらい、ねねこたちには子どもの面倒を見てもらっているそうで、啓一がいまだに把握しきれていない全員の名前も、しっかり覚えている。

二階に上がって来宮たちを起こした。

「ほら、初日ですよ。起きてください」

劇団ふたこぶらくだの場合、ふだんは自堕落な生活をしていても、公演が始まったとたんにストイックになる——などという殊勝な心がけは座長の来宮にも団員たちにもまったくない。啓一と深夜に帰ってきたのに、その後も酒盛りをしたらしい。部屋にはまだ酒の匂いが漂っていた。

窓を開けて、駒谷の晩春の風を入れる。男女関係なく雑魚寝《ざこね》。ねねこの足がイヌゾーのモヒカン頭の上に載っていて、イヌゾーがうなされている。路子が心配していた「子どもたちがヘンなものを目撃しないかしら」などということは、まずありえないだろう。

風の冷たさに目覚めて、あちこちであくびの声があがりはじめた。ねねこがぼりぼり頭を掻《か》きながら、ふとんから突き出した来宮の尻を蹴っ飛ばしたが、来宮はくしゃみをして、ふとんの中に尻を潜りこませようとする。啓一はむりやりふとんを引きはがした。

「座長、幕が開きます。開演の時間です」

十年前を思い出して、来宮の耳もとで声を張りあげた。

「おうっ」

髪が鳥の巣になった来宮が飛び起きる。階下のCDプレーヤーからロッキーのテーマが鳴りはじめた。

「ねねちゃん、いってらっしゃい。サキタローさん、いってらっしゃ〜い」

パジャマ姿の哲平が門の前でひとりひとりに声をかけている。

「ゴンタ、がんばれっ」

かえでは、飛行機ごっこをしてくれる仲のいいのっぽに手を振っている。傘をさした路子が、鼻と口しか見えなくなっているかえでのレインコートのフードを直していた。

朝方からの曇天は、ついに雨になってしまった。降ったりやんだり、まだ空と雲がせめぎ合いを続けている状態だが、遠野家の前に並んだふたこぶらくだのいつもは薄汚い二台のワゴンは、雨に掃除されて洗車したてのように輝いていた。

「ケイちゃんもしっかりね」

路子がついでみたいに言って、啓一を手招きしてきた。歩みよると、ひとさし指をくいっと曲げて、顔を近づけろというしぐさをする。みんなの見ている前で新婚時代の儀式か？　まさかな――などと考えていたら、いきなり両手で頬を叩かれた。

ふたこぶらくだからどよめきがあがる。啓一は顔を覗《のぞ》きこんでくる路子に言った。シルベスタ・スタローンみたいな鼻声で。

「俺は、勝つ。チャンピオンを倒すよ」

路子は首を横に振って、ちょっと顔をしかめる。そして誰にも聞こえないような小声で囁《ささや》きかけてきた。

「負けても、好きよ」

啓一が一人でガッツポーズをしているのをよそに、ふたこぶらくだが円陣を組んでいた。昔と変わらない、公演初日の儀式だ。

「おっしゃあ、みんな、いくぞ」

来宮が円の真ん中に腕を突き出すと、団員たちが次々に手を重ねた。啓一もそれに続く。いつの間にか哲平とかえでも加わっていた。

「けっぱれぇぇぇっ」

来宮の声に続いて全員で雄叫《おたけ》びをあげる。

「おおおぉぉぉっ」

声を張りあげてから、拳を高々と突き上げるのがふたこぶらくだ流だ。雨空に十二本の拳が上がり、ひと呼吸遅れて、みんなの胸もとあたりでふたつの小さなげんこつが揺れた。

午前七時半。イベント初日は開催セレモニーが行なわれるため、アリスのローズガーデンパーティの開場は正午からだが、準備の時間を考えると、ゆっくりしてはいられない。来宮と啓一と十人の団員が分乗した三台のクルマが発進した。号砲のように先頭のハイエースがクラクションを鳴らすと、二台目もそれに応える。しんがりの啓一は躊躇《ちゅうちょ》した。それでなくても深夜まで騒ぐ怪しげな客の長逗留《ながとうりゅう》に、近所から白い目で見られているのだ。悩むだけ無駄だった。助手席から来宮が手を伸ばして、勝手にクラクションを鳴らした。

啓一のエスティマに乗りこんできた来宮は、いつの間にかハンプティ・ダンプティのかぶり物をしていた。啓一はウインカーを倒しながら言った。

「来宮さん、まだ早いですよ」

「いまから役に入んないと。難しいな、玉子の役づくり。こいつは生玉子なんだろうか、それとも茹《ゆ》で玉子なのか」

「助手席でかぶられると、運転のじゃまなんです」

「あ、そう」

ふたこぶらくだの連中は、一日じゅう家でごろごろしているわけではないらしい。哲平の話では、アテネ村のリハーサルがない時でも、時おり「稽古《けいこ》」と言い残して出て行き、夜になって帰ってくることもあるそうだ。いったい何をしていたのか、来宮は教えてくれない。

「いい天気だな」

ぽつぽつと雨粒に叩かれているフロントガラスを眺めて来宮が言う。

「どこがですか」

「あんまり晴れちゃうと、客が来ないだろ。うちの劇団、雨の日のほうが客が多かったじゃないか。覚えてないか」

「そうでしたっけ」

「いまだにそうなのさ。なんでかな。俺が雨男だからか？　あんまり天気がいいと、遠出しちまうからかな。うちは街中の劇場《こや》でしかやんないから。公演の日の朝が雨だと、俺は期待しちゃうんだわ」

「来宮さんでもやっぱり客の入りは気になるんですか」

「そりゃあ、そうさ。少ないほうがいいヤツなんていないよ。心配するな、今回は客は選ばない。観客動員を優先するからさ」

「何をするつもりです？　僕はそれが心配なんですけど」

「いや、別に何もさ。俺たちは、沢村くんの忠実なアクターだもの」

助手席に顔を振り向けたが、来宮は啓一の目を見ようとしない。どうも怪しい。

「スタートは上々。よかったな、俺が雨男で」

上々かどうかはわからないが、来宮の説には一理ある。選挙日和《びより》という言葉があるが、何回か選挙事務をしてきた経験から言えば、実際は朝方だけ雨が降り、人々が遠出を控えるような日のほうが投票率が上がる。どちらにしろ、この雨が晴れればの話だが。

「お、雨が強くなってきた。馬の助。ワイパー回したほうがいいんでない？」

雨空に湿った花火の音が鳴り響く。午前十時に中央広場で始まったオープニングセレモニーはまだ続いていた。

ついいましがた駒谷を地盤とする衆議院議員の挨拶が終わったところだ。増淵市長以下、有力市議たちが、その即身仏みたいな老人の演説に大げさすぎる拍手を送っている。増淵が市長選挙に出馬し続けることができるのも、対立候補を立たせないこの議員の党内調整のおかげなのだ。

続いて増淵市長がメインステージの中央に立った。雨はまだ降り続いていて、秘書課長が市長の頭上に傘をさし出している。小柄な秘書課長は背伸びをしなくてはならない。

増淵幾造は長身で恰幅《かっぷく》のいい男だ。六期二十四年、初当選時以外、ほぼ無風の選挙を続けてきたのは、中央との太いパイプがあり、建設業者、農協をはじめとする駒谷市の企業と組織をがっちり固めているからに他ならないが、彼の堂々とした押し出しと整った顔立ちも高支持率を支えている要因かもしれない。

長めの銀髪をオールバックにした六十代半ばには見えない若々しい風貌は、駒谷の年寄りに言わせれば、先代の市川団十郎に似ているそうで、しがらみにがんじがらめの男たちはもちろん、地方でも最近は動向が読めなくなっている女性票も摑《つか》んでいる。そのぶん、女性関係の噂の多い人で、市長選挙のたびに彼を攻撃する怪文書や中傷ビラが出現するのだが、支持団体と、習い性のように現体制を維持しようとする駒谷市役所の人間たちの手で、常に致命傷にならない前に握り潰《つぶ》されていた。

市長がその風貌に似つかわしい朗々とした声を張りあげている真下に、たくさんの傘の花が開いている。来宮の予想は当たったかもしれない。市長が訪れていることを差し引いても、かなりの人数だ。ざっと見たところ五、六百人。出足は好調だった。

「おうおう、開演前だっていうのに、ずいぶん客が並んでるな」

玉子のかぶり物をした来宮が、半熟卵みたいに首をふるふる振った。もうすっかりあそこの客が全部、ローズガーデンパーティに来る気でいるようだった。そううまくはいかないだろうが、啓一もつい皮算用してしまう。半分来てくれるだけで、三百人だ。

去年のゴールデンウィークイベントの入場者数は、四千二百人。それを超えるのが今年の目標になる。入園料さえ払えばローズガーデンパーティに入るのは無料だが、ペガサスは、園内の各所にカウンターを持った社員を配して、アトラクションごとの人出を計算するといっている。ろくろ踊りパレードや混声合唱団に負けるわけにはいかなかった。

啓一たちは丘陵の上から広場を見下ろしているが、あちらからはここの様子は見えない。工事用のフェンスを撤去せずにそのまま使っているからだ。フェンスには、グラフィティ族のリーダー、ケン☆UMEDAが仲間と完成させた壁画が描かれている。さすが一晩で電車四両を四コマ漫画にしてしまうだけのことはある。たった三日で、全長百メートルのフェンスがポップアートの展覧会場になった。

広場の客たちもフェンスが気になるのだろう、しきりにこちらを見上げている。沢村は怒っていたが、効果はてきめん。隠されたものはかえって興味を引く。

「さぁ、来宮さん、お願いしますよ。がんばってください」

「おまえもな」

「ええ」

啓一が頷《うなず》くと、頭の上でドードー鳥が短い首を振った。着ぐるみではなく頭だけのかぶりもの。胴体の部分がくりぬかれていて、そこから顔を出すつくりになっている。咲太郎さんの自信作だそうだが、やけにリアルなのがよけいに恥ずかしい。服はアテネ村のスタッフジャンパー。この格好で客引きをするのが啓一の役目だ。

エントランス・ホールと名づけたローズガーデンパーティの入場ゲートは、ふれあいファミリーパークの木製パネルの家を利用したものだ。パイプスライダーがあることは隠している。そのかわり年寄りや幼児のために、歩いて降りられる別の入場口も用意した。来宮は「今日は堅茹でいくか」と呟《つぶや》いて下へ降りていった。

長いオープニングセレモニーがようやく終わった。園内に「駒谷木槍歌」の間のびした歌声が響き、揃いの茶色い法被《はっぴ》の行列が広場の外周路を練り歩きはじめた。ろくろ踊りパレードだ。

法被の下は白い股引《ももひ》き。頭には駒谷焼の皿。啓一のドードー鳥に負けない奇抜な格好だ。その姿で相撲のすり足じみた足取りで歩み、両手で薪《まき》を打ち合わせて、三回叩くごとに頭上に突き上げる。若い参加者が集まらないのも無理はなかった。先頭に立つのは保存会の長老たちだから、行進はスローモーションビデオのように遅い。

そろそろ来るぞ。啓一はトランシーバーを握りしめて、柳井を呼び出した。山間にあるアテネ村は、携帯の電波事情が悪い。柳井の持つ機種は使えないのだ。

「準備はいいか？」

パイプスライダーの下では、不思議の国に登場する人間や動物たちの扮装をしたアクターたちが待ち構えている。

――オッケーっす。だけど係長、この衣装、なんか俺、嫌っす。カニ道楽のカニみたいだ。他のじゃだめですか？

「だめ」

――でも、両手がはさみだと、ドアのノブが開けづらくて……。

「慣れだよ」

準備は万端だった。

啓一はドードー鳥の首を伸ばしてやってくる客たちを待った。

しかし、誰も来なかった。

人々はようやく広場を半周したろくろ踊りの歩みに合わせて動き、カメラのフラッシュを焚《た》き、カメラ付き携帯やビデオを向けている。はやしたてる声がここまで届いてきた。

集会用テントの下で物産展も始まった。ここもなかなかの盛況だった。売り子の中に、背番号55の野球のユニフォームが見えた。林田だ。本番ではローズガーデンパーティを手伝うと言っていたはずだが。

ようやく何人かが丘を登ってきた。啓一はにこやかな笑顔を向ける。

「いらっしゃいませ」

年寄りの三人連れだ。パイプスライダーは無理だろう。

「どうぞ、こちらの遊歩道コースへ」

黙殺された。妙なかぶりものをしたおかしな男に、かかわらないほうがいいと判断したらしく、全員が視線を避ける。

「なんだ、便所でねぇのか」

「なぁんか薄気味悪いなぃ」

「ちっと入ってみらず」

下から三人を呼ぶ声がした。

「おじいさん、おじいさん、タケが踊ってるだに、早く早く」

ようやく気づいた。意外なほどの人出は、訪れた客たちが市長の後援者や、ろくろ踊りパレードの参加者と物産展を主催する「駒谷農業青年の会」の家族や関係者ばかりだからだ。

啓一は空を見上げた。雨足はしだいに強くなり、水をふくんだドードー鳥のかぶりものが重くなってきた。くちばしから雨垂れが落ちている。間抜けな衣装がますます間抜けに思えた。

トランシーバーが鳴った。

――どうすかぁ、お客さんはまだ？

「……まだのようだ」

駒谷連山の方角から流れてくる陰鬱《いんうつ》な雨雲が頭上を覆《おお》い、ついでに啓一の胸の中も覆いつくそうとしていた。

12.

二日目の朝もどんよりとした曇り空だった。雨がないだけ昨日よりましだが、啓一の気分はあいかわらず空模様と同じだった。

ゴールデンウィークイベント初日の来場者数は、七百三十五人。昼をすぎても雨がやまなかった影響もあっただろうが、二回目のろくろ踊りパレードの時には、義理で来ていた人間たちのほとんどが帰ってしまった。どうやらそれが毎年の恒例らしい。物産展も関係者の家族や知人が去ってしまうと、売り子である農業青年の会会員たちもひとりふたりと姿を消していき、閉園近くになると、まるで県道脇の無人野菜販売所のようなありさまだった。

アリスのローズガーデンパーティはさらに悲惨だった。入場者はわずか八十四人。柳井にパンクしたラジアルタイヤを見るような目を向けられ、ふたこぶらくだの面々には、俺たち以下だな、という顔をされた。「雨さえあがれば、きっと」そう言って強がってはみたのだが、今日も自信はまったくない。

啓一は曇天の心持ちでアテネ村の駐車場にクルマを入れる。助手席に来宮はいない。ふたこぶらくだの二台のワゴンも今日は一緒じゃなかった。来宮たちは打ち上げと称して、控え室にしている荒れ寺でやけ酒を飲みはじめ、昨夜は啓一がひとりで家に戻った。ふたこぶらくだの連中は、結局帰ってこなかった。

関係者用の通用門からアテネ村に入る。中央広場でろくろ踊りパレードの準備が始まっていた。こちらもなんとなし元気がない。参加者も減っているようだ。顔見知りの青年団員に声をかけられた。

「どう、遠野さんのところは」

「まぁ、ぼちぼちです。そちらは」

「ああ、副会長さんにまた腰痛が出て、治療院へ行くと」

「それはそれは……」彼らにしたらラッキーだろう。ろくろ踊りパレードの歩みが遅いのは、別にそれが伝統の芸というわけではなく、米寿手前の保存会会長と、腰痛を押して参加している副会長——ペガサスの理事長が先頭に立っているからだ。男は浮かない顔で言った。

「それがさ、いま連絡があったんだ。針を打ち終わったらすぐに行くから、開始時間を遅らせてくれって」

啓一は空を見上げた。今日は降らないでくれ。天気に頼るしかなかった。たとえ客が来なくても、しょせん公務員。クビになるわけでも、自分のふところが痛むわけでもない。ペガサスの理事たちの不興を買ったとしても、どうせ出向先。この先の公務員人生にはなんのマイナスにもならない。少し前の自分ならそう考えていたかもしれない。

いまは違う。胃がきりきりと痛む。治ったはずの腰も疼《うず》きはじめていた。背中に柳井や徳永を、来宮とふたこぶらくだを、沢村を、鉄騎隊を、路子や哲平やかえでを背負っているのだ。もしかしたら、この町の将来も。

全財産をはたいて勝負を賭《か》ける興行主というのはこういう気分なのかもしれない。いや、気分だけじゃだめだ。啓一は足を速めた。ドードー鳥のかぶりものをして駅前に立つことにしたのだ。

エントランス・ホールには、徳永が一人でぽつんと座っていた。ゴシックロリータ風のエプロンドレス。髪にはヘアードレス。咲太郎さんのつくった衣装ではなく自前だ。

「みんなはまだ？」

徳永は無言で髪を左右に揺らす。まだ寝ているのかもしれない。急いで起こさなくては。二日目の今日は午前十時開場だ。

場内にもふたこぶらくだの姿はなかった。鉄騎隊の隊員たちも数が減っている気がする。荒れ寺へ行ってみた。もぬけのカラだった。

九時半を過ぎても来宮たちは現れなかった。誰もが朝から姿を見ていないと言う。嫌な予感がした。

もしかして、逃げたか。芝居ができないことに腹を立てたのか？　昨日も団員たちは「よけいな演技はするな」と怒る沢村とひと悶着《もんちゃく》起こしていた。それとも客の少なさに嫌気がさして？　来宮ならじゅうぶんありえることだ。

携帯電話を取り出してみたものの、かけるあてはない。来宮は携帯を持っていないし、他の団員たちの番号も知らなかった。

　パイプスライダーの出口である丸太小屋の脇で、やぎが物悲しげに鳴いた。

　――どうします？　そろそろ開園時間ですけど。

　トランシーバーで柳井が問いかけてくる。どうしよう。頭の中は真っ白だった。焦《あせ》りで体の細胞が泡立った。来宮への怒りで胃袋が燃えてきた。なにが忠実なアクターだ。なにが「今日は堅茹《かたゆ》でだ」だ。信じた自分にも腹が立った。昔からそうだったじゃないか。来宮天動説。誰にも縛られず自由に生きているなんていう人間は、たいていまわりに迷惑を振りまき、他人に自分が放り出した不自由を押しつけるのだ。

「とりあえず、いまいる人間だけで……」

　柳井に暗い声を出したとたん、いきなりロッキーのテーマが鳴り出した。啓一の携帯の新しい着信音だ。

　――馬の助っ、おはよう。

　来宮だった。

「いまどこです」

　――うふ。聞いたら、驚くぞ。

　能天気な声を聞いたとたん、腹にためこんでいた怒りが口から噴き出した。

「いい加減にしてください。地球はあんたの周りをまわってるわけじゃないんだ！」

　自分でも驚くほど激しい声になった。来宮が黙りこむほどの。

「こっちは真剣なんだ。逃げようったって、そうはいかない。すぐに戻ってこい！」

——……怒るなよ、ちゃんと戻るからさ。

来宮のこんなしおれた声を聞いたのは初めてだった。次の言葉を失ってしまった啓一に、来宮が妙なことを言いはじめた。

——十一時からのテレビを見ろ。

「テレビ？」

来宮が口にしたのは、ローカル放送局のチャンネルだった。

怒る必要はなかったかもしれない。十時を過ぎても客は来なかった。中央広場では一回目のろくろ踊りが始まっていたが、こちらも昨日の盛況が嘘のように閑散としている。踊っている人数より、それを見ている人間のほうがはるかに少ない。

啓一は駅前へ行くのをあきらめ、ドードー鳥をかぶり、案内看板を捧《ささ》げ持って、アテネ村の凱旋門《がいせんもん》の前に立っていた。チケット売り場では、今日も客の数には見合わない二人の老係員。丸い体の肩を寄せて、狭い売り場に並んでいる姿は、来宮よりハンプティ・ダンプティが似合いそうだった。ちらほらとしか来ない客のひとりひとりに声をかけながら、来宮たちを待ったが、いっこうに戻ってこない。

来宮は居場所を告げないまま電話を切ってしまった。リダイヤルしたが、誰の携帯を使ったのか、電源が切られていた。どこへ行っちまったんだろう。あの腐れ玉子め。

午前十一時。暇そうにしているチケット売り場の老係員たちに声をかけた。

「テレビを観せていただけませんか」

「おう、いいとも。あんたも暇だものな」

始まったのは、『昼まで！だらだら行くだら』。ローカル局制作のバラエティ番組だ。啓一も早飯を食いに出た時に、ときどきそば屋のテレビで番組の後半だけを観る。全国ネットのバラエティの人気コーナーをつまみ食いしたような公開生番組だが、日頃、東京のグルメやショッピングガイドばかりの、異国の出来事を見るに等しい情報番組に歯《は》嚙《が》みをしている県民たちには、地元のネタや人間が登場するこの番組はなかなかの人気だった。司会もかつては全国区の人気があった地元出身というふれこみのコメディアンだ。

他の番組で聴いたことのあるようなオープニングテーマとともに、全国放送ではめっきり姿を見かけなくなった司会者が、派手なラメ入りのスーツに大きすぎる蝶ネクタイというわかりやすい扮装で現れた。

『だらだらいくだら〜』

司会者が叫ぶと、観客たちも声を揃える。

『いくだら〜』

ほとんどが女性の黄色い声だ。

『まずは木曜恒例、我が家のお宝発見～っ』

「あんたもこれ好きなの？」カウンターの外から首を伸ばしている啓一に係員のひとりが声をかけてくる。丹波の先輩の元戸籍住民課課長だ。「俺もよくみるだに。これ。うちのお宝も出せにゃあかと思って」

来宮は俺にこれを見せて、どうしようというのだろう。三人目の素人《しろうと》出演者が先祖代々の掛け軸に対する五千円という鑑定結果に怒っているうちにコマーシャルになってしまった。

『さぁ、次は大人気コーナーのゴールデンウィークスペシャルだよ。いくだら～〝おらが町のイケメン・アピールタイム！〟』

カン高い声でわめくだけの司会者を女性アナウンサーがフォローする。

『今日はゴールデンウィーク拡大版でお送りします。イケメンポイントで獲得したアピールタイムはふだんの倍。一点が二秒～っ』

初めて観たが、噂は聞いたことがある。家族を送り出して、朝の家事も終え、そろそろサボろうかという時間帯のためか、主婦たちに人気のあるコーナーだ。自薦他薦を問わずルックスに自信のある男が登場し、ゲスト審査員に品定めされる。ゲストと言ってもローカル番組だから、審査するのは公募で集めた素人だ。

ステージ中央のカーテンが開き、若い男が現れると、場内の女性たちの歓声と不満の声が入り混じった。登場した男は自称若手人気男優似だという居酒屋のアルバイト店員。審査員の主婦たちが、男を眺めてくすくす笑いしながら、手にした数字つきの札をあげる。

『三点、三点、おやぁ、二点。きびしぃ〜。ツマブキ君っていうのは、無理があったかなぁ。どっちかと言えば、ワラブキ君だよねぇ〜』

司会者の寒いジョークに場内が凍りつく前に、女性アナが声をあげる。

『でも今日は、えー八×二で十六秒で〜す。アピールタイム、スタート』

男が消えたカーテンが再び開き、さっきの男優もどきと、居酒屋の名前を書いたプラカードを掲げた数人が登場する。その中の一人が早口で、いまなら女性は飲み物半額。カツオ料理フェアを開催中であることを訴え、プラカードに書かれた地図と電話番号をカメラに向けて掲げて見せた。

『はい、十六秒！』

カーテンが下がる。応募した男に与えられた点数で個人的な広告ができるというしくみらしい。ミスコンが好きなのは男だけじゃないようだ。

「まったく、なんだねこれは。くだらない」

元戸籍住民課課長が申請書類の不備をなじる口調で言い、チャンネルを替えようとするのを啓一は押しとどめた。

二人目の男は十八秒間で合コンの相手を募集した。司会者がわざとらしく顔をしかめてみせる。

『せっかくの拡大版なのに、もうひとつ点数が伸びないねぇ。いよいよ、最後。期待しちゃいましょう』

カーテンが開く。今度は団体だ。真ん中にまばゆく輝く王子様のようなフリルつきシャツを着た男。髪にはうさぎの耳のカチューシャをしている。その後ろに黒い革ジャンを着た男が三人。右端、素肌の上に革ジャンを着た男に見覚えがある。チケット売り場の下に隠した小型テレビに啓一は顔を近づけた。

間違いない。シンジだ。テレビカメラに向かって眼《ガン》を飛ばしている。その隣は鉄騎隊の少女のような顔立ちの少年。さらにその隣は、ふたこぶらくだの二枚目役の男優。三人とも顔は笑っていない。カメラに悪態をついているような目つきだ。真ん中の一人がアップになる。

髪を短く切り、化粧をし、眼鏡をはずした目にブルーのコンタクトレンズを入れているから、最初はまるでわからなかった。なんと、沢村だ。いつものふてくされ顔でそっぽを向いている。

『団体かぁ。ちょっと反則ぎみだけど、採点は――』

主婦たちは、それぞれの好みの男に熱い視線を向けて採点札をあげる。

『四点、五点、四点。おおっ、合わせ技だ。本日最高、十三点、二十六秒』

閉じたカーテンが再び開く前から、誰が出てくるのかわかった。聞き覚えのある声が絶叫していたからだ。

『アーユー・レディ？　オーケー、カモ～ン』

カーテンが開くと、そこに来宮が立っていた。キツネ目のサングラスに、玉子のかぶりもの。袖《そで》に縄のれんかと思うほどの房飾りをつけた衣装で両手を大きく広げている。

『日本最強の劇団、ふたこぶらくだ、県内に初登場！』

その後ろからカクテルドレスを着た巨大な金髪女が尻を揺らして現れた。いや、女じゃない。咲太郎さんだ。咲太郎さんが太い首をのけぞらせて、化粧というより特殊メイクに近い顔を仰向けた。小指を立てた右手に持っているのはキセルに見えるが、そうじゃない。ホースが背中にしょった小さなタンクにつながっている。女性アナが気づいた時には遅かった。

咲太郎さんが、いきなり火を噴いた。場内から悲鳴と歓声があがる。

『わっ、あんたら、なにしまんの！』

地元出身というふれこみの司会者が関西弁であわてふためいた声をあげるが、来宮はおかまいなしだ。

『俺たちが見たければ、駒谷アテネ村、アリスのローズガーデンパーティへ。今日から六日間限り』

『スタジオやで、ひ、火はやめっちゅうに』

『やかましい、静かにしろ！』

来宮が司会者を怒鳴りつける。場内が静まり返り、それから笑いが起こった。さすが来宮だ。存在感は二流タレントの比ではない。発しているオーラの量が違う。

バニーガール姿のねねこが、格闘技大会のラウンドガールのように巨大なボードを掲げ持って画面を横切っていく。今度はねねこがウインクをして言った。

『イケメンジャー・ショーやってま〜す』

なんだイケメンジャー・ショーって？　下りてきたカーテンを仁王立ちした来宮が両手で抑えつける。と、いきなり舞台の両袖から、超人ヒーロー物の着ぐるみを着た二人が、スタッフの制止を振り切って登場した。舞台中央で同時にくるりとトンボを切り、ぴたりと着地し、ポーズをつくる。ふたこぶらくだの団員たちだ。いい加減なようで基礎訓練は積んでいる。

咲太郎さんが左手でつまんだワイングラスをあおる。もちろん中身は白ワインじゃない。娼婦《しょうふ》のような気だるげな横顔を見せたかと思うと、口に含んだガソリンを右手のバーナーの炎に吹きつけた。司会者が悲鳴をあげる。

番組スタッフが咲太郎さんからガスバーナーを奪おうとステージに駆け上がる。騒ぎをよそに、来宮が叫んだ。

『合言葉は、これ。〃駒谷いくべ〃。チケット売り場で〃駒谷、いくべ〃と言えば、入場料は半額だ！』

カーテンが閉まっても、まだ来宮の声が続いていた。

『駒谷、いくべ。アテネ村で待ってるぞ～』

元戸籍住民課課長が啓一に笑いかけてくる。

「……これって、うちのことだら。役所も変わったもんだ。誰だか知らんけど責任者は後で大変だわ、なぁ」

「そうですよねぇ」

啓一はひきつった笑いを返した。

午後一時過ぎ。逃げ帰るようにローズガーデンパーティに戻っていた啓一の携帯電話が鳴った。

――すぐに入場ゲートに来い！

事業部長からだった。いつにもまして居丈高な命令口調。かなりの剣幕だ。

坂道を駆け降りて入場ゲートまで行くと、事業部長が客と押し問答をしていた。

「駒谷、いくべ」

「だから言っただろう。料金は通常どおりだ」

「駒谷、いくべ！」

「だめだといったら、だめだ」

レジャー施設の社員とは思えない物言いに、客たちからブーイングが起きる。啓一の姿を見ると、事業部長が唾《つば》を飛ばしてわめき散らしはじめた。

「どうするつもりだ。このありさまを」

ゲートにはロープが張られている。その前に立った二人の老係員が事業部長に替わって標的になっていた。早く入れなさいよ。詐欺《さぎ》じゃないの。入《はい》れないなら、交通費返して。平日のためか主婦グループや母子連れが多い。係員は『鏡の国のアリス』の双子、ダムとディーのように身を寄せ合い、塀から落ちてひたいにひびが入ったハンプティ・ダンプティみたいな顔をしていた。

「君のところの人間だろう、勝手に半額などと言ったのは」

「はぁ」

目の隅に、騒ぎの元凶がこちらへ駆け寄ってくるのが見えた。玉子頭を揺らす来宮。ドレスの裾をつまんでラグビーのフォワードのように突進してくる咲太郎さん。両手でハイヒールを振り回しているねねこ。テレビに出ていた格好のままだ。沢村とシンジの姿をめざとく見つけた客たちから黄色い声が飛んだ。

来宮たちが近づいてくると、スーパーのレジ前で鍛えられた主婦たちの規律正しい行列が乱れた。先頭の来宮は人垣をかきわけて、係員に怒鳴っている。

「出演者だ、そこをどけ」

係員たちは何か勘違いをしているらしく、「おお、芸能人だ」「本物だ」と感嘆の声をあげて左右に身を引いた。来宮は啓一に気づくと、にかりと歯を見せて笑い、両手でピースサインを送ってくる。事業部長が顔を真っ赤にして目玉を剝《む》いた。

「き、君」

来宮はロープをハードルよろしく跳び越えて、待ち構えていた事業部長の横をすり抜けていってしまった。

続いてやってきた咲太郎さんは、まるめた指でドレスの長い裾を持ち上げ、しずしずとロープをくぐり抜ける。かつらがずれ、マスカラが落ちてパンダになった顔を事業部長に振り向け、小首をかしげて挨拶をすると、事業部長は無言で後ずさりした。

ねねこはロープに突進し、フックにひっかけていただけのロープをはじき飛ばした。沢村やシンジたちが続く。客たちが後を追って中に入ろうとするのを、ロープを拾い上げた係員が押しとどめている。またもやブーイング。口々の不満の声が、いつしか声を揃えたシュプレヒコールになった。

「駒谷いくべ」

ている。

「どうしてくれる、これを見ろ」

事業部長が啓一に向き直る。

「駒谷いくべ」

「駒谷いくべ」

列をなした客を指さした。いまや行列は入場ゲートから駐車場へ続く曲り角まで伸び

「こんなに客が来ちまったじゃ――」

そこまで言って言葉をのみこんだ。啓一は事業部長に恵比寿《えびす》顔を向けてやった。

「来ましたね。この調子でいけば、きっと去年の入場者数を超えますよ」

「駒谷いくべ」

「駒谷いくべ」

「駒谷いくべ」

「半額にしても、これだけの数だ。売り上げもかえって伸びるはずです」

事業部長が抜け目なく長蛇となった行列に目を走らせ、電卓を叩くように指でこめかみをつつきはじめた。啓一は、迷える中間管理職の心に忍び入るような声を出した。

「入れましょう。せっかくのチャンスだ」

「駒谷いくべ」

「駒谷いくべ」

「駒谷いくべ」

「駒谷いくべ」

「しかし責任は誰がとる」

可哀相《かわいそう》な人なのかもしれない。客が入らなければ批判され、ここで客を入れても責任問題になるのだ。啓一は迷わず答えた。

「もちろん僕です」


「乾杯ぃぃ〜」

ねねこが声を張り上げると、荒れ寺の本堂に集まった全員が吼《ほ》え、酒の入った紙コップを頭上に突きあげた。

午後からは大変だった。エントランス・ホールには、ディズニーランドのように待ち時間を表示しなくてはならなかった。スプラッシュ・マウンテンほどではないが、平日のイッツ・ア・スモールワールドとはいい勝負だったかもしれない。紙コップの焼酎《しょうちゅう》をすすりながら、啓一は聞いてみた。

「なぜです、来宮さん」

「なぜって、なにが？」

「どうしてあんなにお客さんが来たんだろう」

「俺の悪魔的なカリスマ性かしらん」

「いや、違うと思います」

啓一が首を振ると、来宮が焼酎をすすり、げっぷをするついでに言った。

「普通のことを普通にしたんだよ。客が来たと言ったって、何人だ?」

「五百三十三人」

しかも四時間足らずで。時間のかかる入場方法を考えると、ほぼフル回転だ。

「まだまださ。たいした数じゃないもの。うちの劇団だって、大きなコヤの昼夜公演の時は、そのくらいは集めたこともあったろ」

「そうでしたっけ?」啓一には記憶がない。

「今日の昼までが少なすぎただけだ。いままでのお前らのやり方が普通じゃなかったってこと。普通のことを普通にすれば、普通に客が来るってことさ」

来宮の口から「普通」などという言葉を連発されるのは、なんだか妙な気分だった。

「普通?」

来宮は吸いはじめたばかりの煙草を消し、大切そうに耳にはさんでから、啓一の鼻先にひとさし指を突き出してきた。

「俺はな、マーケティングとやらが嫌いだ。どんな表現媒体であれ、こうすれば誰それに受けるとか、いまはこうしとけば客が来る、金がとれるっちゅう発想は、洟《はな》かんでポイだよ。でも、やろうとすりゃできる。団員の生活のこと考えて、多少台本《ホン》を変えちゃったりしたこともある。だがな、世間と客のことをなーんもわかってない無自覚な人間が、客をたくさん集めようなんて甘いことを考えたり、流行《はや》らないのを客のせいにしたりするのは、もっと嫌いだ」

団員の生活というのは、おもに自分の生活のことなのだろうが、啓一は黙って頷《うなず》くことにした。

「マーケティングですか」

懐《なつ》かしい言葉だ。公務員になってからはとんと聞かなくなった。

「うん、ちょっとそれをしてみただけ。馬の助、今回の公演のターゲットは誰だ？」

マーケティング。ターゲット。来宮が似合わない言葉を連発する。

「子どもがいちばんかな？」

「そうだ。だけど子どもが一人でここへ来るか。三輪車をきこきこ漕《こ》いで山道を登って来るか。来ないだろ。誘いかけるのは、子どもじゃない。親だ」

「それくらいはわかってますよ」

「わかってるなら、具体策を出せ。お前ら国家権力はいつも場所だけつくって、知らん顔だ。使い途《みち》も使い続ける方法もろくに考えないで、ろくでもないものをあちこちにバカバカつくって。煙草代ばっか上げやがって」

来宮の目は据わっていた。もちろん来宮は、乾杯するはるか前から飲み続けている。そろそろ酔ってきた証拠だ。最初は笑い上戸《じょうご》なのだが、説教臭くなりはじめたら要注意、怒り上戸に変わる兆候だ。その後は泣き上戸になり、最後は服を脱ぎはじめる。酒を飲んでも七面倒《しちめんどう》くさい人なのだ。

「僕は別に国家権力じゃありませんが」

「同じようなもんだ。親と言っても、どっちの親だ、言ってみ」

「もちろん両親ですよ。揃って来てくれれば、入場者数は一家族で三人から五人だ」

「そこがだめ」

「は」

「どっちもって発想がだめなの。男も女も、老いも若きも、そういうのはだめさ。誰もが好きっていう毒にも薬にもなんないモノには、たいしたモノがないの。狙いは絞んなくちゃ。投網《とあみ》じゃないんだから」

言われっぱなしで悔しかったが、腹を立てる間もなく、また来宮が喋《しゃべ》りはじめた。

「母親だ。小さな子どものいる母親。父親に主導権はないぞ。自分の胸に手をあてて考えてみろ。休日に遊びに行こうって言い出すのは子どもと母親。父親はほんとうは家で寝ていたい。そうだろ」

「そうかもしれません。一概には言えませんが」

「そうなんだよ。一概も二概もなく。母親、しかもまだ子どもが小さいとなると、二十代後半から四十代初め。ここは田舎だからもう少し低いかもしんないけど。ここが狙い目だ。あ、メモしたかったら、してもいいぞ」

「いや、いいです」

「内容は子ども向けでも、若い母親が期待するようなことをしなくちゃだめだ。例えば、いい男を用意する。いまどきのパーマ屋へ行ってみろ、気のきいた店はジャニーズ事務所みたいに若くてルックスのいい男を雇ってる。いい男で釣るんだ」

言われてみれば、若干こわもてではあるが、鉄騎隊のメンバーにはビジュアル系が多い。来宮が二枚目役で登場するふたこぶらくだより人材は豊富かもしれない。

「お前らより美容室のママさんのほうがよっぽど世間を知っている。いまは腕よりルックス、カーラーを巻く手さばきより父ちゃんにはないつるつる肌の笑顔だ。女も男の美人に弱いってことをちゃんと見抜いてるんだ。あとはおカマな。女はおカマが好きだ。目の前にドキドキするような男がいるだけじゃだめなんだ。屁をこいても安心ってな男もいて欲しいもんなんだ。俺が脇に回って河田さんを前に立てたのも、それを考えての戦略よ」

河田さんというのは咲太郎さんの本名だ。年上というだけでなく、自分とは違う腕を持つ咲太郎さんを来宮は芸名では呼ばない。極論のような気がしたが、確かに文書や予算や判子ばかりを相手に仕事をしていると、ひとりひとりの人間の顔が想像できなくなってくるのは事実だった。

「みんなそういうことを考えてやってるわけさ。パーマ屋も牛丼屋もビール会社もスーパーマーケットも歯磨き粉の会社も消火器のセールスマンも。ま、やりすぎとも言えるけどな。必死なわけさ。お前らも、きちんと考えろ。世間と向き合え。それができなければ、よその人間の知恵を借りろ」

「いや、最近はいちおう公務員もそういうこと考えてますよ。調査だっていろいろしてますし」

「いちおうってのはなんだ、いちおうって。そういうのは考えてるうちに入んないんだよ。さて調査でもしましょうか、なんて言ってる間に世間は変わっちまうんだ。きちんと考えないと店が潰《つぶ》れる、会社をクビになる、家のローンが払えない、私立に通わせてたガキは退学、家族が路頭に迷う、首をくくるしかない。そういう背中に突きつけられた拳銃がないから、くまのプーさんみたいなのん気なことばかり言うんだ。違うか」

焼酎にむせた。非常識の代表のように思っていた来宮から、自分とその周囲の人間の非常識をたしなめられている気がした。

シンジの舎弟の一人と、ふたこぶらくだのモヒカン犬蔵が本堂の真ん中で喧嘩《けんか》を始めた。毎度のことだが、いつもは殴り合いになる前に止めるシンジがいないから、みんな遠巻きにしてけしかけているだけだ。シンジは酒に弱いらしく——強いも弱いもまだ未成年なのだが——寺の縁側で寝てしまっている。ねねこが「イヌゾーに千円！」と叫んで賭《か》け金を集めはじめた。ぼんやり眺めていた来宮は、犬蔵が蹴り上げた空き缶が自分の紙コップを倒した瞬間に声を張りあげた。

「いつまでやってんだ、はんかくさっ！」

演劇歴二十年は伊達《だて》じゃない。本堂の天井を震わすほどの大声に、もつれあっていた二人がぴくりと動きを止めた。犬蔵が来宮に頭を下げている。なぜか啓一も頭を下げてしまった。

「前々から考えてたんですか」

「うん、お前んちの二階でだてにゴロゴロしてたわけじゃない。テレビ観ながらゴロゴロしてたんだ」

「はぁ」

「今日が木曜日でよかったな。あのコーナーは週に一回だけだ。朝、オーディションみたいのがあったけど、あんなの楽勝さ。火を噴く素振りもみせず、ちょっと素人《しろうと》臭くおとなしめに、で、テレビに出しても面白いかな〜ぐらいの演技に抑えたら、いちころだ。芸能をやってるったって、しょせんサラリーマン。テレビ屋ごとき、俺らの手の中でころころさ」

来宮が酒をあおって、ふうと息を吐く。怒り上戸の時間が通り過ぎたらしい。ともすると啓一より若く見えるが、紙コップを覗《のぞ》きこんで安酒の残量を確かめている来宮は、年相応に見えた。爆発頭には白髪が混りはじめている。その横顔に啓一は言った。

「もう逃げるのはなしですよ」

「なに言ってるのさ、馬の助」

「座長はすぐに逃げるから」

来宮は子どもみたいに紙コップの焼酎を口で吹いて、泡ぶくをつくりはじめた。昔からそうだ。放浪癖と言えば聞こえはいいが、芝居に行きづまったり、女につまずいたりすると、すぐに何もかもを放り出して、どこかへ行ってしまうのだ。

「ほんとうは逃げようと思ってたんじゃないですか?」

「鋭くなったな。知ってたか」

あっさりと認めた。やっぱり。いま思えば、昨日の朝、やけに部屋が片づいていたのが気になっていたのだ。

「正直、番組で客の受けがいまひとつだったら、とんずらする気だったさ。人のことは言えても、自分の芝居のことはわかんないから。いやぁ、思ったより受けた。あの路線もいいな。これからしばらくあれでいこうかな」

げっぷをしながら、啓一に笑いかけてくるが、いつもほどの魔力はないように見えた。

「逃げるの好きなんだ。養護施設から逃げたのが最初。おふくろの新しいオヤジの家もとんずら。ふたこぶらくだをつくる前にも、他の劇団、一コ逃げてる」

「何から逃げてるんです?」

来宮が焼酎をあおってから、首をかしげた。

「さぁ、俺にもわかんない」

固めの盃《さかずき》をするように、啓一は来宮の紙コップに焼酎をつぐ。

「もうだめですからね。あと五日です。逃げてもどこまでも追いかけますから」

「だいじょうぶ。明日からきっちりやるから。で、ものは相談だけど、もう少しこっちの好きにやらしてくんない?」

「なにをです。話によりますけど」

来宮が啓一の顔の前にひとさし指を立てた。

「一分で説明する。耳を貸せ。それと、沢村を貸してくれ」

「それは本人に聞いてください」

沢村のいる方向を振り返った。さっきまで酢を飲んでいるような顔で焼酎をすすっていたはずだが、いつのまにか姿が消えていた。打ち上げの誘いをオーケーしただけでも奇跡に近かったから、もう帰ったのだろうと思っていたら、違った。本尊の消えた仏殿に立ってアニメソングを歌っていた。

柳井は徳永の隣に座ってなにやら話しかけ、かいがいしく一升瓶ワインをついだコップを差し出している。まるでお地蔵さんにお供え物をしているように見えた。徳永はいつもどおりの徳永だが、頰が赤く染まっているところを見ると、酔っているようだ。啓一と目が合うと、片方のまぶたをぴくぴくと痙攣《けいれん》させた。それがウインクであることに、しばらく気づかなかった。

咲太郎さんは自分の着ていた上着をシンジにかけてやっている。死体となって帰ってきた鉄砲玉に無言で語りかける親分さんのようだったが、目つきは恋する乙女になっていた。

犬蔵がまた別の舎弟と喧嘩をはじめた。沢村のアニメソングはますます高らかになり、振りつけまで加わった。ねねこが「うるせえ」と叫び、空き缶を投げつけているが、お構いなしだ。来宮が沢村のその姿に満足そうに頷いていた。

「うんうん、よく通る声だ。体のリズム感はまだまだだけどな。あいつはけっこう見どころがあるよ。女に受けるオーラがなまらある。オタクでロリコンで仮性包茎だが、人間取り柄ってのはあるもんだ」

「仮性包茎だなんて、どうして……」

「ねねこに聞いた。あの女は怖い。愛情に恵まれてないから、多情だ。狙った男は三日で落とす」

13.

アテネ村の中央広場まで来れば、左手のグラフィティ・アートが描かれた全長百メートルのフェンスがいやでも目に入る。

UFO、頭が魚になった人間、頭だけ人間になった鳥、逆立ちをしたカバ、リアルな笑い顔が描かれた月、舌を出した唇とピースサインをした指には足が生えている。シュールな絵の中に、大きな文字が浮かびあがっていた。

〝アリスのローズガーデンパーティ　ALICE'S―ROSEGARDEN―PARTY〟

「Y」の字が両手を広げた人間の姿に見えるほどの大きさ。ペンキが滴《したた》るままになっている。空から伸びた巨大な手が落書きしたような文字だ。

広場から遊歩道を登っていくと、フェンスのつきあたりに小さな三角屋根が見えてくる。この赤い屋根の上にも〝ALICE'S―ROSEGARDEN―PARTY〟の飾り文字。ローズガーデンパーティのエントランス・ホールだ。巨大なエビの着ぐるみが、人々の列に声をかけていた。

「おひとりずつ順番にお入りくださ〜い」

行列の脇では、客を飽きさせないようにピエロがお手玉をしながら玉乗りをしている。先頭の客を白黒のエプロンドレスを着たアリス風の娘が入口へ誘導していた。啓一は巨大エビに声をかける。

「どうだ、柳井」

柳井がハサミを振って答えた。

「いいっすよ。昨日以上だ。パイプスライダーが一本じゃ足んないっすよ」

五月二日。ゴールデンウィークイベントが初めて迎える週末だ。エントランス・ホールの前には長い行列ができている。年寄りや幼児には、歩いて会場まで行けるコースを勧めているのだが、そっちを選ぶ人間はほとんどいなかった。

ローズガーデンパーティの新たなアクター、県内のクラウンスクール――ピエロの専門学校だそうだ――の生徒がなかなかの腕前だからだろうか。入り口に立っているもう一人の誘導係が、シンジであるせいかもしれない。

シンジは黒光りするレザーパンツ、素肌の上に着た黒のボア・ジャケット、うさぎの耳がついたこれも黒のイヤーマフ、バニーガールならぬバニーボーイといった格好をしている。咲太郎さんの趣味としか思えない衣装と、なぜかそれがよく似合うシンジは、子どもを連れてくる主婦たちに人気だ。いまも一緒にツーショット写真をせがまれて、ふて腐れた顔でカメラ付き携帯に眼《ガン》を飛ばしている。

　親方の命令だからシンジはさからえない。シンジと鉄騎隊のメンバーを、施設のメンテナンス要員という名目で期間中も雇い続けたいと頼んだら、親方はふたつ返事だった。

「好きに使ってくれ。新次は気が短くてな。他の職人としょっちゅうイザコザを起こしてたんだ。今回の仕事を最後までまっとうできなけりゃ、もう組には戻さねぇって言ってあるから。おかげさんで自分が上に立つ身になって、めだかの鱗《うろこ》ぐれえは目から落ちたようだ」

「それは、どうも」礼を言ってから、実はこっちが礼を言われていることに気づいた。

とんでもない危険物を預かっていたわけだ。

　女子高生に囲まれたシンジを、羨《うらや》ましそうに眺めていた柳井がハサミを振り上げた。

「ねぇ、係長、そろそろこの衣装、替えてもいいっすか。何か割に合わない気が……。明日、チキン・ジョージたち――前に話した養鶏所の息子ですけど、あいつらが手伝いに来たいって言ってるんですけど。金はいらないそうです。これ、あいつらの誰かに押しつけようかな。ここでアクターをやれば女にもてると勘違いしているらしくて」

　勘違いしているのは柳井も同じだろうが、快く承諾した。

「おう、人手はもっと欲しい。ボランティアなら歓迎だ」

セイウチの着ぐるみも着たがる人間が誰もいなくて困っていたところだ。

啓一は休憩時間。左手を哲平に、右手をかえでに貸していた。妹の由美に連れられてやってきた二人をローズガーデンパーティの中へ案内するところだった。

「お父《とう》と一緒に仕事している人だ。ほら、ごあいさつ」

二人は柳井の腰の高さにある顔を、膝《ひざ》あたりまで下げた。

「係長の子どもさん？　可愛いねぇ。お父さんに似なくてよかったねぇ」

「お前、明日も、エビ」

エントランス・ホールの扉を開閉している陰気なアリスは徳永だ。自前の衣装は毎日新しいものに着替えてくる。今日はメイド風。靴や髪かざりやヘア・スタイルも毎日替えて、扮装をしたまま電動自転車で自宅から通ってくる。アリスにしては少々トウが立っているが、やめろという勇気は啓一にも沢村にもない。

徳永にも声をかけた。啓一と子どもたちの顔を見比べて唇を左右に広げた。確証はないが、笑ったのだと思う。

「お父の仕事、楽しそうだな」哲平がひよこのように目をまるくしている。

「別に毎日こういうことをしてるわけじゃない」

「作文に書くの、たいへんそう」

「好きに書いてくれ」

エントランス・ホールに入れるのは一人、もしくは五歳以下の子ども連れひと組だけ。前の客が下まで降りたことをトランシーバーで確認してから次の客を入れる。行列が長くなってしまうのは、そのせいでもあった。確かにもうひとつスライダーが欲しいところだ。

自分一人で入らなければならないことを知ると、哲平が心細そうな顔をした。かえでが啓一の両手を占領してしまったのを見て、しぶしぶ中へ入る。

哲平がホールへ消えると、徳永がすかさず扉を閉める。ほどなく哲平の悲鳴が聞こえてきた。親子連れが顔を見合わせ、カップルが手を握り直したりするが、誰も帰ろうとはしない。悲鳴を聞きつけた人間たちが集まってきて、行列をさらに長くする。

次は啓一とかえでの番。入ったとたん、かえでがしがみついてきた。中は真っ暗だ。壁や床で前へ進むことを促す矢印だけが光っている。正面にひときわ大きな矢印があり、その下にはうしろ姿のあわてうさぎが蛍光塗料で誘いかけるように描かれていた。

「平気だよ。父ちゃんと一緒に降りよう」

エントランス・ホールの「ホール」は、文字通り「穴」だ。矢印につられて歩くと、あわてうさぎの手前でパイプスライダーに落下する仕掛けになっている。怯《おび》えたかえでが啓一の体にますます張りついてきた。

三歩目で床が柔らかなクッション材になった。そろそろだ。かえでに声をかける。

「そら、いくぞ、一、二、三」

「よん、ご、なな」

突然、足もとから床が消え、体が闇の中に吸いこまれた。かえでが呼び笛付きやかんみたいな叫び声をあげる。啓一も声をあげた。もう何十回も試し乗りを繰り返しているから、慣れたものなのだが、後の客の不安と期待をあおるためにだ。

半透明のパイプが使われていたスライダーには覆《おお》いをかけて光を遮っている。普通なら幼稚園児でも怖がりはしない平凡な遊具だが、これだけでずいぶんスリルが増し、ほんの数秒間の落下時間が長く感じられるようになった。円形の壁面に描いた蛍光塗料のドットが、流星となって後方に流れていく。

ぴいいい〜っ。啓一の胸の中でかえでが沸騰《ふっとう》し続けた。

暗闇を抜けると同時に、ビニールボールの中に着地する。トランプの兵隊二人が手を差しのべてきた。

スライダーを降りた先はログハウスだ。外観は沢村がリクエストしていたチューダー朝様式というより平安朝風だが、内部は西洋風。古道具屋から買い叩いた家具を置いてある。

張りぼての壁で仕切られた順路を進むと、正面に大きな鏡。映る人間を縮ませて見せるマジックミラーだ。哲平と前の客が鏡の前で百面相をしていた。

哲平はもともと小さいかえでがさらに小さくなったのをからかう。怒ったかえでが頰をふくらませると、丸い顔が横長の楕円《だえん》になった。

鏡の壁を右手に入った小部屋には、天井近くまで届く巨大な椅子があり、象でも穿《は》けそうなブーツが立てかけられ、バケツより大きなコーヒーカップがころがっている。ログハウスの中は、アリスが迷いこんだ最初の小部屋を模している。椅子や靴はかなり精巧にできているが、金はまったくかかっていない。沢村の会社の倉庫で埃《ほこり》をかぶっていた店頭POPをそのまま使っているからだ。

壁に描かれた窓に歩み寄ったかえでは、窓の上方で巨大な猫が笑っていることに気づいて、後ずさりをする。ログハウスの中には本物の窓はない。ローズガーデンパーティが姿を現わすのは、最後のドアをくぐり抜けたあとだ。哲平はブーツに両足をすっぽり入れてピースサインを突き出した。

「ママも来ればよかったのにねぇ」哲平が言う。

「よかったねぇ」かえでも言う。

「……ああ、そうだな」

今日は友人と会うそうで、路子は来ていない。この一カ月間、家庭放棄状態の啓一に言える筋合いではないのだが、このところ路子はよく家を明ける。哲平の話では、先週も先々週も土曜日は夜まで外出していて、哲平とかえではふたこぶらくだたちと夕食をとったという。

「焼肉、おいしかったよ。その前の土曜日は、すごい大きなお魚のおさしみ」と哲平は目を輝かせて言うが、かえでは「お肉に目があってこわかった」そうだ。いったい何を食わされたのか、心配だった。

もっと心配なのは、路子だ。哲平は「きれいな洋服を着て出かけた」と言い、かえでは「口を赤くぬってた」と言う。路子にかぎって、まさかとは思うのだが——。

次の部屋に入る前にまた鏡。今度は上下に長く見えるマジックミラーだ。かえでは背丈の伸びた自分の姿に見とれて、美少女戦士のポーズをとっている。哲平はオサルのまねをした。

「見て見てお父、手ながザル」

鏡の脇には小さなドアがある。哲平でも背を縮めないと入れないほどのサイズだ。今度の部屋は天井の高さが一・六メートルほど。啓一は中腰にならないと前へ進めない。部屋の片隅にはミニチュアのダイニングセット。テーブルの上には食器や花瓶も置いてある。市販のドールハウスの小物を使ったから、さっきの部屋に比べれば、少しは金がかかっている。

部屋を出るドアに、前の客の肥満した尻がひっかかっていた。それを押してやり、啓一たちもドアをくぐり抜ける。

まぶしい陽光が目を射る。思わず目を閉じると、その分、とぎ澄まされた耳に、鳥やけものの鳴き声が飛びこんでくる。

再び目を開ける。

白い桃の花の前で、孔雀《くじゃく》が虹色《にじいろ》の羽根を広げていた。

足もとをうさぎが跳ね、がちょうの行列が通りすぎていく。

満天星《どうだん》つつじの葉を、黒やぎと白やぎが食《は》んでいる。

ログハウス前の広場では、動物たちが駆けまわり、子どもたちがそれを追いかけていた。

ここはローズガーデンパーティの第一ステージだ。最初は囲いを設けて、そこを動物たちと遊べるスペースにする予定だったのだが、ログハウスづくりしか頭になかった鉄騎隊が囲いをつくり忘れていて、開催日に間に合わなかった。苦肉の策で広場全体を小動物園にしてしまったのだ。

結果オーライだが、かえって客には受けがいいようだ。動物に触ってはいけないとも、触ってみろとも、決めつけていないから、ほどほどの野放し状態。逃げ出したやぎが、ろくろ踊りパレードに乱入してしまい、あわてて連れ戻したりする苦労はあるのだが。

「お父〜っ、ほら〜、うんこ〜」

農家が多い駒谷でも子どもが動物に触れたり、糞《ふん》を踏んづけたりすることは少なくなった。哲平が勇気をふるって糞をつつく姿を、かえでが尊敬のまなざしで見つめる。

広場のあちこちに人の輪が出来ているのは、クラウンスクールのピエロやプロの大道芸人たちが得意芸を披露しているからだ。来宮は「あの程度の芸なら、うちの団員でもできる」などと偉そうに言うが、みんなかなりの腕前だった。

条例が厳しくて大道芸を披露する場の少ない彼らに、イベントへの参加を持ちかけたら、予定していた人数の数倍の応募があった。いま出演しているのはオーディションを勝ち抜いた芸人ばかり。

派手な扮装に身を包んでいる場内のアクターは、ふたこぶらくだの団員と鉄騎隊の面々。着ぐるみは、ふたこぶらくだがデパートの屋上のアトラクションやチラシ配りのアルバイトで使っていたもの。衣装は劇団の手持ちと、不思議の国のアリスというより宝塚歌劇団風の咲太郎さんオリジナルだ。

妙なコスプレをして、子どもの相手をすることに、シンジと鉄騎隊は難色を示した。いや、難色なんて甘いものじゃない。啓一はあわや二回、沢村は五回ぐらい殴られそうになった。咲太郎さんがめったに使わない地声ですごんでくれなかったら、どうなっていたことか。

しかし始まってみれば、なんのことはない。ふたこぶらくだたちよりノリがいい。魔法使いに扮した園内清掃係のパンチパーマは、箒《ほうき》を使ったストリートダンスで客たちの喝采《かっさい》を浴びている。考えてみれば彼らはほんの少し前まで、ここに集まっている子どもたちと変わらない年齢だったのだ。

コスプレをしているのは人間だけではない。ポニーは角と翼をつけて一角獣にした。子どもと女性のみ乗馬が可能。乗り場には順番待ちの列ができていた。肥ったペリカンは、ドードー鳥に扮してよたよたと歩き回っている。

場内の中央には円形テントが張られ、その下には遊具が置かれている。ずらりと並んだパチンコ台は、近くの山中から拾ってきたもの。対応が遅れて駒谷のあちこちに築かれてしまった不法投棄の山を、ささやかだが解消したものだ。玉は「売りもんじゃない。欲しかったら、自力で持っていけ」と店主が言う駅前のパチンコ屋で全員が出した。こちらには馬鹿にならない予算をつぎこんでしまった。

輪投げ、バスケットゴールゲーム、ミニクリケット、ダーツ、空き缶崩し。電気じかけではない遊び道具が、ゲーム機しか知らない子どもたちには新鮮なようだ。仕切る人間のパフォーマンスの巧みさも手伝って、それぞれに人垣ができている。

シンジと舎弟の何人かは飛鳥《あすか》組で働き出す前にはテキ屋の仕事を手伝っていたそうで、仕切りに関してはプロだった。ふたこぶらくだの団員たちは観客を沸かすことにかけては一級品だ。コメディを上演すれば、ふたこぶらくだはいまより人気が出るのじゃないだろうか。

ケン☆UMEDAの仲間たち——〝チーム・ケン☆UMEDA〟は、フェンスの内側でいまもストリートアートを続けている。場内には大量のペンキや絵の具や筆が用意されていて、来場者も落書き自由だ。

ケン本人は出張中。行き先は駅前の再開発用地だ。来宮に負けてはいられない。啓一も考えた。「いちおう」ではなく、本気で。ケン☆UMEDAはロータリーの前、駒谷の駅へ降り立った人々の誰もが目にする工事用フェンスの前で、駒谷史上最大のポスターを制作中なのだ。

神々が宿る天にいちばん近いアミューズメント　駒谷アテネ村
アリスのローズガーデンパーティ開催中！

ここからは遠いぞ。これるものなら来てみろ。

一部しか完成していない囲いの中では、動物のレースが開催されていた。あひるやうさぎ、にわとり、あるいはその混合レース。仕切っているのはねねこだ。

「さぁ〜、次は、あひるとうさぎのゴールデンウィーク特別っ。張った張った張った〜っ」

ここは父親たちに人気がある。ねねこと、ふたこぶらくだの他の二人の女優がバニーガール姿だからかもしれない。子どもと大人が入りまじって、それぞれのコースの前に置かれたシルクハットの中に金を投げ入れている。金を賭《か》けるのは駄目だ、という啓一の意見は一蹴《いっしゅう》された。

「馬ぁ鹿、金を賭けるからギャンブルなんだろうが」ねねこに言わせると、ギャンブルは食欲や性欲と同じく人間の本能なのだそうだ。「ガキのうちから眠っている本能を呼び覚ますのは、悪いことじゃないよ。ギャンブルの厳しさを覚えるなら早いほうがいい。大人になってから狂うと治らないからね」ねねこの母親はギャンブルのおかげでカード破産をしたらしい。

ねねこはオッズとテラ銭の計算をすべて暗算でこなし、レースが終わるごとに子どもが入れた硬貨一枚の払い戻し金まで精算する。たいした才能だ。まるでタイの闘鶏場の胴元みたいだった。

「おい、十円なんてせこい賭け方すんな。百円からだよ。大人は千円から!」

結局、収益はすべてチャリティ募金にするということで話がついた。賭博《とばく》場に貼り紙がしてある。

『すべてのレースの収益金は日本の演劇活動促進のため、恵まれない劇団および劇団員に全額寄付されます』

寄付金の行方がどこになるのか、啓一は知らないふりをし続けようと考えている。

かえでがペリカンのドードー鳥を追いかけはじめた。哲平はあひるとうさぎの混合レースに金を賭けるべきかどうか悩み、財布の中から哲平にとっては大金の百円玉を出したり引っこめたりしている。

沢村のリクエストに応えて、山裾の荒れ寺を隠すために、広場の奥はフェンスで覆《おお》われている。ただしデッドスペースというわけではない。フェンスの向こう側は、昨日、新たに追加された第二ステージだ。

第一ステージから第二ステージに行くにはアテネ村の薔薇《ばら》園をぐるりと巡っていく。順路を示した看板は立ててあるが、人の流れをスムーズにするために、ある程度人が集まったところで、あわてうさぎを登場させる。

可愛らしいうさぎのぬいぐるみを子どもたちが無邪気に追いかける——これが沢村の描いていたプランだが、残念ながら子どもたちはそれほど甘くなかった。「さぁ、みんな、うさぎさんと追いかけっこしようっ」誘導係の鉄騎隊がそう叫んでも、脅しているとしか聞こえなかったし、そもそもうさぎの着ぐるみは商店街のチラシ配りに使っていた、見上げるほど巨大なしろものだ。もともとは白うさぎだったのだろうが、あちこちが黄ばんでブチうさぎになっている。しかも片方の目玉がない。そこで昨日から企画を変更した。啓一は時計を眺める。そろそろだ。

ほどなく場内に音楽が鳴り響き、第一ステージの出口にヒーロー戦隊のコスチュームの二人組が登場した。

「イケメンジャー戦隊、参上！」

戦隊といっても二人しかいないのだが、子どもたちは歓声をあげる。イケメンジャーという言葉につられて駆け寄る母親もいた。イケメンジャーもなにも仮面姿なのだが。

「お父《とう》、見て。デカレンジャー・レッドだ」

たぶん哲平の知る超人ヒーローより十年ほど昔のものだろう。背中のかぎざきを赤いビニールテープで補修している。

「れっどだ」

かえでも叫ぶ。色も褪《あ》せていてレッドというより朱色だ。

「むむ、来る、誰か来るぞ！」

超人たちは、来宮が見ていたら駄目出しをするだろう、子どもだましの演技で警戒のポーズをとる。群がった観衆が周囲を見まわしはじめた。

少し離れた木の繁《しげ》みが揺れはじめる。かえでが啓一の手を握りしめてきた。葉ずれの音が静まり、人々の目が超人に戻った瞬間、繁みの中から悪役怪人が飛び出してきた。耳を入れると身長二メートルを超える、片目にアイパッチをした巨大うさぎだ。

「き～っ」かえでが悲鳴をあげた。

「わおお」哲平も。まだまだ幼児だ。

いきなり超人と巨大うさぎのアクションシーンが始まる。ステージはないから、小さな子どもは逃げ回り、年かさの子どもたちは超人と一緒にうさぎを追いまわす。哲平は逃げ出す子どもと闘う子どもの間でうろちょろしていた。

ドロップキックを食らった巨大うさぎが出口へ遁走《とんそう》すると、超人の一人がカゴを取り出す。中身は駒谷の雑木林に一年中落ちているどんぐりだ。大げさなアクションで子どもたちに呼びかけた。

「みんなこれを持って、うさぎ怪人を追いかけろ。攻撃するんだ。地球を救え！」

どんぐりをつかんで走り出そうとする子どもたちにもう一人の超人が言う。

「ちょっと待った。よく注意事項を聞け。どんぐりは頭や手足なら平気だが、脇腹や喉を狙うと本気で痛い。だから、いいか、狙うのはうさぎの脇腹か喉だ」

男の子も女の子も雄叫《おたけ》びをあげて出口へ駆けていく。どこからもクレームがこなければいいのだけれど。

最初は場内に貼り紙や立て看板を掲げるつもりだった。

『パイプスライダーはお年寄りや小さなお子さんには危険な場合があります』

『歩行中は動物の糞にお気をつけください』

『やぎやポニーに手を触れると、嚙《か》まれる恐れがあります』

『坂道は大変ころびやすくなっています。走らないでください』

薔薇園の中の倒れかけた看板も立て直すつもりだった。

『薔薇の棘にご注意ください』

用意した看板は、ねねこに鼻先で笑われた。

「やめなよ、ころぶのは、坂が悪いんじゃない、ころぶやつが悪いんだ。ウンコ踏んだって、手を嚙まれたって死にゃあしない。ワニを放し飼いにしてるわけじゃないんだから。ガキどもを遊ばせるっていうのに、これじゃあ雰囲気ぶちこわしじゃないか。口うるさい先コーがあちこちに立ってるみたいだ。ケンの落書きよりタチが悪いね」

確かに。だからやめた。考えてみたら、『薔薇の棘《とげ》に注意を』なんて書いてあったって、子どもに読めるわけがない。そのかわり薔薇園の途中にある急坂の下にテーブルを置き、消毒薬と絆創膏《ばんそうこう》を用意した。

哲平は出口の向こうに消えてしまった。かえでに手をひっぱられる。目はどんぐりを配っている超人たちに釘づけだ。かえでも参戦するつもりらしい。

第一ステージから薔薇園に続く道の片側は杉木立。反対側は丈の高い植え込みだ。植え込みは造園業者に便宜をはかったとしか思えないほど長く、不必要に曲がりくねっているのだが、背の低い子どもたちには格好の迷路だ。

ところどころで怪人姿のアクターたちが待ち受けていて、子どもたちを脅す。悲鳴をあげているのは、むしろどんぐりで反撃されるアクターのほうだ。啓一の手をひっぱり、時々啓一のお尻に隠れるかえでとともにしばらく進むと、眼下に薔薇園が広がった。

もう巨大うさぎは第二ステージの手前だ。子どもたちの中に哲平の姿も見えた。大人や小さな子ども連れも、三々五々、第二ステージに消えていく。かえでは遠く離れたそこへけんめいにどんぐりを投げつけていた。もちろん届くはずはないが、最後のひと粒が数メートル先の植え込みの中に消えると、無事地球を救うことができた安堵《あんど》の息を吐いた。「ふう」

坂道の下では、チーム・ケン☆ＵＭＥＤＡのメンバー二人がトランプの兵隊の格好でバラに色を塗っていた。彼らの色彩センスは独特で、花を金色、葉を銀色に塗ったり、七色に染めたりしている。ローズガーデンという名前に少々無理があるほどバラの花が減ってしまっているから、色を塗っているのは造花なのだが、初日には事業部長がすっとんで来た。

そもそもアテネ村の前庭一帯を薔薇園にしたのは、ギリシアのクレタ島にバラが描かれた壁画があり、それが人類とバラの関係を示す最古の記録だからだそうだが、なぜか庭園自体は複雑な設計のフランス様式だ。造園にたっぷり金を使えるからだろう。ところどころに彫刻や噴水が配され、中央には円形の石畳が敷かれている。

石畳には数脚のテーブルと椅子が置かれ、そこに三月うさぎが座っている。ピーターラビット風のリアルな着ぐるみ。咲太郎さんがＣＭ撮影用に依頼されてつくったというアトラクション中、最も凝った衣装だ。

ここはティーラウンジ。メニューは普通の紅茶とコーヒー、ウーロン茶、ローズヒップティー、そしてクレープ。どれも百円だ。帽子屋の扮装をした鉄騎隊の一人が、バーベキュー用のコンロで湯を沸かし、化学実験をしているような手つきで茶器からカップへ紅茶を注いでいる。

三月うさぎの隣に座った若いカップルは、朝からここに座っている。彼らは鉄騎隊のメンバーの一人とその彼女だ。食い物の屋台は、さくらを一人置くこと、そして客の前で常に作り続けることがコツなのだそうだ。

シンジは言う。「焼きそばでもお好み焼きでもベビーカステラでも、手間を省こうとして、売《バイ》する品をつくりだめしてぼんやり客を待ってんのは、しょっぱい屋台なんだよ。屋台じゃ手を動かし続けなくちゃだめだ。柴田《しばた》の兄貴がそう言ってた。客がいなくても、少しずつつくり続ける。手を動かす。そうすりゃあ気を引く音がするし、匂いもとぎれない。見物しようかって客が立ち止まる」。柴田の兄貴が誰なのかは知らないが、確かにクレープとハーブティーの香りが漂うテーブルは、ほぼ満席だった。

薔薇園には何カ所か、天井までバラを繁らせたアーケードがある。ギリシア神話の神々の彫像が葉陰から唐突に顔を出すせいで、従業員からも「お化けトンネル」と呼ばれている評判の悪い場所だ。そのひとつに入ると、かえでが啓一の尻に隠れてしまった。かえでが怯《おび》えているのは彫像ではなく、出口の手前に置かれた赤地に白い水玉模様のソファーだった。こちらに背を向けた丸いシルエットが巨大なキノコに見えるのだ。ピンク色の間接照明が、怪しい色合いをよけいに毒々しく見せていた。

キノコのかたちの背もたれから緑色のターバンを巻いた大きな頭が飛び出している。かえでの手を握りしめて足を進めた啓一も、ソファーに横座りする異形の怪人に思わず声を漏らしそうになった。緑色のドーランを塗った顔に極彩色の厚化粧。緑の顔が啓一に声をかけてきた。歯まで緑色だった。

「あら、ケイちゃん」

かえでが啓一の尻の肉を痛いほどつまんでくる。

「……咲太郎さん、ここにいたんですか。何日もここにいるのにまるで気づかなかった」

「失礼しちゃうわね」

「だってハートの女王の役をやるって言ってませんでした?」

「入らなかったのよ、衣装が。昔はちゃんと着れたのに。4Lのクイーンサイズ」

咲太郎さんはキセルから物憂《ものう》げにけむりを吐き出し、虹色《にじいろ》の長すぎる睫毛《まつげ》をしばたたかせて、遠くを見つめる目をする。

「あたしは、いつか蝶々になる夢を見続けている、かわいそうな芋虫なのよ」

眺めているのは過ぎ去った日々かもしれない。太い体をやけくそ気味に緑色のさらしでぐるぐる巻きにしている姿は、芋虫というよりサナギだった。キノコのソファーの前には、小さなテーブルが置かれ、水晶玉が載り、『よろず占い』という貼り紙が下がっている。

「凝ってますね。細かい演出だ」

「演出じゃないのよ。あたし、本当にできるのよ、占い。水晶とトランプ。人相占いも少々」

そういえば貼り紙には、ちゃんと「料金二百円」と書いてある。入園料が高い分、啓一は園内のアトラクションや飲食物はすべて無料にするつもりだったのだが、来宮に反対された。「タダなんて薄気味悪いっしょ。かえって客が引くんだよ。取れる場所では金はとる。ただし世間の相場よりずっと安く。なんかトクした気分になるだろ」だそうだ。

啓一の尻に顔をうずめたかえでが体を揺する。

「ここ、出たい」

「ほら、二階の男のおばちゃんだよ」

そう言っても信用しない。啓一の体から顔を半分だけ出したが、すぐにひっこめてしまった。

「どうですか、儲《もう》かってます?」

「ぜんぜんだめ。お客さんが寄りつかないのよ。どう、ケイちゃん？　あなたの運勢を占ってあげようか？」

「いや、結構です」

「そうお、ちゃんと見たほうがいいと思うけど。顔に凶運の相が出てるわよ」

「そうですか？」たぶんそれは、昨日までの話だろう。

かえでにつままれた尻が痛い。泣き出さないうちに、挨拶もそこそこにトンネルを出た。

第二ステージに入ると、第一ステージでかろうじて保たれていたメルヘンの世界が一変する。ここからは沢村が演出を放棄した、来宮ワールドだ。

ログハウス建築で余った丸太を鳥居風に組んだゲートをくぐると、飛び石の道の片側に、苔《こけ》むした地蔵が並んでいる。もう一方の側には、アテネ村のギリシア神話の神神。昨日、啓一が見た時よりも数が増えている。どうりでさっきのアーケードに彫像がなかったわけだ。片手を中空に掲げたアポロン像の指には木製の看板がさげられていた。

「劇団ふたこぶらくだ公演『蠍《さそり》女と九人の壺男《つぼ》』午後三時より開演」

アポロンが指さす先には、廃墟《はいきょ》と化した本堂があり、開け放たれた正面に黒い垂れ幕が下りている。真ん中に金色の駱駝《らくだ》のイラスト。久しぶりに見る劇団ふたこぶらくだのオリジナル緞帳《どんちょう》だ。本堂の周囲にも劇団名が入った無数の赤い幟《のぼり》がはためいている。

啓一たちの姿を見つけて、哲平が駆け寄ってきた。

「お父、ここ、なんだか怖いよ」

他の客も同じことを考えているようで、半数はUターンしていた。だが戻ろうとする客たちの視線の先には、こんな看板がある。

『二十一世紀怪奇博物館』

朽ち果てた庫裏《くり》の軒先だ。手描きの下手くそな文字が、いかがわしさを三割増しぐらいにしていた。穴だらけの壁板に差しこんだ白い幟にも毒々しい墨文字。

『本邦初公開、生きたつちのこ?』

隣には客の後ろ衿《えり》を引っぱるように『入館無料』という恩着せがましい幟も立っていた。啓一に取れる場所では金を取れと言っていたのは、このためだったのかもしれない。

「入ってみるか?」

啓一が聞くと、哲平は首を横に振った。しかし、かえでが眉の間にしわをつくってきっぱり頷《うなず》いたのを見ると、急にお兄ちゃんらしい顔をつくって、縦に振り直した。

中は薄暗い。ごく普通の民家のスペースしかない場所に人がひしめいている。ゆっくりと動いている人波の末尾についた。土間から畳が消えた座敷へ上がると、片側に大小のガラス製の容器が並んでいるのがわかる。そこだけぼんやりと薄赤い照明があたっていた。

最初の大きなガラス製の檻の前には、こんなプラカードが掲げられている。

『恐怖！　アマゾンの超巨大ねずみ』

下半分が曇りガラスになった檻にうずくまった大きな生き物に、哲平が悲鳴を漏らした。この建物の前にだけは、わざとらしく『撮影厳禁』という貼り紙がしてあるのだが、それでも人垣から誰かがカメラ付き携帯を持つ手を伸ばしている。フラッシュに驚いてのっそりと顔を向けたのは、確かに大型犬ぐらいありそうなねずみの顔だ。

巨大ねずみの正体は、ふれあいファミリーパークから譲り受けた、カピバラだ。体長およそ一メートル。世界最大の齧歯類《げっしるい》だから、「ねずみ」と言っても嘘じゃない。南米産というのも本当だ。

カピバラは動物園に行けば普通に見物できる、さほど珍しがられる動物じゃない。顔は齧歯類だが、立ち上がると四肢が羊蹄類《ようているい》のように長く、歩き方も鈍重で、ねずみというよりイノシシに見えるせいだろう。薄暗い室内の狭い檻の中、しかも下半分を曇りガラスで隠しているからもっともらしく見えるだけだ。最初の一人につられて、何人かが携帯カメラのフラッシュを焚《た》いていた。

次は『驚異！　駒谷産マンモスミドリガメ』

大人の目の高さに置かれた水槽でカメが悠然と泳いでいる。サッカーボールほどありそうな甲羅を背負ったミドリガメだ。その手前の金魚鉢には、違いを見せつけるように、夜店でおなじみの、甲羅がゴルフボール大のミドリガメが一匹。金魚とにしき鯉《ごい》ほどのその歴然とした差に、人々の間からため息が漏れている。

「あ、ソクラテス」

啓一はかえでの口を押さえた。そう、水槽の中にいるのは、遠野家のソクラテスだ。確かにそろそろ大型の水槽に買い換えたくて路子の顔色を窺《うかが》っているほど成長してはいるが、「驚異！」でもなんでもない。ミドリガメが恐ろしく大きくなることは、飼っている人間なら知っている。驚きの声があがるのは、夜店の子ガメの固定観念しかないためで、しかも上から覗《のぞ》けない高さに置かれた水槽が、屈折のためにソクラテスを実物以上のサイズに見せているからだ。

部屋を直角に曲がった先の二つのガラスケースには、アテネ村の史料館『神話の館《やかた》おりんぽす』から借りてきた、駒谷で出土した縄文人の頭蓋骨《ずがいこつ》のレプリカと、恐竜の爪の化石が展示してある。学術的に言えば、こちらのほうこそ本物なのだが、来宮たちが用意した「一億八千万年前の奇跡」だとか「恐竜想像図」などの惹句《じゃっく》や小道具の甲斐《かい》もなく、一瞥《いちべつ》しただけで通り過ぎてしまう人間が多い。この二つが売り物の『神話の館おりんぽす』に人が入らないのも無理はない。

最初の部屋を抜けると、いったん廊下に出る。その先の小部屋に「つちのこ？」が展示されているのだが、短い廊下の途中には、人々の行く手を阻《はば》むように派手な銀色の衣装を着た男が立っていた。

「ふたこぶらくだ公演、間もなく始まります。入場口は、つちのこ展示室の奥〜」

髪も銀に染めたその男が客にチケットを配っていた。薄暗がりの中でラメ入りのボディスーツが鈍く光っている。その男が誰なのか、啓一は目が合うまで気づかなかった。

「いないと思ったら、こんなところにいたのか」

沢村だった。啓一の顔を見ると、浮かべていた愛想笑いを凍りつかせて、お得意のふてくされ顔になった。だが、顔にドーランを塗り、舞台化粧をしているから、いつもほどクールには見せかけられていない。

「僕のプロデュースしているイベントですからね、多少は協力しないと」

背中に骨壺《こつつぼ》をしょった衣装が「多少」と呼べるのかどうか疑問だったが、武士の情けだ。啓一は、なるほどというふうに頷いてみせた。

「君も芝居に出るの」

沢村はブルーのコンタクトレンズをはめた瞳をすがめ、肩をすくめてみせる。

「ま、役者が足りないから、どうしてもと言われて、しかたなく」

十数年前の自分を見ているようだった。来宮《らいみや》に一度かかわると、いつの間にか蜘蛛《くも》の巣にかかった羽虫のようにからめとられてしまうのだ。

「もうすぐ始まります。頭のところだけでも、観ていってくださいよ」

沢村がもうすっかり劇団員の口調になって、啓一にチケットを渡してきた。『特別公演無料優待券』と書かれていた。

「いや、そろそろ戻らないと」

つちのこを見た客たちは、そのまま出口に戻れるわけではない。その先の渡り廊下は本堂に通じていて、ふたこぶらくだの団員たちが待ち構えている。キャッチセールス並みのしつこさで、芝居を観るようにかき口説いているはずだった。

いつの間に第一ステージから降りてきたのか、廊下の奥からねねこが顔を出した。

「ほら、沢村、始まるよっ」

沢村は啓一には見せたことのない素直さで、背中の骨壺をかたかた鳴らしながら廊下の奥へ消えていった。

つちのこ展示室から客たちの声が漏れている。いままでの驚きや感嘆の声ではなく、怒りと不満の声に聞こえた。

「つちのこも見ていくか？」

哲平とかえでに聞いてみた。

哲平が首をかしげる。「つちにょこってなに？」

かえでが言った。「おしっこ」

「じゃあ、いいか」

啓一はそそくさと二十一世紀怪奇博物館を後にした。ふたこぶらくだの抜けた第一ステージが、人手不足になっているはずだ。つちのこは「つちのこ？」と明記してあるように、つちのこじゃない。ふたこぶらくだの俳優兼小道具のるりこが、つちのこを演じているだけだ。

るりこは、来宮たちが裏の畑でつかまえたアオダイショウ。今朝方、鶏卵を呑《の》ませることに成功したそうで、急遽《きゅうきょ》、展示が決まった。

哲平とかえでを由美のところまで連れていく。ちょうど混声合唱団のコンサートが始まるところだった。隣の家の奥さんが合唱団のメンバーで、由美は一度は聴きに来なくてはならなかったそうだ。メインステージ前に並べられたパイプ椅子へ居心地悪そうに座っている人々の表情をみるかぎり、たいていが由美と同じ事情で来ているようで、楽しそうなのは混声とはいえメンバーのほとんどを占める派手な化粧をしたおばさんたちだけ。

他の催事の様子を眺めて帰るつもりで、遠回りをして歩いていると、駒谷物産展のテントから声をかけられた。

「よ、遠野さん」

物産展を仕切っている駒谷農業青年の会の会長だった。青年の会会長といってももう四十代。地域コミュニティのいくつかの団体のリーダーを兼ねている駒谷の顔役だ。野菜や加工食品が並んだ簡易テーブルの向こうで暇そうに煙草をふかしている。

「凄《すご》いねぇ。ゴールデンウィークには毎年ここで物産展やってるけど、こんな人出は初めてだよ。最終日のミス駒谷コンテストの時だって、これほどの人数にはならないもの」

皮肉まじりの口調だった。会長は目の前を素通りしていく客たちに渋い顔をして、吸いさしの煙草を空き缶に放りこんだ。物産展といっても、ようするに即時販売所で、並んでいるのはほとんどが農産物だ。簡易テーブルの上のトマトやピーマンはしおれかけていて、駒谷牛霜降り肉のパック詰めには蠅《はえ》がたかっている。シンジの言う「しょっぱい屋台」そのものに見えた。会長が啓一に上目づかいをして、ぼやいた。

「なんでかな、みんな素通り。場所は悪くないのにさ。遠野さんのとこに全部客を取られちまう。少し分けてもらいたいよ」

「いえいえ、そんな」

薔薇《ばら》園の満席になったティーラウンジに目を走らせて、会長がやけを起こした口調で言った。

「あ〜あ、そこに店出したいなぁ」

「本気ですか？」

「ああ、だってここで指くわえててもしょうがねぇもの」

「いいですよ。やりましょうよ。あそこにはコンロがあるから、ここの肉と野菜でバーベキューをやるっていうのはどうです」

「バーベキュー？」

「ええ、ほら、昔、僕が国際交流課にいた時、飛鳥組のベトナム人の研修生を呼んで懇親バーベキュー大会をやったじゃありませんか」

「おうおう、あれは盛り上がったよなぁ。すごい人が来た」

「一度食べたら、きっとみんな買っていきますよ」

「なるほどねぇ」

啓一はテントに並んだ品々を指さした。

「ピザも焼きませんか。材料は揃ってる。駒谷のトマトとピーマンと駒谷牛のチーズ」

「あ、いいね、いいね」会長が乗ってきた。いつかの懇親パーティで彼は手づくりピザを披露していたのだ。「よしっ、無料でピザを配ろう」

「いえ、バーベキューだけ無料試食会にして、ピザはお金をとりましょうよ。一ピース百五十円ぐらいかな」

「あんがい商売人だね、遠野さん」

「タダより高いものはないってね。少しお金をとったほうが人が集まるんですよ。材料さえ持ってきてもらえれば、必要なものはこちらで用意します」

受け売りの言葉をしたり顔で口にしたら、すぐに切り返されてしまった。

「いいのかい。タダより高いものはないんじゃないの」

ばれたか。

「いや、タダじゃないんです。会長は消防団の副団長でしょ。お願いがひとつ」

「なに？」

啓一は会長の顔の前にひとさし指を立てた。

「一分で説明します。耳を貸してください」

会長と交換条件の約束を取り交わし、エントランス・ホールへの坂道を登っていると、巨大エビが長いひげをなびかせて駆け降りてくるのが見えた。

「係長、たいへんっすよ」

柳井がはさみを振りまわす。

「どうした」

「テレビ局が来たんです。取材させてくれって」

一昨日、来宮たちが出演した局だそうだ。

「おお、もちろんオーケーだ。そのかわりアテネ村までのアクセス地図をテロップで流して欲しいって言っといてくれ」

「インタビューもさせて欲しいって言ってますけど」

「お前が受けとけよ」

「え、いいんすか？」

柳井が目を輝かせる。エビの頭を脱ぎ、髪を撫《な》でつけはじめた。

「そのかわりその格好のままな」

その言葉には少し顔をしかめた。

アテネ村の名もない山の中腹にローズガーデンパーティへ向かう人の列が続いているのが見えた。その上にはぽっかりと白い雲が浮かんでいる。四日目にしてようやく空は晴れ上がり、青く澄み渡っていた。

啓一は思った。もしかしたら、成功かもしれない。

リングの上で叫びたい気分だった。「エイドリアン」ではなく、路子と子どもたちの名前を。

14

アテネ村のゴールデンウィークイベント七日間の入場者数は、のべ一万二千二百人。大型テーマパークに比べればささやかな数字だが、去年一年間の総入場者数の四分の一を一週間で集めたことになる。もちろん目標だった昨年のイベント期間の集客数四千二百は大きく超えた。

客たちのほとんどはローズガーデンパーティが集めたはずだ。なにしろ、パイプスライダーから入場する客をさばききれず、徹夜作業でエントランス・ホールを拡張し、後半の三日間は消防団の脱出用スロープを急造のスライダーにした。それでも行列は絶えることがなく、時間をロスしやすい幼児連れの客には、コスプレ従業員が肩車をしてログハウスまで降りる新しいサービスも追加したぐらいだ。

五月中旬。商工会議所ビルへ向かう啓一の足取りは軽かった。市庁舎の屋上の陰気なオブジェまで今日は愛らしいヒヨコに見える。隣を歩く林田が啓一を横目でとらえて言う。

「係長、やりましたな」

イベント後半の三日間、ローズガーデンパーティに移動してきた物産展を手伝ったことを忘れるなと言いたげな目つきだった。

「ずいぶん盛況だったそうじゃないか。二人ともご苦労さん」

昨日、職場に復帰した丹波が他人事《ひとごと》のように言う。「洗面器一杯分は吐血したのではなかろうか」と本人は語るが、顔色は良く、表情も晴れやかで、むしろ以前より元気そうに見える。仮病を使うような度胸のある人ではないから、言葉に嘘はないのだろう。彼なりにアテネ村の新規アトラクションを任されたのがプレッシャーで、何もしていないのにストレスに陥り、何もしないままそれから解放されたようだった。

ローズガーデンパーティの会場は撤去をせず、そのまま残している。期間を過ぎても、それをめあてにアテネ村へやってくる客が多いからだ。

啓一の住まいの二階からは消えたが、来宮たちはまだ駒谷に滞在している。新しい宿泊場所は、第二ステージの荒れ寺。公演はいまも続いている。ソクラテスは返してもらい、玉子をたちまち消化してしまったつちのこ展示は即刻中止にした。

急ごしらえのアトラクションだから、いつまでも通用するとは思っていないが、啓一はローズガーデンパーティの継続を提案してみるつもりだった。次のイベントのアイデアもすでに浮かんでいた。

役所と役人の考えることに限界があることは、今回の経験でじゅうぶんわかった。だから、実行に移す時にはプロの能力やノウハウを生かす。自分たちの仕事はできるだけ細かい口をはさまないこと。注文を出すのは、ひとつだけ。全員参加型のイベントにしたい、だ。

実行には市民の力を借りる。市全体が観光客を迎える劇場であり、テーマパークでもあって、市民がアクターを演じるような駒谷をあげてのイベントにするのだ。

大きな予算はいらない。イベントの舞台装置は駒谷連山かもしれないし、都会にはない広い空かもしれないし、アテネ村に続く観光用道路の両側の梨園や、牧場や、杉林かもしれない。あるいはケン☆UMEDAのグラフィティ・アートや、シンジたちが生み出す空間造形だっていい。

呼び物もたくさんある。駒谷特産の牛肉やチーズ、高原野菜、山菜、新蕎麦《そば》、五郎柿《ごろうがき》、地酒、地ビール、ワイン。あるいは駒谷の染物や陶器、琥珀《こはく》、ガラス細工。海外からも問い合わせがくる寺社建築。農家の納屋《なや》に埃《ほこり》をかぶってころがったままの古道具。駒谷市内で出土した恐竜の化石や土器。むりやりバラなど植えなくても、もともと山間部には四季の花が咲く。山の中へ分け入れば、フクロウやノウサギやイワナ、運がよければカモシカにだって会える。

郷土芸能から出し物を探すとしたら、保存会と神社の力が強いというだけで実施され続けているろくろ踊りより魅力的なものがいくつもありそうだ。選挙民が少ない地域だったために補助金を打ち切られてしまった谷中町の村歌舞伎。子どもが主役の小地蔵行列。数人の負傷者が出ただけで行政指導が行なわれ、華だった最終日の材木神輿《みこし》合戦が禁止されてしまった木出し祭り。

考えてみれば、駒谷にはあらゆるモノがあふれている。人材だって多士済々だ。規制や行政指導という名の重い蓋《ふた》がそれを封じ込めてしまっているだけだ。

いきなりすべてを実現させるのは難しいだろうが、少しずつならできるはずだ。今回の成功が、ペガサス理事会と推進室の力関係を微妙に変化させたはずだった。そのためなら、役所と変わらない複雑な決定プロセスを乗り越える面倒はいとわないつもりだ。誰かが豆を植えないと、千年たっても実らない稲しか生えてこないから。

理事たちは、さすがに上機嫌だった。入場者数が発表されると、会議室にどよめきがあがった。事業部長が啓一に目配せをしてくる。「料金半額は正解だった」という表情だ。腰痛が完治していないのか、理事長は置物のように動かなかったが、顔は喜色満面だった。

「みんなご苦労さん。よくやってくれたね」

「いや〜、今年のろくろ踊りは格別でした。さすがです。いよっ、理事長。いやさ、保存会副会長！」

「いやいや」

「女性客が増えたのは、ミスコンテストを中止した理事長の英断のたまものでしょうな」

「いやいやいや」

あからさまな追従《ついしょう》に理事長は上機嫌で手を振って見せたが、振りすぎたのか、すぐに腰を押さえて呻《うめ》いた。

「混声合唱団も見事でしたな」

「本橋理事の奥さんも出てらっしゃいましたねぇ。いや、いつまでもお若い。とても五十代には見えない」

「ありゃあ娘です」

「物産展も今年は売り上げが倍増だとか」

「まぁ、なににせよ、大成功と言えますでしょう」

ひとりひとりの前に『入場者アンケート集計結果報告書』とタイトルがつけられた書類が配られた。イベント終了後、今日のこの初会合まで一週間がたっているのは、この資料をまとめる時間が必要だったためだと説明されたが、答える人間などほとんどいないアンケート用紙のコピーを束ねてあるだけだ。ハガキ大の用紙が一ページに四枚。それがほんの十ページほど。去年はほとんどクレームばかりだったそうだ。

「しかし、浮かれてばかりではいかん」理事長が顔をひきしめて言った。「ゴールデンウィーク後のこの会合は、毎年反省会と位置づけてやってきた。今年も反省しなければ」

その言葉に何人かがあいづちを打つ。

「そうでしたそうでした、いつまでも浮かれているわけにはいきません」

「反省をしましょう」

「では、いまから反省を」

なにも無理に反省しなくてもいいと思うのだが。今日も推進室の三人は、理事たちの向かい側に出入り業者よろしく座っているのだが、いまの啓一には会議テーブルの向こうに並んだ面々が、縁台で世間話をしているご隠居たちに思える余裕があった。理事たちが『入場者アンケート集計結果報告書』を読みはじめる。ほとんどが老眼だから、老眼鏡をかけたり、近視眼鏡をひたいに押し上げたり、腕を伸ばして報告書を遠ざけたり、大忙しだ。

啓一も一枚目をめくった。そのとたん、いつものように理事長の左手に座った鶴のほうの副理事長が、老眼鏡を振りまわしはじめた。

「ここを読んでみたまえ、けしからん。一枚目の上段左だ」

何事かと目を走らせる。そこにはこう書かれていた。

『ローズガーデンパーティという催しの入り口でいきなり落下させられ、足をくじいた』

狸のほうの副理事長が、理事長の右手で声を揃える。

「こりゃいかんね。その下も同じ苦情だ」

『山の上からのスロープの出入り口にはキモを冷やしました。危険性について、あらかじめ説明がなかったのはなぜでしょう』

報告書には確かにローズガーデンパーティへの苦情が並んでいた。

『ぬいぐるみを石もて打つという野蛮な遊戯は、教育上いかがなものか。知性を擬（注＝原文ママ）わざるを得ない』

『見せ物小屋は差別意識を助長しかねないのでは』

しかし、それは最初の何ページ目かまでで、何枚か書類をめくると次々と出てくる『合唱コンサートは金のムダ、もうやめろ』という回答や『大木曾《おおきそ》リューサイだったらマギー司郎を呼べ』『ばら園にあんまりばらが咲いていなかった』などという他の催事へのクレームの量と大差はない。

「なになに、アリス某の施設内では動物のフンが片づけられないままで、とても臭かった。おかげで子どもがすべって、ひざをすりむいた、なんとまぁ」

動物の糞《ふん》が臭いのはあたりまえだ。ひざをすりむいたから、どうしたっていうんだ。

子どもが外で遊べば、すり傷ぐらいあたり前じゃないか。

たぶん意図的に目立つように掲載されているのだ。一週間会場にいれば最も不評だと誰もがわかるろくろ踊りパレードを批判する回答がほとんどなく、あってもソフトなものばかりであるのが妙だ。アンケートの一枚目に、身内が書いたとしか思えない手放しの称賛がこれ見よがしに載っているのも。集計の段階で操作しているのだ。一週間を費やしたのは、どこまでなら載せられるか、少なすぎても不自然では、などとペガサスの社員たちが雁首《がんくび》を揃えて姑息《こそく》な算段をするためだったのだろう。

「どうなんだい、丹波君。君らが担当した催事に対するクレームが多いようだが」

隣に座る丹波が苦悶《くもん》の表情を浮かべ、腹をさすりはじめた。ストレス性胃潰瘍が再発しようとしているらしい。かわりに啓一が答えた。

「子どもたちに配ったのは石ではなく、どんぐりですが」

「どっちだって同じだよ」

狸の副理事長の言葉に、推定年齢八十八歳の老理事が突然の発作のように頷《うなず》く。

「そうそう、どんぐりを甘くみてはいかんよ。あれを食うと腹痛を起こすんだ」

誰もが苦々しげな顔で見返してくる。褒めてくれるどころじゃない。啓一は糾弾されようとしていた。

鶴の副理事長が老眼鏡のつるを嚙《か》んで言った。

「注意を促す看板なり、貼り紙なりはきちんとしてあったんだろうねぇ」

「……いえ」

「だからだよ。なぜしないんだ、前の会議の時に言ったじゃないか、必ずしましょう、看板、貼り紙、但《ただ》し書き、と」

「それは……アトラクションの自由な雰囲気を壊したくなかったからです。貼り紙が楽しい気分に水をさしてしまう……そういうことが往々にしてあると考えたのです。そもそも掲示したところで、少なくとも子どもたちは読みませんし」

『ハトに餌《えさ》をやるな』『芝生に入るな』『触らないでください』『ゴミを捨てるな』『美観をそこねます。貼り紙はやめましょう』『ルールを守って快適環境をつくりましょう』

啓一も最初は気づかなかった。美観をそこね、ゴミとなり、環境を不快にしているのは、じつはそうした看板自体であることに。

「読む、読まないが問題じゃない。貼り紙をすることが重要なんだ」

「え？」

啓一が呆《あき》れ声を出すと、鶴の副理事長も呆れ声を出した。

「え、じゃないだろう、君。昨今の取り扱い説明書と同じだよ。『電子レンジでペットの毛を乾かさないでください』『沸騰《ふっとう》すると蓋が熱くなります』『保存剤は食べられません』先んずれば制す。想定されるあらゆる抗議、苦情に先回りした、あの周到な姿勢を見習わねば」

言われたとおりに去年以上の数字を上げた。自分に何か落ち度があるだろうか。啓一は考えてみた。何もない。彼らの注文のほうがいびつなのだ。右手用の手袋を左手にはめろと言っているのだ。スープの皿にフォークを揃えろと言っているのだ。唯一、啓一がミスを犯したとしたら、彼らが求めていたのは、「去年並みの実績」であって「去年以上の実績」ではないのを忘れていたことだ。

「まぁ、いいじゃないか。これだけ客が増えたんだ。黒字にはほど遠いが、今年は入場収入が倍増だ」

アンケートの回答に気をよくしているらしい理事長が鷹揚《おうよう》な声を出す。理事の一人が思い出したように言う。

「そうそう、そう言えば、入園料金を途中から半額にしたそうだねぇ」

自分の手柄とばかりに事業部長が胸をそらせる。

「苦渋の決断でしたが、間違いではなかったと――」

投げ与えられる称賛を待つように言葉を切ったが、事業部長にかけられたのは、苦り切った声だけだった。

「私は聞いとらんよ」

副理事長（狸）が首を振ると、副理事長（鶴）も首を振った。

「私もだ」

「とりあえず理事長にのみご報告し、了承をいただきました」事業部長が有能なビジネスマンを気取った口調で言う。副理事長など相手にはしていない、というふうにも聞こえた。「申しわけございません。緊急を要するケースでしたので」

事業部長が額縁みたいな眼鏡を押し上げて、余裕たっぷりに理事長の顔を仰ぐ。が、しかし理事長も首を横に振っていた。

「私ゃ聞いとらんよ」

事業部長の眼鏡がずり落ちた。

「……しかし……理事長は妙案とおっしゃって、他の理事の方にも後日説明してくださると……あの日、ろくろ踊りパレード午後の部が終了した時ですが」

理事長はなんのことだ、という顔をしている。事業部長がなおも食い下がると、不快そうに顔をしかめ、唯一動かせる手でその言葉を振り払う。それから腰をさすって呻いた。本当に覚えていないのだ。事業部長は向こう脛《ずね》を痛打した時の顔になっていた。

「君の独断かね」

狸が冷ややかな声を出す。事業部長が表情の抜けた顔を啓一に向け、抑揚のない声で言った。

「……いえ、推進室が事前の相談もなく……」

全員の視線が啓一たちに向けられた。

「これも推進室？」

「いったいぜんたい、どういうつもりなのかね」

「とんでもない暴挙だ」

「アテネ村の経営理念を根本から揺るがすことにもなりかねん」

「とりかえしのつかないことをしてくれたもんだねぇ」

ううっ。丹波がいまにも吐血しそうな呻きをあげた。

「そもそも、あの独断専行の新規催事を認めたのは、いかがなものか」

ボケが始まった理事長の後釜《あとがま》を狙っているらしい狸が、遠回しに理事長批判ともとれる言葉を漏らした。

場に緊張が走る。狸は自分が言いすぎたかどうかを確かめる視線を理事長に向けた。心配は無用だった。理事長は狸の言葉に頷いていた。

理事長が言う。

「その通り。あんなろくでもないものを認めたのは誰だ」

啓一はその場で固まってしまった。あなたでしょ、などと言うだけ無駄だろう。答えはわかりきってる。

長テーブルの向こうから一斉に、痛いほどの罵声《ばせい》が飛んできた。

右隣の丹波が胃を抑えてテーブルに突っ伏してしまった。左隣にいた林田が、啓一から少しでも距離を離そうとして、けんめいに椅子を漕《こ》いでいる。啓一は、パイを盗んだ罪で裁かれるハートのジャックになった気分だった。

頭の禿《は》げた女王がわめく。「首をはねておしまい」

老眼鏡をかけた三月うさぎが睨《にら》みつけてくる。「ひげをむしってしまおう」

ダブルのスーツを着たドードー鳥が翼をはばたかせる。「追い出しましょう、追い出しましょう」

腰痛の王様が机を叩いた。「私ゃ聞いとらんよ」

八十八歳のねずみが鳴いた。「どんぐりはいかんよ」

啓一は心の中で叫んでいた。千年先まで、そうしてろ！

入庁して八年になるが、市長室に入ったのは初めてだった。市長と直《じか》に話をするのも。

駒谷市役所の最上階にあるこの部屋からは、駒谷連山はもちろん、その先の三千メートル級の銀嶺まで望めたが、いまの啓一にはそれを眺める余裕などなかった。

ペガサスからさっそく抗議が届いたらしい、理事会の翌日、商工部長から呼び出しがあった。場所が商工課ではなく市長室だと聞いて、驚いた。公務員の場合、よほどの不始末をしでかさなければ免職されることはないが、一時的な降格ぐらいはあるかもしれない。おそらく出向は差し戻し。次の配属先は南駒出張所だろうか。

それならそれでいい。また普通の家庭人に戻ろう。平凡な日々へ帰ろう。哲平とゲームをして、かけっこの練習をして、かえでに飛行機遊びをしてやって、行きたがっていたアニメの映画へ連れていこう。家族みんなでアテネ村などではなく、もっとましな遊園地に行こう。夜はいままでのように路子と夕食を交代でつくって、子どもたちが寝た後に二人でクロスワードパズルをして——。

秘書に通されて執務室へ入ると、大きな黒檀《こくたん》のデスクの向こうで増淵市長がくるりと椅子を回転させた。

「君が遠野君？　ペガサスから話は聞いたよ」

かたわらに商工部長が立っている。いつものような傲岸《ごうがん》さはなく、こちらに向けた背中が緊張でこわばっているのがわかった。

「ずいぶん無茶をしたようだねぇ」

市長が啓一に向けてひとさし指を突きつけてくる。商工部長の頬の贅肉がぶるぶると震えるのが真後ろからでも見えた。市長が次の言葉を口にするより早く、啓一を振り返る。怒りの表情だった。太った男が怒るとふつうの人間以上に獰猛《どうもう》に見える。

「だから言ったろう。独断は禁物だと。常に報告、連絡、相談。ペガサスの上の連中をむやみに刺激するなと、私があれほど言ったのに——」

え？　ボトムアップでゴーゴーじゃなかったっけ？　保身の亡者《もうじゃ》と化した商工部長が啓一を怒鳴りつけてきた。

「なんてことをしてくれたんだ」

市長が言った。「よくやった」

商工部長の頬が再び震えた。増淵市長は突きつけてきたひとさし指をトンボ採りのように回して、啓一に片目をつぶってみせた。

「素晴らしいよ。今回のイベントでアテネ村に対する評価は変わった」

商工部長が感情の消えた声で言った。「そう、素晴らしい」

「君の話は前々から聞いていたよ。なかなかの手腕だそうだね。一度じっくり話をしなくてはと思っていたんだ」

嬉しいというより驚いた。そして戸惑った。前々から聞いていた？　誰に？

啓一と市長、どちらに顔を向けていいのかわからなくなっている商工部長が、にわとりのように首を左右に振り続けていた。

政治家じゃあるまいし、ふだんは人と握手をする習慣はない。しかしなぜかいまは自然に手が伸びた。

「いろいろお世話になりました。ほんとうに」

生まれてから一度も他人と握手したことがないかもしれない来宮には、差し出した右手を無視された。来宮は返事をするかわりに洟《はな》をかみ、啓一の手にティッシュを握らせた。

「やっぱ山の中は寒いな。風邪ひいちまった」

アテネ村の駐車場だ。啓一はゴミ箱にティッシュを放りこみ、二台のワゴンの前に立っている劇団員のひとりひとりと握手をした。ねねことはハイタッチをする。

「おっちゃんには、いろいろ世話になったから、賭《か》けトランプの負け分はちゃらにしてやるよ」

「いや、給料日になったら書留で送るよ」

咲太郎さんにはがぶり寄りのような抱擁をされた。

「鯛めしのレシピ、冷蔵庫に貼っておいたから。つくってね」

劇団ふたこぶらくだは、アテネ村の仕事——来宮の言うところの公演——を終えて東京へ帰る。ワゴンの運転席に乗りこもうとしている沢村にも握手を求めた。沢村は唇を少しつり上げる。この男にとっては満面の笑みに等しい。

「聞きましたよ。遠野さん、出世したんでしょ」

「いや、僕らの場合、出世じゃないよ。ただの出向だもの」

増淵からの突然の要請で、啓一は新生アテネ村準備室の室長を引き受けることになった。遠からずペガサスを新しい運営会社として生まれ変わらせる。その暁には支配人として経営を任せたい。そう言われている。

民間企業でも珍しい電撃人事。漬物石のように動くこともなく変化することもない役所の組織と人事には、たったひとつ例外がある。首長の鶴のひと声だ。首長は、まして議会を掌握している首長は、その地域において大統領以上の権力を持っている。

「君には、これからも相談に乗ってもらいたかったんだけど」

啓一がそう言うと、沢村の腕をねねこがからめとった。沢村はイベント企画会社を辞め、美術兼俳優見習いとして、正式にふたこぶらくだに入団したそうだ。お得意のキザなポーズで肩をすくめてみせたが、縁なし眼鏡が顔から消え、坊主に近い短髪を赤く染めたいまの沢村では、さほど決まっているとは言いがたかった。

「つらくなったらいつでもうちに来い。大道具として雇ってやる」

自らハンドルを握った来宮が片手を振ってくる。

「また会おう。達者でな、遠野」

初めてだ。来宮が啓一を本名で呼んでくれた。だから啓一も最上級の呼称で応じた。

「座長も元気で。がんばってください。逃げずにね」

啓一は運転席の来宮に再び手を伸ばす。今度こそ最後だ。

「よけいなお世話だ」

来宮が洟をかみ、手の中にティッシュを落としてきた。

啓一の身分は依然、ペガサスの出向社員だが、商工会議所にはデスクを置いていない。新生アテネ村準備室は『神話の館《やかた》　おりんぽす』の二階だ。メンバーはいまのところペガサスの若手三人と柳井《やない》、そして徳永。

ゴールデンウィークイベントの時、テレビのインタビューに応じた柳井はアテネ村の広報担当。いまや準備室の「顔」だ。テレビに出て以来、合コンの誘いも増えたらしい。もっとも本人は、アテネ村のホームページを作成している徳永の気を引くことに懸命なのだが。

啓一は柳井に聞いてみたことがある。

「お前が上の人間に話をしてくれたのか」と。

増淵市長は誰からいままでの経過を聞いていたのかを明らかにしないのだが、柳井が助役と同姓だったからだ。助役には何人か息子がいる。コネ入庁者は素性を隠したがるものだ。派手な服と軽い言動にもかかわらず入庁できたのも、柳井助役のコネがあったと考えれば不思議じゃない。

柳井には目を丸くされてしまった。

「俺が？　なんでです？」

柳井助役とは同じ地区の出身だが、そのあたり一帯の家はたいてい柳井姓だそうだ。RX-7や高価な服は、地元で就職する交換条件として農業を営む両親に買わせたものだそうな。

「助役とは遠縁だって聞かされたことはあるけど、話をしたこともないっすよ」

だから市長の情報源が誰だったのかは、いまだにわからない。

推進室には丹波と林田が残り、名称もアテネ村リニューアル支援室に変更された。観光課の隅で丹波は日々、新しく発行することになった「駒谷アテネ村ニュース」をマスコミ送付用の封筒に毛筆で表書きをしたため、林田は新聞のスポーツ欄を読みながらそれに切手を貼っている。

急ごしらえのオフィスだから手狭で、まだ備品は整っていない。キャビネットは化石や土器を展示していたケース。会議テーブルは園内のレストランの円卓。駒谷縄文人のマネキンが衣装掛けがわりに置いてあったりするのだが、ここから生まれる改革案が、アテネ村を大きく変えていくはずだった。

たとえば入場料金の見直し。いままでの半額、大人八百円、子ども三百円ぐらいをめやすにスタッフの一人がシミュレーションを始めている。

施設とアトラクションも見直す。ほとんど客の入らないギリシア料理店「タベルナ」は、駒谷牛ステーキや手打ちそばなどの郷土料理を出す店に模様替えする。

樹齢数百年の杉林を伐採してコンクリート製の遊具を置いた未来ランドは、植樹スペースに。苗木の一株オーナーを募って、森に戻す。

スタッフの再教育。ほとんどが市役所の退職者である人材の入れ替えや削減は、民間企業と違って難しい。そのかわりに接客業のプロを教育係として雇う。最初に覚えてもらうのは、ここでの仕事がお役所仕事ではなくサービス業であることだ。

アリスのローズガーデンパーティは、名称を変え、小動物園兼用のアトラクションとして残し、新たなイベントの企画に着手する。常に新しい「目玉」を用意して、リピーターを獲得するためだ。

例年、アテネ村では、夏休み期間中に盆踊り大会と花火大会が催されていただけだったが、今年はシーズンを通してのイベントを用意するつもりだ。企画が決まりしだいスタッフ全員が営業部員となり、旅行代理店へ直接セールスに行く。

当面の目標は単年度黒字経営。多くの自治体テーマパークが失敗したのは、つくりっぱなしで新たな設備投資をしてこなかったからだ。来年度以降、設備投資のための予算を獲得するためには、とにかく実績をあげなければならない。

「係ちょ……いや、室長、お客さんですよ」

てぬぐいをかぶった柳井が、着ぐるみの頭部だけを脱いだ姿でパーティションの向こうから顔を出した。

「お、すまない。どこに？」

柳井がエビのハサミで、部屋の奥のソファセットをさす。準備室のスタッフは園内のアクターも兼ねている。啓一自身もついいましがたハンプティ・ダンプティの着ぐるみをスタッフジャンパーに着替えたばかりだった。

「誰だい、あの人？」

「さぁ、アテネ村のお手伝いがしたいとかなんとか」

アテネ村が新体制になったことが地元紙に掲載されて以来、準備室にはあちこちから売り込みが来るようになった。東京や大阪の広告代理店、県内外の建設業者、造園業者、遊具制作会社、清掃会社、植木職人、自動販売機や給水器やトイレのセールス……。

いままでの啓一の仕事は自分が頭を下げることのほうが多かったが、いまは向こうから頭を下げ、もみ手をしてすり寄ってくる。ハコ物に関わる公務員や議員がなぜたやすく業者と癒着するのかが、少しわかる気がした。

昨日は、地元出身だという演歌歌手から、ステージで歌わせろという売り込みがあった。派手な振袖《ふりそで》を着た中年女性。準備室の中でリズムボックスを鳴らし、突然熱唱しはじめたから、三曲で持ち歌が途切れたところで、CDを一枚買い、丁重にお帰り願った。

その男は、ソファからバネが飛び出している粗末な応接コーナーには場違いに見えた。携帯電話を握って話しこんでいる。

「──の件はロサンゼルスのオフィスに問い合わせてみてくれ──そうだ──肖像権の問題があるから──それと六時に成田だぞ。相手はハリウッドスターだ、遅れるな」

なんだか凄《すご》い話をしている。ソファの向かい側に座るまで啓一には気づかず、目が合うと、旧知の友人に対するように手刀を切って謝罪をしてきた。

「もう切るぞ。新しいクライアントと打ち合わせだ」

性急な調子で言い捨ててから、携帯を内ポケットに滑らせて、肩をすくめてみせる。

恰幅《かっぷく》のいい男だった。白いサマースーツは、初夏とはいえ夜は冷えこむ駒谷には、少々季節はずれに見える。東京から来たのだと男は言った。

「いやいや、私が少し東京を離れると、もう、いけません」

いつのまにか新しいクライアントになっているらしいが、まず初対面の挨拶からだ。

男が差し出した名刺にはこう書かれていた。

SHIGETA　OFFICE
代表　繁田源三郎

連絡先には東京の住所と電話番号。海外のオフィスも併記されている。

「どういったご用件でしょう?」

男は自分が個室に通されないことが不満そうだった。乱雑な部屋を値踏みするように眺めまわしている。あいにく準備室に応接室はない。

「私はアミューズメント関連のプロデュースをしておる者です。所用でこの近くに来ましたところ、こちらの噂を聞きましてね。何かお役に立てるのではないかと思いまして──」

業界歴三十年、男はそう言った。大阪万博のパビリオンを皮切りに、ディズニーランドやUSJの開業にも初期の段階からかかわっていたそうだ。専門はタレントを招聘《しょうへい》するショーやコンサートの企画、構成。

機関銃のように喋《しゃべ》り続ける男の話は、アテネ村にはレベルが高すぎる気がした。だが、「一日だけでいいからディズニーランドに勝つ」そんな子どもじみた夢想が浮かんできてしまう話だ。しかもいまさら、むげに追い返すわけにもいかない。「帰ってくれ」と気軽に言いづらい雰囲気の男だった。問われるままにアテネ村の現状を話す。男の宝石細工が施された腕時計を眺めながら、啓一は小さく息をついた。勘違いするなよ、お前は市役所に戻ればただの係長なんだ──と自分に言い聞かせながら。

「確かにプロの方のノウハウはいくらでも欲しいところです。しかし予算のこともありまして。とても──」

あなたにお金を払えるような仕事はない、と言おうとしたのだが、頭の中を読んだように、男は啓一の顔の前で、太い指輪をはめた手のひらを広げた。

「いやいや、金は二の次です。駒谷は私の父親の故郷でしてね。何かお役に立てれば、とその一心でして。いやぁ、この町も変わりましたなぁ」

「では、こちらへは久しぶりに？」

「ええ、昨日、県の関係者の方から記念行事のプロデュースを依頼されまして、その帰りです。懐《なつ》かしくなって、ふらりと。二十年ぶりでしょうか。ところであなたが苦慮されてるという夏期のイベントですが、外タレを呼ぶというのはどうですか？」

別に苦慮しているとは言っていないが、唐突な提案に驚いた。啓一には思いもつかない発想だった。

「海外のタレントですか？」

「ええ、たとえば——」

男が名前を挙げたのは、啓一でも知っている有名なミュージシャンだった。

「しかし、うちのイベントなど小規模ですから、とても——」

男がまた歌舞伎の見得のように手のひらを広げる。ボタンを止めていたスーツの前をはだけ、内ポケットの携帯を探りはじめた。突き出た腹に金色に光るピンをつけたネクタイが載る。啓一は目を見張った。

「もしもし、ああ、私だ——スティービーの八月のスケジュールはどうなってる？——うん、うん、うん——で、ギャラは？ああ、なんだ、それでいいのか」

男は再び啓一には遠い世界の話を携帯の向こうと交わしはじめた。啓一は男の手にした携帯電話をずっと眺めていた。電話を切った男が膝《ひざ》を叩く。

「いけますよ。スティービーも最近は仕事が減っているみたいですな。この夏に北京《ペキン》で公演があって、そのついでに寄れるらしいです。一晩だけなら格安のギャラでオーケーするかもしれない。まぁ、彼とは知らない仲じゃない。私の顔を立ててくれると思いますがね」

男が口にする米国のミュージシャンのギャラは、昨日やってきた演歌歌手とひと桁《けた》しか違わなかった。

「ただし、彼にもかつては一流だったというプライドがある。送迎や宿泊場所には、それなりのことをしませんと、ヘソを曲げることもありますな。なにせアーチストですから。ああ、心配はご無用。そういうデリケートな件に関しては、こちらで手配します。彼の好みは熟知していますからね。とりあえずそのあたりの準備金だけ用意していただければ、あとは全部、私たちのほうで、アレしときますから」

一方的に捲《まく》し立てる男の言葉には、知らず知らずのうちに契約書に判を押してしまいそうな迫力がある。啓一は両手をかざしてけんめいに男の言葉を防御した。

「ちょ、ちょっと待ってください」

「脅すわけじゃないが、あまり猶予《ゆうよ》はありませんよ。彼は気まぐれだ。十分後には、やめたと言い出すかもしれん」

啓一は男がテーブルに置いた携帯電話を見つめて言った。

「いま、どこへ電話をされていたのですか」

唐突になんだ、というふうに、男が首をかしげる。

「どこへ？　はて、東京のオフィスですが」

ふむ。念のために、もうひとつ尋ねた。

「駒谷には、二十年ぶりに、昨日、いらっしゃったんですよね」

「そうですが」

男が不愉快だという目を向けてきて、ソファのひじかけの埃《ほこり》を払う。そんな顔をされても困る。

「あのぉ、さきほどお話ししたアテネ村の課題ですが、ひとつ言い忘れていました」

男が警戒する表情になった。

「ここは山の中ですから、携帯が通じにくいんです。とくに、そのぉ――」そこまで言って啓一は男の携帯に目を走らせた。「あなたのお持ちのタイプは、ほとんど通じなくて困ってるんです。交渉して基地局を新設してもらおうかと考えているところでして」

男がそそくさと内ポケットに携帯をしまいこむと、胸でネクタイが揺れた。ブランド物らしいスーツに比べると、いかにも安物だ。センスもいいとは言いがたい。出口に目を走らせている男の横顔に言ってやった。

「いいネクタイですね。どこでお求めになったんですか？」

男の腰が浮いた。無言の男に替わって啓一が答える。

「駒谷のバザーで買われたのでは？」

スーツのボタンを止めている時には気づかなかったが、紺色のそのネクタイの中ほどには、動物のワンポイントマークがついていた。たてがみあたりの糸のほつれを忘れるわけがない。路子がバザーに出してしまった啓一のしまうまのネクタイだ。昨日、二十年ぶりに駒谷を訪れた人間には手に入れることができないはずの。やっぱり、あれはラッキーアイテムだ。

「よかったら、そのネクタイ、譲っていただけませんか？」

啓一がそう言った時には、男はもうドアまで走っていた。


アテネ村の駐車場に大型トレーラーが横付けされた。啓一は荷台の扉が開く瞬間を、プレゼントの箱を開ける気分で見守った。

ついにメリーゴーランドがやってきた。分解され、荷台に詰め込まれたそれはまだスクラップにしか見えないが、アテネ村を再生する起死回生のアトラクションになるかもしれないのだ。

運送コストは当初の見積もり以下に抑えることができた。構造の半分を占める屋根を、骨組みと稼働《かどう》部分だけ残して現地で廃棄したからだ。エスティマのサンルーフを眺めているうちに思いついた。アテネ村のメリーゴーランドの屋根は透明ガラスだ。

運送会社の人間が声をかけてきた。

「どこまで運べばいいですかね」

「あそこまで」

啓一が指さした先を見て、男は絶句した。

「本気ですか？」

メリーゴーランドを設置するのは、アテネ村の最上部、アクロポリスの丘の上だ。もう整地は済ませ、電源を確保し、遊具会社の技術者も待たせている。

「聞いてないですよ、そんな話」

「人手は出しますから」

山裾からフォークリフトとトラクター数台、そして二十人を超える人間たちが降りてきた。シンジと鉄騎隊、そして青年団の有志。いまや彼らはアテネ村の有力な支援ボランティアだ。鉄騎隊の赤い特攻服に囲まれたとたん、渋っていた運送会社の男が急に協力的になった。

「あ、それでは、登れるところまで登りましょうか」

「お願いします」

木馬は人力で運ぶ。トレーラーから出された木馬は数人がかりで担《かつ》がれ、騎馬隊のように一列に並んでアテネ村の斜面を登っていく。

「よしっ、いくか」

啓一はてぬぐいを頭に巻き、トレーラーの前に並ぶ人々の列に加わった。

「お父《とう》〜、いいか〜い」

哲平が叫んでいる。豆粒みたいに小さな姿だ。

哲平が立っているのは、通称「行きどまり道路」。遠野家から少し山へ登ったところにある。工業団地を誘致し、田舎道しかなかった予定地に急遽《きゅうきょ》建設を開始した四車線道路だが、誘致話が頓挫《とんざ》し、長さ一キロほどのアスファルトだけが残ってしまった、バブルの置き土産だ。

「いくぞ〜、位置について」

ストップウォッチを握りしめた啓一は、風に負けないように叫び返す。

「よ〜い」

手を空に伸ばして、振り下ろした。啓一の隣でかえでも同じポーズをとる。

「どん」

ひさしぶりの休日だった。いままでの罪滅ぼしに午前中はかえでを連れて、市内の映画館へ『ドラえもん』を観に行き、午後からは哲平の運動会の練習につきあっている。

五月に予定されていた運動会が雨で順延されたおかげで、嵐《あらし》に巻き込まれたような日々が一段落した啓一は、なんとか運動会を見に行くことができそうだった。

哲平もかえでも元気いっぱいだが、啓一は腰をさすっていた。ぎっくり腰がぶり返したわけじゃない。ねねこやゴンタたちの飛行機ごっこに味をしめた二人が、毎晩、啓一が帰るまで起きていて、同じことを要求してくるのだ。ほんの少しの間に哲平はもちろんかえでも驚くほど重くなっていた。舞台用トレーニングをとっくにやめてしまった身にはもうつらい。ふたこぶらくだのとんだ置き土産だ。

哲平が走ってくる。小さな姿がぐんぐん大きくなってくる。髪を後方になびかせ、啓一に似た、男のくせに無用の富士びたいと言われるM字型のおでこを丸出しにして。眉と唇をへの字にした必死の形相だ。かえでが声援を送る。

「けっぱれぇぇぇ〜」

これも、ふたこぶらくだの置き土産。

ゴール地点は、行き止まり道路のアスファルトが土に変わる場所。哲平はもう十回は走っているだろう。税金泥棒と世間は言うが、公務員だって税金を払っている。誰も使うことのないこの道路に使われた税金を、いま啓一一家はほんの少しだけ取り返している。哲平が目の前を駆け抜けた。片手を大きく振ってストップウォッチを押す。

「どうだった？」

哲平が息をはずませて尋ねてくる。

「すごい。ついに十秒を切ったぞ」

「よっしゃあ」哲平が飛び跳ねた。「運動会、絶対見に来てよね。僕、一等をとるから」

「おお、行くとも」

傾いた陽が駒谷連山の向こうへ隠れようとしている。山からの風は夕方になってもふんわりと暖かい。

『うちのお父さんのしごとは、アテネ村でへんてこなぼうしをかぶって、おきゃくさんに、どうぞこちらへ、とあんないすることです。いっしょにしごとをしているのは、えび、いもむし、ゆでたまご、うさぎのみみをつけたおねえさん――』

幸か不幸か、哲平が途中まで書いたという作文は、結局、完成しなかった。作文の課題は『ふるさと』に変わったそうだ。「父親のいない子どももいる。働いている母親も多い。時代錯誤もはなはだしい」保護者からそんなクレームが出たためだそうだ。担任教師は母親ばかりの保護者会で「父兄の方々に深くお詫《わ》びを――」と言ってしまい、さらなる物議を醸《かも》したらしい。まぁ、確かに正論だが、小学一年生に「故郷《ふるさと》」を語らせるというのも、どうかと思う。

路子はあいかわらず外出することが多く、夫婦の会話も取り戻しているとはいいがたい。この話も由美からのまた聞きだ。

「そろそろ帰ろうか。腹減っただろ。今夜のメニューは父ちゃんのハンバーグだ」

「げろげろげっ、お父バーグかぁ」哲平が言う。

「げろげろげっ」かえではまねしなくていいことまで、兄のまねをする。

「だいじょうぶ、玉ねぎはちゃんと炒《いた》めるから」

「お肉もね。この間は、お肉もナマだったよ」

「おにくもね」

「まかせろ。目玉焼きを載せてやる」

路子にも罪滅ぼしをしなければ。今日も近所の奥さんたちと出かけている路子のかわりに、今夜は啓一が夕食の準備をする。メニューは、焦《こ》げ過ぎの目玉焼きが載るだろう生焼きが心配なハンバーグだ。

啓一は六人の人々を連れて、アクロポリスの丘へ登る道を歩いていた。

午後七時。道の両側の杉林の梢《こずえ》が、薄闇になった空に溶けこみはじめる時刻だ。啓一の後ろからついてくるのは、市民の意見を聴くために組織した「アテネ村審議委員会」のメンバーだ。男女三人ずつ計六人。長く続く登り坂に、何人かが不満の声を漏らしはじめている。

ついいましがたまで、最初の会合を開いていた。アテネ村の現状と改革案についての説明を終えたばかりだった。会合が終わり、酒宴にでも招待されるのかと思っていたらしい委員たちは戸惑った顔をしている。

アクロポリスの丘の頂は、駒谷を囲む山々が360度のパノラマで眺望できる得難い場所なのだが、施設である以上何か造らなくてはという役人独特の強迫観念のおかげで、『ぱるてのん神殿』と名づけられた円柱遺跡を模した東屋《あずまや》が置かれ、張りぼて石膏製の太い柱がせっかくの景観をだいなしにしていた。

いまはそれを撤去し、そのかわりに透明屋根のメリーゴーランドが据えつけられている。

啓一の説明に委員の誰もが首をかしげたのが、夜間営業に関してだった。アテネ村の営業時間を午後九時までにするというアイデアだ。せっかくアテネ村に来たのに、いままで他の市町に流れていた宿泊観光客を駒谷に取り込める、と啓一は力説したのだが、疑問の声がいくつもあがった。

「人件費がいままで以上にかさむのではないか？」

それには、勤務体系を2《ツー》シフトにし、昼間の従業員のだぶつきを解消する。同時にフルタイムからパートタイムに移行することで、全員の賃金を削減する、と説明した。

「夜間のこの付近は暴走族が徘徊《はいかい》する。治安が悪いのでは？」

じゅうぶんに注意するとだけ答えた。じゅうぶんに注意するつもりだった。シンジと舎弟たちに。

もっとも多かったのは、こんな意見だ。

「ただでさえ客がこないのに、夜の山の中に人が来るのか？」

その答えを見せるために、ここまで登ってきたのだ。山頂の闇の中では黒いシルエットになった十六騎の木馬が、ひっそりと息をひそめていた。山風が強くなり、明かりひとつない山頂に、女性委員の一人が怯《おび》えた声を出す。啓一は委員たちに声を張りあげた。

「さきほどお話しした営業時間延長の件ですが、夜間営業の目玉はこれにしようと思っています」

六つの頭が、闇にぼんやり浮かんだメリーゴーランドに向いた。

「調べたかぎり、これは日本でいちばん高い場所にあるメリーゴーランドになるはずです」

委員たちが声を漏らす。納得と賛同の声だった。

「十六人乗りですから多くの集客が望めるわけではありません。しかし、よそにはないこのアトラクションが、人々の話題になってくれれば成功だと思っています。もちろん、いま登ってきた山道には照明を設置し、同時に夜間用の新しいアトラクションやイベントも用意します」

委員の一人から声があがった。これは疑問の声。

「だからといって、これを夜間営業にする必要があるのかなぁ」

それに答えるかわりに啓一は言った。

「どうぞ、乗ってみてください」

委員たちがためらいながらメリーゴーランドへ歩く。誰もが懐《なつ》かしいノスタルジックな遊具だ。いったん乗ってしまうと、周囲の暗さも手伝って、子どもと変わらないはしゃぎ声とくすくす笑いが始まった。だいじょうぶ。きっと賛成してくれるだろう。

啓一は配電盤へ行き、メリーゴーランドの電源を入れた。

歓声が聞こえてきた。

15．

駒谷市役所の最上階、六階フロアは事実上、市長専用のスペースだ。執務室、二つの会議室、応接室、シャワールームまで備えられている。片隅にある小さな助役室以外は、すべて増淵市長の個人的なフロアだ。

執務室は並みの家の建坪より広い。部屋の左手には三畳分はありそうな大テーブルがあり、そこにはガラスケースに収まった駒谷市の立体地形図が据え置かれている。かつてこの県で地方博が開催された時、駒谷パビリオンに飾られていたものだそうだ。縮小サイズで正確に再現された駒谷連山は、かえでがつくる砂場の山のようだった。

ここを訪ねるのは、五回目だろうか。いつ来てもパジャマ姿でパーティ会場に立っているような落ち着かない気分になる。「気軽に出入りしてくれたまえ」増淵市長はそう言うが、今日のように突然呼ばれないかぎり、とてもそんな気にはなれない。

増淵は執務テーブルの向こうに立って、窓の外を眺めていた。

「おうおう、よく来た」

啓一がドアから顔をのぞかせると、テーブルを回って歩み寄り、気安げに肩を叩いてきた。六十代にして啓一と変わらない高さにある顔をほころばせる。威圧感と人なつっこさを合わせ持った物腰は増淵市長ならではだ。

何かと批判も多いが、この男を地方都市の首長に留めて置くのは惜しい、保守系政党の幹部がそう評したという話も頷《うなず》ける気がする。人の上に立つために生まれてきたタイプ。他人に命令するのが苦手な啓一とは人種が違う。かつて衆議院議員選挙への出馬を画策したことがあり、二世議員との擁立合戦に敗れなければ、当選は確実だったらしい。増淵が生涯一市長を唱え始めたのは、その直後という話だ。身を引いた見返りに、この田舎町での半永久的な権勢を手に入れたのだ。

「どうだね、調子は」

いま進行中の改革案は、すべて直接増淵に話を通しているが、いままで反対されたことは一度もない。手短に現状を報告してから、こちらから切り出した。

「お話というのは何でしょうか」

「アテネ村の従業員のことだ。大幅に削減しようと思う」

驚いた。確かにいまの従業員数は多すぎる。長期的に見れば削減や人材の入れ替えが必要なのはわかっていた。だが、増淵のほうから話を切り出してくるとは思わなかったのだ。営業時間の延長は、当面、リストラは無理だと判断した末の苦肉の策でもあった。

「いつまでにですか？」

「二週間後に削減案を出してもらえないか。選挙の公約のひとつにしたい」

いま夜間営業と二交替制の勤務体系案を説明したばかりなのに。聞いていなかったのだろうか。急に言われても困る。

「しかし、ついこの間、全員で接客研修を行なったばかりですし……マナーは見違えるほど良くなりました。意欲も高まってます。一度、来ていただければ、おわかりになるかと……」

甘いと言われればそれまでだが、本当にみんなやる気が出てきたのだ。チケット売り場の二人の係員は、「ふとっちょ双子」の扮装で愛想をふりまき、本物の双子のように息の合った手並で客をさばいている。自分たちの一挙手一投足が見られ、評価され、それが客足を変えることに気づいたのだ。沢村の言っていた、全員がアクター。ゴールデンウィークイベントの挨拶に立って以来、一度もアテネ村に顔を出したことのない増淵は知らないだろうが。

「心配するな、私が市役所の人間を見捨てるわけがないじゃないか」

増淵が片目をつぶってみせる。この年齢でこういうしぐさが自然にできる男は、そうはいない。増淵に批判的な人間も、ひとたび本人と会えば、たちまち崇拝者となる——そんな話をよく聞くが、残念ながら啓一は増淵の前では落ち着かない気分になるだけだった。

増淵が執務デスクに戻って指を組んだ。ほとんど使っていないだろう黒檀《こくたん》のあのデスクの代金で、アテネ村の従業員を二、三人増やせるだろう。壁に飾られた絵画一枚分で、新しいアトラクションがつくれそうだ。増淵は子どもが仲間に悪戯《いたずら》の相談をもちかける口調で言った。

「リストラじゃない。リストラ計画だよ。あくまでも計画」

「は？」

「今度の選挙では、アテネ村が大事な争点になるだろう。こちらも積極的な改善策を打ち出さないとな」

「では……」

「計画だけでいいんだ」

「しかし、公約なのでは」

「四年たてばみんな忘れるよ。いままでもそうだった」

「……いや、しかし」

啓一の言葉は完全に無視された。

「もうひとつ。夏のイベントまでに駐車場を全面的に整備し直そう」

「特に問題はありませんが。まだ新しいですし、いまでさえ広すぎるぐらいです」

客が駐車場からすぐ入園できるように、すでに通用口は第二入場ゲートに替えた。できれば凱旋門《がいせんもん》はそっちに移設したい。駐車場よりそちらのほうが先決だった。が、増淵の耳には啓一の言葉がまるで届いていないようだった。まったく脈絡のない話を持ち出してきた。

「柳井が俺に盾突いた。今度の選挙に出ると言い出したんだ」

増淵の顔からは人なつっこい笑顔が消えている。一人で勝手に怒り出した。その目は啓一に向いているが、見えているのは別のもののようだ。

「誰のおかげで助役になれたと思っているんだ、あの馬鹿は」

柳井助役ももう六十過ぎ。増淵が引退し、次期市長の座が空く頃には自分の寿命が尽きてしまうかもしれないことに、遅ればせながら気づいたのだろう。

「あそこの工事をしたのは、柳井の息がかかってる業者だろう？　今回は別の業者に受注させるんだ。まだ使える駐車場を整備していることを知ったら、柳井を担《かつ》ごうとしている連中は震え上がるだろうな」

増淵が子どもじみた笑いを浮かべて執務デスクのペンを手にとり、ダーツの矢を投げるしぐさをした。

「今度の選挙では、やつに一万票以上はとらせない。赤っ恥をかかせてやる」

増淵は本当にペンを投げた。模型の駒谷連山の頂上を狙ったらしいが、ガラスケースにはばまれ、間の抜けた音を立てて床にころがった。

増淵がひじ掛け椅子をくるりと回して、ようやく啓一と視線を合わせてきた。

「我々に刃向かえば、どうなるか、教えてやらんとな」

我々というところで、また片目をつむる。こういうしぐさを自然にできる男は、どこか不自然な気がした。俺は「我々」なのか？　地位を与えてやったんだから、もうお前は自分の子分ということなのか？

「それと、君のところのほうの柳井君、彼、ずいぶんあちこちに顔を出しているじゃないか」

「ええ、彼は広報担当ですので」

柳井は地方紙や地域コミュニティペーパーなどにしばしば顔を出している。ゴールデンウィークイベントが注目されたためでもあるが、取り上げてもらえる可能性がある媒体にニュースレターを送り続けている効果が出てきたのだ。

「彼にははずれてもらう」

「なぜです？」

「彼、柳井の親戚筋《しんせき》だろう。そういう人間の顔と名前が世間に出るのは、我々にとってマイナスだろう」

「親戚といっても遠縁だそうです。話をしたこともないと言っている。彼は今回の選挙にはなんの関係もありません」

「私は君に話した。それだけだ。何もつけ加えることはない」

それだけ言うと増淵は口をつぐんでしまった。柳井に言えるわけがない。徳永にいいところを見せたいためとはいえ、あんなに張り切ってるのに。

もう一度、増淵に言葉をかけてみた。

「しかし、柳井はアテネ村の大切な戦力なんです」

増淵は刃向かえば、どうなるか教えてやる――自治体の首長とは思えないセリフを吐いた時と同じ顔になっただけだった。

「君も――」

そこで言葉を切って、意味ありげに笑い、またくるりと椅子を回してしまった。背中に言葉の続きが書いてある。「はずれるか？」だ。

握ったドアノブを回す気になれなくて、増淵を振り返った。最後の抵抗を試みようとしたのだ。だが、情けないことに、言葉は出なかった。増淵は入ってきた時と同じように窓辺に立ち、町を睥睨《へいげい》していた。その姿は天守閣から下々の者を見下ろす殿様さながらだった。地上六階のこの部屋からでは、部屋に飾った立体模型同様、人の顔はまったく見えていないだろう。

雨で順延になっていた哲平の運動会が開催されたのは、六月の第二日曜だった。すぐ隣の父親は、ロープが張られた父兄席で、啓一はビデオカメラにテープを入れた。三脚に啓一のものの倍はありそうな大きなカメラを載せて、二年生の大玉ころがしを撮っている。大玉がどこにあってもお構いなし。フォーカスは自分の子どもがいる一点に合わせている。

哲平の幼稚園の運動会に初めて行き、親がビデオやカメラやカメラ付き携帯を手に自分の子どもだけを追いかけて一緒に走り回っているのを見た時には、呆《あき》れ果てたものだ。でも翌年には自分もビデオカメラを買ってしまった。ちっちゃくなったな、馬の助。来宮の笑い声が聞こえてきそうだが、親というのは、子どものためなら、ちっちゃくも大きくもなれるのだ。

久しぶりの青空だった。アテネ村も雨続きだった先週より客が入っているに違いない。最近、啓一は天気予報ばかり気にしている。哲平の徒競走がある午前中だけ休みをとって、準備室には午後から顔を出すつもりだった。柳井にはまだ増淵の言葉を伝えていない。そのことを考えると、とたんに憂鬱《ゆううつ》になった。

哲平の通う小学校の校庭は都会とは比較にならない広さがある。中央から補助金を引き込む豪腕にかけては折り紙つきの増淵が市長を務めるだけあって、一学年四クラスという規模にしては校舎も大きく、設計も凝っていて、小学校というより大学のキャンパスに見える。

開会の挨拶には増淵が立った。いまも来賓用テントに残り、派手なウインドブレーカー姿で、座り慣れていないだろうパイプ椅子に大きな体を沈めている。もちろん、まもなく公示される市長選を意識してのことだ。たとえ実力者の柳井助役が対立候補でも、増淵の勝利は揺るぎないだろうが、大差をつけた圧勝でないと気がすまないらしい。

大玉ころがしの次は、三年生の徒競走。哲平たち一年の徒競走はその次だ。昨日の夜も帰りは遅く、哲平に励ましの言葉をかけてやることができなかった。今朝の哲平はいつになく口数が少なく、声をかけてもうわの空。いつもは必ずおかわりするご飯も一杯しか食べなかった。気が小さいのは父親譲りかもしれない。

かえでをトイレに連れていっていた路子が戻ってきた。

「おーい、そろそろだぞ」

「あら、たいへん」

口ではそう言うが路子はのん気なものだ。準備はかえでを膝《ひざ》の上に載せてオペラグラスを構えるだけ。ビデオカメラを買うことには路子のほうが積極的だったのだが、メカは苦手の一点張りで、撮影は啓一にまかせきりだ。おしっこをすませて晴れやかな表情になったかえでが、オペラグラスをあべこべにのぞきこんで、三年生の徒競走に声援を送っている。

「けっぱれぇぇぇ、てっぺ〜」

自分の子どもが小学一年生のせいか、三年生がやけに大きく見える。さすがにこの学年になると、みんな走るフォームがしっかりしていて、ゴールはほとんど同タイム。さきほどの一組目と同じく二組目も大接戦だった。三組目も。四組目も。

五組目で、妙なことに気づいた。スタートラインに並んだ子どもたちは全員太っている。肥満児だけでいままでとはペースがまるで違うレースが展開された。

「なぁ、徒競走のグループ分け、なんだか偏《かたよ》ってないか?」

路子に聞くと、あっさり答えがかえってきた。

「そりゃあそうよ。事前にはかったタイム順に走る組を分けているんですもの」

「……どういうこと？」

「つまり同じぐらいの実力の子同士を走らせるわけ。足の遅い子どもに劣等感を植えつけるのはよくない、みんなの前でさらし者にするのはいけない。そういうことみたい。いまはどこの学校もそうしているんですって」

知らなかった。

「でも哲平はあんなに張り切ってて――」

「急に決まったのよ。他の学校はとっくに採り入れているのに、去年まで子どもたちを普通に走らせてたこの学校は意識が低いんじゃないか、子どもが平等に競える運動会にしなくちゃだめだって、保護者会で意見が出たらしいの。〝駒《こま》っ子の未来を想う会〟の会員さんたちから」

「だって、それでいいのか」だったらテストの点も通信簿の点もみんな同じにしてやればいいじゃないか。

「うーん、私もちょっとヘンだなとは思った。だけど哲平のクラスの保護者会でも採決したら賛成のほうが多かったのよ。私は手を挙げなかったから、おたくのお子さん、体育は得意でいらっしゃるみたいだから、いいわよねぇ、なんて嫌みを言われちゃって」

一年生の徒競走が始まった。実力差のない子どもが走り、たいした差もなくゴールする、既製品の組み立て作業のような競技が続いた。

哲平の番が来た。一緒にスタートラインに並んでいる子どもたちは、小学一年生ながらみんな俊敏そうだ。体は哲平がいちばん小さい。

号砲が鳴った。あきらかに他の組よりも速い。平等だというが、飛び抜けて足の速い子どものいるこの組は、さほど平等じゃない。最初はけんめいに他の子どもについていっていた哲平は、じりじりと脱落していき、終盤ではビリになっていた。富士びたいを丸出しにして、泣きそうな顔で走っていた。啓一はビデオを途中で止めた。

「これが平等？　これが正しいのか？」

気分がざらざらした。思わず路子に詰問《きつもん》口調で問いかけてしまった。路子は無言で首を横に振っただけだ。

一年生の肥満児グループがスタートした。親は満足だろうが、子どもたちはみんな知っている。ここでのビリが、学年一のノロマだってことを。かえって残酷かもしれない。

アリスの物語の中で、コーカス・レースを終えた動物たちは、ドードー鳥に聞くのだ。

「でも、誰が勝ったのだ」と。そのとたんドードー鳥は考えこんでしまう。

ぐるぐるぐるぐる、みんなが同じ場所を回ってる。行き場もなく。行き先を考えもせず、ぐるぐるぐるぐる。俺だって同じだ。市長の選挙対策のためでしかなかった部署を生まれ変わらせたと思いこんでいたら、とんでもない。またスタート地点に戻っている。

それなのにレースから降りることもできずに、増淵の伝書鳩として柳井にひどいニュースを伝えようとしている。

重い気分をいっとき忘れようと思ってここへ来たのに、かえって心が重くなった。うとましいほどの青空が、背中にのしかかってくるようだった。

『ますぶち、ますぶち、ますぶちいくぞうがごあいさつにまいりました』

梅雨空の下でうぐいす嬢が叫んでいる。その声をかき消そうとするように別の声が重なった。

『やない、しょうごろう。やない、しょうごろう。市長選挙は、やない、しょうごろうとお書きください』

今週に入って、駒谷市は急に騒々しくなってきた。二十数年間無風だった市長選挙が、今回ばかりは様子が違う。増淵が選挙運動にいつになく熱を入れているのは、対立候補の柳井庄吾郎が、市役所のナンバー・ツーであるというだけではない。

ひとつは、公示前、インターネット上に忽然《こつぜん》と出現した、増淵の私生活を告発するホームページの存在だ。いままでは怪文書や中傷ビラの類を、早期に握りつぶしていた増淵陣営が、今回ばかりは後手に回り、差し止めるまでに市民の間に広く流布《るふ》してしまった。その手際の悪さは、駒谷ではまだまだインターネットの普及率が低く、陣営がその力を甘く見ていたためとも、その情報の出所がかなり身近な人間であったために増淵自身が法的手段に訴えることをためらったためとも噂された。

『醜いアヒルの子はアヒル』

そんなタイトルがつけられた個人ホームページは、「自分は増淵市長の愛人の子である」という告白から始まる。自分の母親が、いかに増淵から虐《しいた》げられてきたか、という怨嗟《えんさ》の言葉から、増淵の猜疑《さいぎ》深く、執着心が異常に強い性格、特異なセックスの傾向、そして一時期いっしょに暮らしていた時に見聞きした政治的不正の数々まで。内容は増淵をよく知る人間なら、でまかせとは思えないものだった。広聴広報課で市長のスキャンダル潰《つぶ》しの一翼を担《にな》っている下平《しもだいら》は言っていた。「市長が女のオシッコが好きだってことまで知ってるなんて、ただ者じゃないぜ」

啓一は、駒谷駅に設置するアテネ村の電飾看板の取り付け工事に立ち合うために、駅へ向かう途中だった。本来は柳井の仕事だったのだが、数日前から啓一が引き継いでいる。柳井へ正式に異動が通達されるのは、少し先になるが、増淵の言葉を伝えて以来、柳井は仕事を休みがちだ。また元のグータラ公務員に戻ってしまった。

陰鬱な曇り空を突き抜くようにアコースティック・ギターの音が鳴りはじめた。

「悲しみのない自由な空へ〜」

駅前で昔のフォークソングが合唱されている。替え歌だ。途中の一節が名前になっていた。

「むろた　じゅんこ～」

市長選挙をさらに混乱させているのは、もう一人の対立候補の存在だった。室田順子だ。公示直前に突然、出馬を表明した。柳井庄吾郎にいかに大差をつけて破るか、ということしか頭になかった増淵陣営は、これでさらに動揺している。

駅前広場に、揃いの黄色いTシャツを着た室田の支援グループが集まっていた。駒谷の各種市民団体が横断的に集結した勝手連「駒谷未来評議会」の面々だ。その周囲をさらに聴衆が取り巻いていた。多くの人間が室田の名前がローマ字で入った黄色い風船を手にしている。

合唱が終わり、室田順子が演台に上がると、大きな拍手が巻き起こった。

「金を使わないクリーンな選挙」を標榜《ひょうぼう》する室田には宣伝カーがなく、いま立っているのもビールケースだ。移動は自転車だそうだが、都市部のどぶ板選挙と違って、山道の多い駒谷では大変なのだろう。かたわらに停められている何台かの自転車は電動式だ。

「――いまの駒谷で市民の権利がどれほど守られているでしょうか。毎度の調整選挙は選挙権がないのと同じです。お金にならない福祉や住民サービスは置いてきぼり。弱者が普通に暮らせる生活権もない。情報公開をいくら求めても無回答。知る権利もありません。増淵市政にあるのは、利権の『ケン』と土建の『ケン』だけです――」

テレビでおなじみのおっとりとした口調。しかし、聴衆の心によく響く弁舌だった。

しかも増淵や柳井と違って、語っている言葉はほとんどが事実だ。

「――まず、駒谷中に建設された金食い虫施設をすべて見直し、そして整理していきましょう。例えば――」

広場の前を通り過ぎようとした啓一は、思わず足を止めた。

「アテネ村。毎年巨額の赤字を出しながら、一般財源からの補塡《ほてん》を受けて、いまだに経営が継続されています。アテネ村の累積赤字を、市民一人当たりで割ると、いったいいくらになるのか、みなさんはご存じですか」

そう、彼女の公約は「利益誘導型の増淵体質の追放」。その目玉のひとつが、アテネ村の閉鎖・整理だ。ケン☆UMEDAの壁画広告の前に何本も幟《のぼり》が立てられている。その中のひとつに、こんな文字が見えた。

『金食い虫のアテネ村を即刻閉園せよ!』

突然、聴衆が自分を振り向き、一斉になじりはじめるのではないか。そんな妄想にかられてしまった。

室田の演説を妨害するように、増淵の宣伝カーが駅前に近づき、スピーカーで名前を連呼しはじめた。あきらかにマナー違反だ。室田は演説をやめ、のどかな口調で宣伝カーに呼びかける。

「増淵市長、お疲れさま。そろそろ引退してくださ〜い」

黄色一色の群衆から、笑いが湧きあがる。うぐいす嬢の声に張り合って、室田コールが起こった。

室田の名を連呼する人々を見るともなく見ていた啓一は、黄色いTシャツを着た支援ボランティアの中に見つけた顔のひとつへ釘付けになってしまった。向こうも気づいたらしい。啓一に視線を向けたまま表情が固まっている。

路子だった。

グラスの中で氷が溶けて音を立てたが、啓一はテーブルの上で組んだ手をほどかなかった。グラスの向こうでは、ミルクをたっぷり入れたコーヒーが湯気を立てている。アルコールを受けつけない路子の夜のいつもの飲み物だが、向こうも啓一に張り合うように、手をつけようとしない。

「ごめんね」

路子が声を絞り出した。啓一は指のささくれを見つめていた。

「黙っていたのは悪かったと思う。どうしても言えなくて……勝手連を手伝うようになったのは、ケイちゃんがアテネ村の仕事を始める前だったし……まさかこんなことになるなんて思ってもみなかった」

手から齢を取るっていうのは本当だな。組んだ指を固く握りしめたら、手の甲にさざなみたいな皺《しわ》ができた。啓一は二週間後に自分が三十六歳になることを思い出した。

「ほんとうに、ごめんなさい」

啓一の口は糊《のり》で貼りつけたように動かない。口を開いたのはまた路子のほうだ。

「私がこんなことを言っても始まらないけれど、未来評議会は、何もアテネ村だけを問題にしているわけじゃないの」

いつもより少し低い、ゆっくりとした声だった。路子が理論をつかさどるほうの脳で喋《しゃべ》っている時の癖だ。口喧嘩《くちげんか》をしても百パーセント負けてしまう感情と直結させた口で喋っているわけじゃない。

「問題は他にもたくさんある。無駄な施設だけにかぎって挙げても、駒谷コンベンションセンター、ふくろうの森のコンサートホール、市民武道館だってそう。税金をじゃぶじゃぶ使って建てて、誰も使わなくて、でも責任はとらなくて、改善しようとも、廃止しようともせずに、赤字だけどんどん増えていく。決まり文句かもしれないけれど、民間の会社ならとっくに潰れているか、役員総辞職でしょ――」

確かに決まり文句だ。路子がわざわざ言い添えたのは、そういう言葉を聞くたびに啓一が苦い顔をすることをよく知っているからだ。公務員に言わせれば、採算だけが価値基準の民間がやろうとしないから、自分たちがやっている。そのために自分たちがいる。それが我々の仕事だ――。

そう、それが仕事だったはずなのだが。啓一の心のせりふに答えるように、路子が言葉を続けた。結婚して九年目。いまだに啓一には真似《まね》ができないのだが、路子は超能力者のように夫の心のうちを読むことができる。

「赤字経営だけが問題じゃないの。いちばんの問題はそういうムダな施設が、何のために、誰のために建てられたのかってこと。どうして駒谷市議会の議員のうちの半分近くが建設業の人たちなのかってこと。年収二千万円の市長が、なぜ御殿みたいな家を建てられるのかってこと。みんなわかってるのに、誰も指さそうとしない。いま必要なのは、王様は裸だって、誰かが言い出すことなのよ」

カップを指で撫《な》ぜながら、路子が壁を見つめて言った。

「最初にこの町へ来た時に、私、思った。なんて素敵なとこなんだろうって。景色も空気も水もきれいで、食べ物も都会とはぜんぜん味が違う。まわりの人はみんな優しいし。ここは古き良き日本、ほんとにそう思った。だけど、昔の日本がなんでもいいわけじゃないんだよね」

啓一は路子と知り合った頃のことを思い出していた。

「駒谷染めを勉強しに来たんです」

初めて会った時の路子はオーバーオールを着ていて、バンダナのスカーフをして、確かに、ついいましがたまで工房で刷毛《はけ》を握ってました、というふうな姿だった。その次のセリフも覚えている。

「すごくいいとこですね。日本昔ばなしに出てくる風景みたい」

啓一自身は、駒谷へ戻ったことを後悔しはじめ、東京暮らしが懐《なつ》かしくなっていた時期だったから、東京出身で田舎がないという路子のその言葉を、そんなことを言ってたって、どうせすぐに嫌気がさして都会へ戻ってしまうんだろう、などと皮肉っぽく聞いていたのだが、とんでもなかった。路子はいつの間にか、ここで生まれた啓一よりずっと深く駒谷に根っこを生やしていた。何年同じ場所に住んでいようが、目の前にあるものを見ようとしなければ、目には見えないらしい。

「時々、思うことがあるの。この町って、なんだかお殿様が住んでるお城みたいじゃないかって。上のほうでごそごそ妙な音はしているけれど、何をやっているのかはわからない。下のほうに住んでる私たちは、階段は昇るな、上の音には耳を塞《ふさ》げって言われて、お殿様のお達しを待ってるばかり。することといったら、聞こえない声で文句を言うこと。顔も知らない上のことより、同じ階に住む人たちに、自分がどう思われてるかを気にすること。そのくせ、自分だけ一階から二階、二階から三階に上がる夢を見てる。いくら空が広くても、なんだか低い天井がいつも頭の上にある感じ。それをとっぱらっちゃいたいなと思ってた時に、室田さんたちと知り合ったの。私でも何かできるかもしれないって考えたの。だって、面倒事はごめんだ。耳は塞いどけ。長いものには巻かれろ。それじゃあ、いつまでたっても同じだもん。どうなるかわからないけど、とりあえず始めないと、何も変わらないもん」

ここにいた。豆男が。いや、豆女か。

「結果的に、自分のダンナと敵対するみたいなことになっちゃったのは、申しわけないと思ってる。ケイちゃんには本当に申しわけないって……でもね」

路子はそこで言葉を切り、ミルクコーヒーをひとくち飲んで、啓一に視線を向けてきた。

「でも、自分のしていることは、間違ってはいないって私は信じてる。ケイちゃんだって……」

路子はそこでまたカップで口を塞いでしまった。自分の言うべきことじゃないと思ったのかもしれない。読心術を身につけていない鈍感な夫でも、途切れた言葉の続きはわかる。「いまのままでいいとは思ってないはず」だ。

何も答えなかったが、確かにその通りだ。アテネ村にかかわる前は、啓一だってアテネ村のお粗末さや金の無駄遣いを苦々しく思っている一人だったはずだ。アテネ村は、この町にあるべきじゃない、と。

啓一は出会って少しした頃、路子に駒谷へ来た理由を聞いたことがある。女の子の場合、こういうのって失恋話に行きつくんだよな、などと考えながら。たぶんその頃にはもう路子のことが気になる存在だったから尋ねたのだと思う。路子はこう言った。

「何があったわけじゃないの。東京が嫌だったわけじゃないんです。何にも変わらない毎日に慣れていくのが怖かっただけ」

路子は九年前から変わらずに路子なのだ。たぶん、変わったのは、何も変わらないことに苛立《いらだ》っているつもりだった、自分なのだ。

情けない声が出ないように、オン・ザ・ロックで喉を湿らせてから、言った。

「好きにやれよ。そっちはそっちで。何を言われようが、俺は俺の仕事をするから」

ちょっと引きつってしまったが、いちおう笑顔らしきものは顔に浮かべられたと思う。心からそう思ったからだ。

「ありがと」

路子はそう言い、もう一度、繰り返した。

「ごめん」

「謝ることじゃないさ」

午前中はところにより雨、午後からは晴れ、という天気予報がはずれ、雨は早朝に上がり、投票日の空はよく晴れていた。

七月初めの駒谷は、雨さえなければ、行楽には絶好のシーズンだ。天候だけみれば、組織票頼みの増淵陣営がやや有利。投票前の予想は圧勝と出ているにもかかわらず、浮動票のゆくえを気にかけていた増淵は、さぞ喜んでいるだろう。なにしろ啓一に投票日の日曜に、市内の人間が朝から押しかけるようなイベントを考えろ、と電話で命令してきたぐらいだ。突然言われても無理に決まっている。結局、何のイベントも用意しなかったが、他の候補の支持者を投票所へは行かせないという期待を背負って、今日もアテネ村は営業をしている。

啓一は出勤前に投票所へ寄った。路子は子どもたちを由美に預けて朝早くから出かけている。どこへ行ったのかは、聞かなくてもわかった。

朝いちばんだったから、投票所に指定された小学校の体育館には人影が少なく、立会人も市役所から駆り出されたスタッフもまだ半分眠っていた。選挙事務は市役所の職員が当番制で受け持つのだが、出向した啓一は、もちろん今回は対象外だ。

簡易テーブルの前に座っていた投票用紙交付係は啓一がよく知っている男だった。健保課時代の後輩。いまは確か土木課の用地対策係だ。

「おはようございま〜す」

用地対策があくびまじりの挨拶を寄こしてくる。啓一がテーブルの前に立つと、後方の立会人席にちらりと目を走らせ、立会人たちが居眠りをしたり、爪楊枝で朝食の残りカスをせせったりしているのを確かめてから、手早く投票用紙を渡してきた。

「お願いします」

意味深な言葉をかけてくる。渡された投票用紙を見て、啓一は奥歯を嚙《か》みしめた。規定の用紙の下に同じ大きさの紙片が張りついている。薄く柔らかい、ぼんやりした透かし模様が入った和紙だ。

組織票を取りまとめる連中が、裏切るかもしれない人間に使う手口だった。渡された人間はこれを下に敷き、強い筆圧で投票しなければならない候補者の名前を書く。下に文字の痕跡《こんせき》が残るように。後でそれを自分のボスに渡す。

こんなものをもらったのは初めてだった。いつの間にか本人のあずかり知らないところで、すっかり啓一は市長派の一人と見なされているらしい。そして、これを渡されたということは、路子のことが庁内でもう噂になっているということだ。

話には聞いていた。聞いた時には、いくらでも誤魔化しようがあるだろうに、と笑ったものだが、いざ自分が渡されてみると、なかなか巧妙なやり方だとわかった。鉛筆一本しかない投票ブースの前、背後に違う意味の監視員がいる中では、この小細工の裏をかくようなことは何もできそうもない。

どちらにしろ啓一は増淵の名前を書くつもりだった。正しい選択だとはけっして思わないが、いまはアテネ村の仕事を失いたくなかった。もし万一、室田が市長になっても、オール増淵党ともいえる議会を相手に、あれだけの施設をいきなり閉鎖することは難しいだろう。しかし積極経営の先陣ともいえる準備室は廃止されるに違いない。柳井が当選した場合も同じだ。増淵派ということになっているらしい啓一には、きっと報復人事が待っている。だから、増淵。なにしろ新生アテネ村準備室は、啓一が生まれて初めて手に入れた、仕事あっての自分、自分をそこなってもいい、そう思える仕事なのだ。

しかし、この裏切り防止用シートを渡されたとたん、また迷いはじめてしまった。こんなことをされて、黙って言いなりになって、それの代償として手に入れた仕事に、自分を賭《か》ける価値などあるのだろうか。いつか哲平やかえでに、「これが父ちゃんの仕事だ」と胸を張れるものなのだろうか、と。

五秒ほど迷った。たぶん用地対策は啓一の手の動きを注視しているに違いない。ゆっくりと手を動かし、力をこめて書いた。

室田順子

辞表を書いている気分だった。いまの仕事からは下ろされるかもしれない。しかし、自分の内なる声に従った。路子の言うとおりだ。駒谷は変わる時期に来ている。

投票箱に足を向けたとたん、もう一度記入台へ戻って、増淵の名と書き替えたい衝動に駆られてしまった。投票用紙を落とす時も、一瞬手が止まった。だが、結局、そのまま投函《とうかん》した。

午後九時のローカルニュースが、駒谷市長選の報道を始めた。投票率は五十九パーセントだったそうだ。昔は八十パーセント以上の投票率を誇っていた駒谷も、最近ではこんなものだ。増淵、柳井、室田の三人の街頭演説風景が短くカットインされた映像に、アナウンサーの「二十年間、無風だった駒谷市長選が三つ巴《みつどもえ》の争いになった」うんぬんの短いコメントがかぶさってから、画面に開票率二十パーセント現在での速報が映った。

増淵幾造　　三一〇〇

柳井庄吾郎　一九〇〇

室田順子　　一八〇〇

やはり増淵は強かった。しかし、途中経過とはいえ、彼が得票の過半数を奪っていないこと自体、いままでは考えられなかった。やはり増淵帝国と呼ばれた長年の市政支配には批判が強くなっているのだろう。

だが、ニュースでは何のコメントもなかったが、駒谷市の二つの開票所のうち、毎回、開票の進み具合が早いのは市中心部が受け持ち区域の第一開票所だ。田舎町とはいえ、街中の票に浮動票が多く、農家の多い地域で保守票が強いのは、日本全体の傾向と変わらない。この時点で大きく水を開けられている柳井も、浮動票が頼りの室田も「予想以上の票は集めた」などという論評が明日の地方紙に載るだけで終わるだろう。

結局、また今日と同じ明日が始まるのだ。ニュースが県道の交通事故を伝えるものに変わる。啓一は小さくため息を漏らした。安堵《あんど》したためなのか、落胆によるものなのか、自分でもよくわからなかった。

「パパ、本、よんで」

かえでが膝《ひざ》をつついてきた。

「ぼくにもぼくにも」

哲平も。

路子はまだ帰ってこない。室田の選挙事務所で開票速報を見守っているのだろう。帰ってきたら、何て言おうか。「残念だったな」か？　いや「お疲れ」だろうか？「次があるさ」では嫌みに聞こえるかもしれない。自分も室田順子に投票したことは言うべきだろうか。

「おう、何にする？　プーさん？」

「ごるご・さーてぃんがいい」

かえでが自分の本棚から大人向けのコミック本を引っ張り出してきた。ふたこぶらくだの忘れ物だ。

主人公がまるで喋らないから、ほとんど読むところがない。どこが面白いのか、啓一が「むう」とか「どきゅーん」というセリフを口にするたびに、膝の上でかえでが飛び上がる。哲平は不満顔だ。「ねねちゃんやイヌゾーさんは、ライフルを撃つまねや、倒れるふりをしてくれた」そうだ。お決まりのベッドシーンのページをかえでがのぞいていたから、あわてて、ページを早送りしていると、携帯が鳴った。誰だろう、こんな時間に。

——もしもし、遠野か。今回は選挙当番じゃないはずだよな。

下平だった。

「ああ、家でベビー・シッター」

——やべえぞ、お前。

「何が」

とぼけて見せたが、きっと路子のことだろう。自分の妻が市町村レベルの反体制派に当たる市民派の候補を応援している。建前はどうあれ、現市長を守るのが公務のひとつになっている田舎町の公務員にとっては、汚点になる。

——俺は駆り出されててさ。いま開票所。休憩時間なんだ。あっちこっちにかけまくってる。

この男には珍しく興奮していた。どうも路子のことではないらしい。

「やばいって何？」

——増渕が苦戦してる。信じられない。

「柳井さんが善戦？」

――もっとやばい。室田だよ。室田順子。

「だけど、さっきの途中経過じゃダブルスコアだったぞ」

――俺は第二開票所のほうなんだ。不思議だよ。南駒でも、上野辺でも票が落ちない。いや、かえって伸びてる。

南駒、上野辺というのは駒谷の山間部にある農村地帯だ。

「なぜ？」

そう言ってから、思い当たった。

インターネットだ。四年前、前回の選挙直前に実施された「農村IT化事業」のためだ。増淵が「これからの農業は情報戦略」と言い出して、農協のIT導入を進め、農村限定で無料のパソコンスクールを開き、農業従事者のいる家庭を対象にパソコンの購入費がただ同然になる補助金をばらまいた。支持団体の農協に対するお手盛りだった。

その効果がいまになって現れたのだ。たぶん街中よりパソコン普及率が高く、倫理感の強い農村部の人々の多くが、増淵批判のホームページを読んだのだ。

――ひょっとするとひょっとするぞ。お前、最近増淵市長とツーカーだっただろ。気をつけろ。室田はああ見えて、怖い女らしいぞ。駒谷にサッチャーが来る、なんて言ってるやつもいる。

俺は市長とは関係ない。そう言おうとする前に、あわただしく電話が切れた。

「パパ、続き」

「ああ、えーと、……君を呼んだのは他でもない。アゼルバイジャンでいま――」

「ここまだ読んでないよ。あん、あん、っていうとこ」

また電話が鳴った。今度は家の電話だった。受話器をとったとたん、路子の声が飛びこんできた。

――ケイちゃん、テレビ見てる?!

「いや」

急いでテレビをつけた。室田順子の選挙事務所が映っている。黄色いTシャツの支援者たちが、両手を高々と掲げて叫んでいた。

「万歳《ばんざい》」

「万歳」

「万歳」

新しい市長を迎え入れた駒谷市役所は戦々恐々としていた。市長派の中には「徹底抗戦だ、増淵路線継承」などと声高に叫ぶ者もいたが、大半の職員は増淵を支援していたことなど忘れたかのように、室田順子が発表した駒谷改革マニフェストを読んだり、彼女の著書『ココロの診療所』を机の上に置いたりしはじめた。総務課は市長室のカーテンをすべて花模様に替え、紅茶好きの彼女のために茶器をティー・セットにした。

とはいえ、本気で自分の身を案じる者はいない。突然の嵐《あらし》に首を縮めているだけだ。みんなこう思っているのだ。「どうせ市長はすぐまた変わる。ここの本当の主《あるじ》は、ずっとここに居続けられる自分たちだ」と。

啓一に室田から直接電話があったのは、新市長が初登庁した翌週だった。何の用件かは聞かなくてもわかった。市長室に来て欲しい。そう言われた啓一はアテネ村を下り、市庁舎へ向かった。足を向けたのは六階ではない。室田は増淵の独占していた六階を市民のための情報公開スペースとして開放し、自身は五階の第二資料室を執務室にしている。

以前の市長室に比べたらはるかに手狭で、両側の壁いっぱいが本で埋まった部屋の奥、質素なデスクにぽつんと座った室田は、市長というより、当選を機に休職した本来の大学助教授そのものに見えた。

五十二歳だそうだが、ショートカットの中の小づくりな顔は、歳より若く見える。色気には欠けるが、女性なら美人と評するだろう顔立ち。最近の政治家はルックスが大切らしい。主演がアクの強い老二枚目から、知的美人の女優に代わったのだ。

室田はデスクの上のパソコンを閉じ、自ら席を立って茶を淹《い》れ、啓一の前にカップを置いた。この間覚えたばかりの紅茶の匂いがした。ローズヒップティーだ。

職員と同じ簡素な事務用デスクに戻った室田が、さっそく切り出してきた。

「アテネ村の件なのですが」

覚悟はしていた。再建したとは言えないが、道筋らしきものは立てたつもりだ。後は次の人間にまかせればいい。思っていたより、静かな気分で通達を受け入れようとしている自分に啓一は満足していたが、そうでもなかった。カップを持って初めて手が震えていることに気づいた。室田は静かな声で言葉を続けた。

「今月いっぱいで閉園します」

しばらく言葉を失った。ティーカップを両手で抱えて、これだけ言うのがせいいっぱいだった。

「閉園……ですか？」

「ええ、そして、すみやかに撤去します。閉園した後にいつまでも放置しておいては、維持管理費がどんどん累積されてしまいますから」

「でも、この二カ月ほどは、いままでとは比べものにならないほど業績が上がっています」

「確かに上がってるようですね」

臨床心理学のデータを読むような口調で室田が言う。啓一は抵抗を試みた。

「このまま閉鎖しても、市に大きな債務が残るだけです。もう少し続けさせてもらえませんか。夏休みに合わせてイベントの準備も整えています。今年度中、いえ、来年度には黒字採算にできると思うのですが……」

無駄な抵抗だった。

「業績が問題ではないのです。アテネ村は駒谷の負の遺産です。愚かな過去の市政の象徴。まずこれを町から清算することが私の初仕事です。公約ですもの。住民にはとてもわかりやすいでしょう」

業績を上げられては困る、ということなのだろう。増淵の対極に位置するはずの人間なのに、なんだか増淵の口にするセリフとよく似ていた。

市が所有しているアテネ村は、市長が閉園を決断すれば、閉園になる。しかしアテネ村の場合、市議会が黙っていないはずだ。全面的な閉鎖の場合、ふれあいファミリーパークの山下が頭を悩ませていたような、閉鎖のための財源が必要になる。啓一の心を見透かすように室田が言った。

「議会も文句は言えないでしょう。あそこの借地部分はまもなく契約期間が終了します。地主さんが更新を拒否すれば、しかたのないことですから」

アテネ村はすべてが市の所有地ではない。左半分、ローズガーデンパーティの会場となった一帯は借地だ。新市長は案外に策士だった。誰もが口だけだと思っていた、目玉である公約を実現するために、ちゃんと手を打っていたのだ。二束三文で土地を貸していた地主を、自分のふところに取りこんだのだろう。

「清算事業本部を設置するまでの管理事務所には別の人に立ってもらいます。ですから、あなたにはアテネ村の仕事をはずれていただくことになりますね」

室田は優雅な手つきで小さな角砂糖をつまみあげる。それをスプーンで溶かすよりすばやく、啓一のクビを切った。

「ご心配なく。私は人事に関して報復じみたことはしませんし、温情を持ちこむこともありません。自治体の長は、虚心であらねばならないと思うの。駒谷山系の湧き水のように透明でなければ。市長の椅子に座っているというだけで、いろんなところから誘惑の手が伸びるって聞きますものね。前の市長さんだって、初当選の時は、曲がりなりにも志のある青年市長だったわけでしょ。あんなふうになっちゃったのは、きっと国政の道を閉ざされたせいね」

素晴らしい意見だ。しかし彼女はいま自分が手にしているカップが、総務課が気をきかせて駒谷焼きの名匠につくらせた、値段をつけたとしたら恐ろしく高価なものであることを知っているのだろうか。

「管理事務の仕事は、徳永さんにやってもらいます。彼女にはすでに伝えました。たぶん快諾してくれるでしょう」

徳永？

「彼女では荷が重いのでは」

正直な感想だったのだが、カップをつまんだ室田は紅茶の苦さのせいにするように、眉をひそめてみせた。

「彼女のことは私のほうがよく知っていると思うけど。なにしろ何年も前から私のカウンセリングを受けに来ていたのですから」

それは知らなかった。

「徳永さんは入庁七年目。そろそろ責任ある仕事をまかせられる年齢ですし、なにより女性です。私は在籍中に、女性管理職の数を倍増させたいの。それでもフィフティ・フィフティにはほど遠いのですけれどね」

無言で肩をすくめて見せた啓一に、室田は室内犬を手なずける口調で言った。

「彼女からは、あなたのことも聞いてます。彼女、周囲の人間には手厳しい意見を持つ人だけれど、あなたのことは褒めていました」

もう一度肩をすくめるしかなかった。

「それに、今回のことで彼女は自分自身も傷ついています。いま彼女に必要なのは、没頭できる仕事じゃないかしら」

温情人事以外のなにものでもない言葉を口にする。庁内を駆けめぐっている噂は、どうやら本当だったらしい。

増淵の愛人の子というのは、徳永だ。ホームページの中で、自分が現在の「とある職」を得たのも、そこで希望する部署につけたのも、父親・増淵の力であることを告白していた。増淵が「啓一のことを前々から聞いていた」のは、徳永からだろう。ペガサスの「反省会」で糾弾された啓一を救ってくれたのもきっと彼女だ。増淵も人の子で娘が可愛いかったのか、なにか弱みを握られていたのか。自分の努力が認められたとばかり思いこんでいたのは、それだけの理由だったのだ。

ふいに思いついて、聞いてみた。

「柳井のことは？　アテネ村準備室にいた、柳井和樹《かずき》のことは何か言ってませんでしたか」

何を言い出すのか、という顔をした室田は、しばらく考えるふうをしてから、こめかみを薬指で叩く。

「ああ、一緒に働いていた若いコのことね。確か、頼りないけど、悪くはないと」

悪くはない、か。柳井にさっそく教えてやらなくちゃ。啓一は聞いた。もうひとつだけ。

「あなたが徳永を焚《た》きつけたのでは？」

室田が笑顔を向けてきた。テレビ映りのいい、弥勒菩薩《みろくぼさつ》のような笑顔だ。

「何のこと？」

石像と同じく感情のない笑顔だった。

徳永は壊滅寸前の推進室を救ってくれた。ほんの短い間だったが、彼女が自ら望んだというアテネ村の仕事を彼女なりに楽しんでいたように見えた。その徳永がなぜ今度はアテネ村を潰《つぶ》す側に加担しようとするのか、それがわからなかった。

例のホームページは確かに、増淵幾造に対する憎悪《ぞうお》が書かせたものだとすぐにわかる内容だ。幼い頃、父親から虐待《ぎゃくたい》めいた行為を受けていたことも告白している。しかし、同時にいまでも食事を共にする機会を持っていることや、少女時代に遊園地へ連れて行ってもらった記憶を語ってみたり、複雑な心境ものぞかせていたのだ——。

六月に入ってから徳永は、準備室に出勤する時も続けていたコスプレをやめ、昔以上に無口になった。

啓一は思った。増淵を攻撃するホームページは、室田が徳永に書かせたのではないか、と。

市庁舎地階の安すぎる食堂は、室田の鶴の一声で女性職員のための託児所に変わった。ベビー・シッターとして働いているのは、ボランティア。週末以外は名古屋に滞在していた彼女は、平日の駒谷には疎《うと》いようだ。が、駒谷市役所で働く女性のほとんどは二世帯同居、しかも地元出身。小さな子どもは義父母か、近隣に住む実の両親に面倒を見てもらっている。素人《しろうと》同然のスタッフしかいないここを利用している人間はほとんどいない。

形式的に一度だけ彼女がアテネ村を訪れた時、同行した自然保護団体の人間が、ローズガーデンパーティの動物たちにクレームをつけてきた。小動物を手で触らせたり、長時間大勢の人間の中に放置したりすると、ストレスによって死に至ることもある、檻の中で飼育する以上の動物虐待だと。

ゴールデンウィークイベントの期間中だけだった動物のコスプレについても蒸し返され、ふれあいファミリーパークがやっていた、啓一たちはあずかり知らないことなのだが、ペリカンの羽根の一部を切り、飛べなくしていることも糾弾された。

おかげでその日限り、アトラクションは中止させられ、ウサギやアヒルやカモやヤギはアテネ村の職員たちに引き取られた。職員たちが何の目的で引き取ったのか、彼女は知っているのだろうか。使役目的がなくなった以上、当然、食用だ。わかっていたが、啓一は止めはしなかった。都会ではマガモがアイドルになるかもしれないが、駒谷では伝統料理の食材だ。

ふいに啓一は、小学校の徒競走を「平等」にしたのは、彼女を支援したグループのひとつであることを思い出した。ようやく馬鹿馬鹿しいコーカス・レースが終わったと思ったら、また、新しいコーカス・レースが始まるのだ。

「わかりました」とは言えなかった。黙って踵《きびす》を返した。背中に新市長の声が飛んできた。

「あなたは手腕のある方のようですから、観光課に戻ってもらいます。緑と水の街づくり運動の一環として新しく設けるセクションで、観光資源調査の仕事を担当してもらいましょう」

「そりゃあ、どうも」

あいまいに返事をして市長室を出た。

16.

「ハルニレの木」

ハンドルを握ったまま、啓一は窓の外の街路樹を指さした。それから中央分離帯の生け垣を指さす。

「あれは、ムクゲ。その隣は、アベリアだな」

グリーン&クリーン推進室環境調査係。それが啓一の新しい職場だ。仕事はもっかのところ、駒谷中の街路や公園の樹木の種類と本数を調べること。

「お父《とう》、すごい」

後部座席で哲平が叫ぶ。チャイルドシートからかえでも拍手してくれた。

「すごい」

「ありがとう」

ルームミラーに映る路子の唇は、笑っていいのか、固く引き締めていたほうがいいのか、迷っているふうだった。だから啓一のほうから、前方の街路樹に話しかけるように言ってみた。

「けっこう楽しいんだよ、いまの仕事。俺、やっぱり、接客業には向いてなかったんだな。木を眺めてると、心が落ち着く。案外、天職かもしれないと思ってる」

ファスナーを閉じたようだった路子の唇がようやく開いた。

「ほんとに？」

「嘘」

ジョークだったのだが、路子は笑ってくれなかった。ますます頬をこわばらせてしまった。アテネ村の撤去作業が終わってしまう前に見せたいものがある。夕方、そんな話をしてからというもの、ずっとこんな調子だ。

路子はもう駒谷未来評議会には参加していない。評議会自体が解散したからだ。「もともと選挙を応援するための時限的な組織だから。なくなったのは当初の予定通り」と路子は説明するが、市役所の職員たちの間では、内部分裂したというのが定説だ。新市長が誕生してまだ一カ月しか経《た》っていないのに、市民グループの中にはもう「脱・室田」や「反・室田」を表明しているところもある。

路子の情熱は、MUROTAと書かれた黄色い風船と同様に、選挙が終わったとたんにしぼんでしまったように見える。室田は「利権の遺産一掃」という公約の第一の標的だったアテネ村は閉園に追いこんだが、民間に経営を委託し、有料の貸ホールにすると明言していた駒谷コンベンションセンターは、そのまま残すと発表した。「任期一期目の間に、世界女性市長会議を開きたい」ローカルテレビの取材にそう語っている姿は啓一も見た。

路子も室田の変節に失望した一人らしい。なにせダンナの仕事と天びんにかけて選んだ候補者だ。啓一は家にいることが多くなったが、路子との会話は依然として増えてはいない。そのかわり最近の夕飯のおかずは、啓一の好物ばかりが続いている。

気にすることはないのに。室田が当選した夜、興奮して帰ってきた路子は、次はカルチャーセンターの講師の誰かが市議会議員選挙に立つのだ、と興奮覚めやらない口調で言っていた。あの話はまだ続いているのだろうか。もし路子が候補者になるのなら、全面的に応援してやろう、啓一はそう考えている。路子なら、裏金の受け渡し方法ばかり考えている現駒谷市議たちより、よっぽどいい議員になれるだろう。とりあえず、浮動票を左右するルックスは合格だ。他の誰が何と言おうが、夫として、それは断言する。

こまたに観光ホテルの前を過ぎ、駒谷ビューティーロードにさしかかった頃には、陽が落ち、あたりが急速に暗くなってきた。アテネ村に客がふえた頃には、交通量らしきものがあったのだが、いまは再び忘れた頃にしか対向車が来ない寂しい道に逆戻りしてしまった。さすがの室田順子も、この道路を消し去ることはできないようだ。

春には菜の花が咲いていた畑には、人の背丈ほどにも伸びたとうもろこしが黒い影になって続いている。牛も馬も厩舎《きゅうしゃ》に戻った空っぽの牧場が見えてきた頃、背後から改造マフラーの音とクラクションが聞こえてきた。路子が振り返り、不安そうに啓一を見つめてくる。

ルームミラーに点々と単眼のヘッドライトが映っている。県内最凶の暴走集団、鉄騎隊だ。

ゴールデンウィークイベントが終わった後、シンジは飛鳥組に戻ったが、彼とその舎弟たちには、週末限定で続けていたイベント会場で引き続きアクターをしてもらっていた。アテネ村が閉園になってからは、休日の夜にすることがなく、街道へ戻ったらしい。

バイクがクルマの周りを取り囲む。背後では改造シルビアが張りつくように車間を詰めていた。ローズガーデンパーティでは魔法の箒《ほうき》を握っていた少年が、鉄パイプを振りまわしている。ようやく免許が取れる齢になったのか、小粒なバイクに乗った工事現場のアヒル声の門番がこちらに向かって舌を出していた。路子が怯《おび》えた目を啓一に向けてきた。片手を太ももに載せてくる。啓一はその手を軽く叩いてから、サイドウィンドゥを下げた。

門番の少年が何か叫んでいる。たぶん「天下無敵」だ。啓一は叫びかえした。

「喧嘩《けんか》上等！」

周囲のバイクからクラクションが鳴った。「合格」と言っているのだが、路子はますます怯えて太ももに指を食いこませてくる。啓一はその手を握りしめた。染め物をやっているせいか主婦になる前からあかぎれの多い手だ。もう一度ウィンドゥの外へ叫ぶ。

「もう夜だ、静かにしろ」

一斉にけたたましい『ゴッドファーザー愛のテーマ』。

「ちゃんと仕事してるか！」

またクラクションの合唱。今度は「よけいなお世話だ」というふうに聞こえた。正面にホンダの七百五十ＣＣが立ちはだかった。誰よりも派手な金文字入りの特攻服。シンジだ。

シンジが親指を下に向けた、親密な「くそったれサイン」を寄こし、それを合図にしたように、バイクとクルマの群がスピードを上げて遠ざかっていった。しょうのないやつらだ。今度はビューティーロードの樹木調査のバイトをさせてやろうか。

鉄騎隊が啓一の声に驚いて逃げたように見えたのか、哲平が感嘆の声をあげる。

「お父、すごい、デカレンジャー・レッドみたい」

「いやいや、それほどでも」

路子が目をぱちくりしている。啓一と握り合わせた手を、かえでが寄り目になって見つめていることに気づいて、あわてて引っこめた。

クルマが杉林の間を抜ける頃には、もう周囲は真っ暗になっていた。両側に続く黒い影法師が恐ろしいものではないことを確かめるように、哲平が尋ねてくる。

「お父、あの木は？」

「杉」

兄のオウムのかえでも聞いてきた。

「あの木は？」

「杉」

「向こうにあるのは？」

「あれもこれも、杉」

路子がため息をつく。

「見せたいものって何？」

「行けばわかるよ」

もう一度、ため息をついた。縁側の婆ちゃんみたいなため息だった。

「私は悪妻だね」

「だから、もういいって。さっきのは冗談だよ」

「ソクラテスの奥さんだ」

「ソクラテスの奥さん？　もう一匹ミドリガメを飼ってもいいのか？」

「違うよ。本物のほう。ほら、悪妻の代名詞でよく出る名前、ク……ク……あれ？　なんていう名前だっけ」

「無理して知的な会話をしなくていいぞ。ソクラテスの奥さんだろ、あれは――ク、ク、最初の一文字ってクだっけ？」

「うん、確かそう」

「クー……年かな。カタカナ言葉はすぐに忘れちまう」

「クー」

「クー」

二人でずっとそうしていたら、チャイルドシートでかえでが鳩の鳴きまねを始めた。

「クー、クー、クー」

思わず笑ってしまった。路子も啓一と目を合わせてきて、ようやく笑った。

アテネ村の入場ゲート付近は、黄色と黒のツートーンカラーの工事用フェンスに覆《おお》われていた。防塵《ぼうじん》シートがかけられた凱旋門《がいせんもん》には、立ち入りを禁じたロープが渡されている。取り去られた万国旗のかわりに安全灯のコードが宙にぶら下がって、ぼんやりした光をあたりに投げかけていた。その向こうに見える園内は、巨大な闇だ。

啓一が先に中へ入り、ロープを押し下げて手招きした。かえでにはロープを少し上げた。

「だいじょうぶなの」

路子が聞いてきた。かえでは路子のスカートを握りしめている。哲平はクルマから持ってきた懐中電灯を握りしめて、デカレンジャーのポーズをとっていたが、半ズボンから伸びた足が震えていた。

「平気だよ」ここのことなら自分の家の庭よりくわしい。「目をつぶったって歩ける」

ところが、そうはいかなかった。アテネ村の様子はずいぶん変わっていた。薔薇《ばら》園は更地になっていた。坂を登ると左手に見えてくるはずのパイプスライダーが消えている。右手のかつてのオフィス『神話の館《やかた》　おりんぽす』はまだ残っていたが、そのシルエットは本当の遺跡のようだった。

中央広場、アフロディテの噴水のあたりで懐中電灯の光が揺れていた。顔を下から照らしてかえでを怯えさせていた哲平に懐中電灯を返してもらい、片手で大きく振る。心細げにふらついていた光が、こっちへ向かって近づいてきた。

「遅かったじゃないすか」

柳井だった。ここで待ち合わせをしていたのだ。一緒にやってきた相棒だ。柳井や徳永にも、同じものを見せたかった。

「怖かったす。一人で来るもんじゃないですね。こういうとこは。さっき、遠野さんと間違えて、ゼウスの張りぼてに話しかけちゃった」

「徳永は？」

柳井がゆっくり首を振る。待ち合わせ場所を駐車場ではなく、わざわざここにしたのは、柳井だ。徳永には自分が連絡すると言ったのも。早めに来て、二人きりの時間を過ごそうというヤツのもくろみは、うまくいかなかったらしい。

柳井を先頭に、アクロポリスの丘を登る。さっきまで顔を出していた月が消え、行く手は闇ばかりだ。照明灯の数は予定より多くしたほうがいいな。もう実現することのない計画なのに、啓一はぼんやりそんなことを考えていた。おんぶをしたかえでのお尻を持ち上げながら、柳井の背中にもう一度問いかけた。

「徳永、誘ったんだろ？」

「ええ、でも、ここには来たくないって」

「そうか……」

アテネ村清算管理事務所のシニア・リーダーになるはずだった徳永は、先月から休職していた。

「しかたがないな」

「でも、久しぶりに電話で話せたな。ほとんどレコーダーに録音しているみたいな会話ですけど。今回はちょっと押してみたんです。どこなら行きたいかって。クルマで連れてってあげるって言ったんす。そうしたら、ふれあいファミリーパークなら行ってもいいって、そう言うんです。遠野さんが脈があるかもしれないって言ってくれたおかげだな。もうヤッホーっす」

柳井が懐中電灯を振りまわした。

「日帰りだったらって念を押されましたけどね。あそこ、もう何もなくなってると思うんだけど、それでもいいらしいんです。ほんと、変わってるよなぁ」

「何もなくても、彼女には何かがあるんだろう。連れてってやれ。あわよくば日帰りにはするな」

「おうよ」

「元ジゴロとして、ひとつアドバイスをしてやろう。あのコの好みからすると、お前の服は地味すぎる。もっと派手なのにしろ。フリル付きのシャツがあれば最高なんだけど」

「子どもをおぶったジゴロに言われてもなぁ」

丘の上にはメリーゴーランドがまだ残っている。撤去作業のための電源も通じているはずだった。

柳井が配電盤の蔭《かげ》に消えた。そのとたんだった。

透明屋根と円形の床の電球がいっせいに灯った。山のかたちをした巨大なバースディケーキにろうそくが灯ったようだった。かえでと哲平が歓声をあげる。二人の顔を数百の電球が照らして、四つの瞳をきらきら光らせた。路子が啓一を振り返る。輪郭を金色に染めたその顔は、出会った頃みたいに頰が輝いて見えた。

「これを見せたかったんだ」

最初で最後のアトラクション。駒谷アテネ村、夜のメリーゴーランドだ。

「乗ってみてくれ」

お前も来いよ、柳井に声をかけたのだが、闇の向こうで電灯を振り返してきた。

「いいっすよ。ここで見てます。どうぞ、親子水入らずで」

路子がかえでと一緒に木馬に乗る。その後ろに啓一。哲平を手招きしたら、大人びた顔をして、啓一の背後の木馬に一人で乗った。

メリーゴーランドがゆっくり回りはじめた。よその遊園地のものより、大人っぽい小夜曲《セレナーデ》が流れてくる。

夜の山の中にも光はあるものだ。

闇空より黒い鯨の背中のような山腹で瞬《またた》いているのは、営林所の灯だ。

中腹でクリスマスのデコレーションのように煌《きらめ》くのは、隣街へ続く吊り橋。

山間を貫く県道のあたりで、蛍が飛ぶようにヘッドライトが蛇行している。シンジたちかもしれない。

はるか下方の小さな赤い光が、突然、青色に変わった。アテネ村へ続く道の最後の信号だ。

半周すると、安全灯でほのかにライトアップされているアテネ村の入場ゲートが見えてきた。ブルーシートに覆われた凱旋門は何かのオブジェのようで、元々の姿より趣味がいいように思えた。

そして、正面ゲートの先には街の灯。駒谷の夜景だ。まず路子とかえでが歓声をあげ、少し遅れて、後ろから哲平の声がした。

ちっぽけな街だと思っていたが、こうして見ると広くて、大きな灯だった。冷やかで温かくて、少し哀《かな》しくて、そして、いとおしい灯だ。

路子が啓一を振り返った。

「ねぇ、覚えてる。二人でメリーゴーランドに乗った時のこと」

「いつ？」

「まだ結婚する前。ケイちゃんが乗ろうっていったんだよ。ジェットコースターにもう一回乗りたいって私が言ったら、急に」

「そうだっけ」すっかり忘れていた。

「うん、そう。突然思いついたみたいに。いま理由がわかった。さては、ジェットコースターが怖かったんだな。小心者め」

「しっ、子どもが聞いてる」

路子が笑った。かえでが言った。「しょうしんもも」

柳井が特別サービスをしてくれたらしい。いったん停まったメリーゴーランドがまた動き出した。

「ねぇ、これって飛ばないの」

哲平が聞いてくる。初めてのメリーゴーランドをディズニーの最新アトラクションのようなものだと思っていたらしい。ちょっと不満そうな声だ。

「うん、飛ばない」

「ゴゴーって猛スピードが出たりは？」

「しない。上下にちょっと動くだけ」

「なんだ、さっきと同じか」

啓一はこのメリーゴーランドを、昼間は過激なアトラクションにはまだ早い幼い子ども、夜間はカップルがターゲットだと考えていた。哲平はいつの間にか、幼い子どもではなくなっているようだ。

「同じじゃないよ」

突然、路子が首をあおむけた。つられてみんなも同じことをした。

「ほら」路子が言った。

「わぁ」かえでが叫ぶ。

「おお」啓一も声を漏らした。

哲平が夜空に叫んだ。「星だ」

さっきまで厚い雲に覆われていたのに、いつの間にか空が晴れて、頭上にはたくさんの星が瞬いていた。もう天気予報は見なくなったから、今日の空模様は知らない。駒谷の空が特別サービスをしてくれたのかもしれない。

「お父《とう》、あれはなんていう星？」

「なんだっけ、確かカがつくんだ。カー……カー……」

「あれでしょ。カー、カー……あれ？」

「カァーカァー」

名前なんかどうでもよかった。大切なのは星じゃない。こうして星を見ることだ。見ているうちに、星の数がまたふえた。

たぶん、明日は晴れるだろう。

解説

亀和田武

さわやかだけど、苦い。『メリーゴーランド』を一気に、しかしじっくり読み終えたとき、こんな感想を抱いた。

荻原浩《おぎわらひろし》が『メリーゴーランド』を刊行したのは二〇〇四年である。この年、彼は三冊の新刊を上梓《じょうし》しているが、そのうちのもう一冊が山本周五郎賞を受賞し、映画化もされた大ベストセラー『明日《あした》の記憶』だ。

若年性アルツハイマーという深刻なテーマを扱った『明日の記憶』を手にしたときは、正直なところ一瞬、気が臆《おく》した。日常生活でも嫌なことからは極力、目をそらし、毎日ヘラヘラ生きることをモットーにしている私である。小説を読むときも、できることなら気の滅入《めい》るようなものは読みたくない。活字好きの読者たちの声に促《うなが》されて、おそるおそる読み始めた『明日の記憶』だったが、意外や重苦しく凄惨《せいさん》な印象は稀薄《きはく》だった。

難病をネタに、泣くことを読者に強いるあざとさは、そこにはなかった。自分を突然襲った理不尽な運命に自暴自棄にもならず、しかし精一杯の抵抗を試《こころ》みる広告代理店に勤務する五十歳の男は、私にはすがすがしく映った。主人公を優しく支える家族や職場の同僚たちの思いやりも、じんわりと心に沁《し》みてくる。シリアスな悲劇を描いているにもかかわらず、『明日の記憶』にはどこか透明な気配さえ漂っていた。

『明日の記憶』を読んだ多くの読者や書店員からの〝泣いた〟という感想を、新聞の書籍広告で目にした。いまにしてわかる。あれは作者が無理やりに泣かせたのではない。安易に読者を泣かせる道を回避し、湿っぽさを極力排した文章で、主人公の記憶が崩壊していく過程を描いたからこそ、読者は〝泣いた〟のだ。泣かせてやろう。そんな意図がみえみえの安っぽい小説にコロッと引っかかるほど、いまの読者は甘くない。

その『明日の記憶』を読んだときに思った。苦いな。なのに、このさわやかさは何だろう、と。苦いけど、さわやか。そのことがずっと印象に残っていた。そしていま『メリーゴーランド』を読んで、さわやかだけど苦い、と感じた。「さわやか」と「苦み」。この二つの要素が、荻原浩の作品ではそのときどきによって比率を変えながら、読者に差しだされる。同じ酒をベースにしてもまったくテイストの異なるカクテルが生まれるのとそれは似ている。

『メリーゴーランド』の舞台となる駒谷市《こまたに》は、東京からクルマで五時間の距離にある山間部の地方都市だ。人口は七万人。主人公の遠野《とおの》啓一《けいいち》は東京の私大を卒業し、一度は都内の家電メーカーに入社したが、九年前にUターンして、いまは市役所に勤務する地方公務員だ。何の変化もない退屈な町。妙な野心さえ抱かなければ、一生が保証された役人生活。およそ〝劇的〟な要素とは無縁な山間《やまあい》の小都市に住む、もうじき三十六歳になる男の平凡だが安定した日常が、職場の異動をきっかけに少しずつ変化していく。

この設定に、私はうなった。どうやっても物語が生まれそうもない町を舞台に、妻からも小心者と（愛情をこめてではあるが）からかわれ、小さな娘もそれを口真似《くちまね》して「しょうしんもも」と呼ぶ、そんなヒーロー性のまったくない地方公務員を主人公に据える。一見ドラマティックな要素が皆無の設定をあえて選んだ作者のセンスと自信のほどが伝わってきた。

荻原浩のデビュー作『オロロ畑でつかまえて』も、奥羽《おうう》山脈の一角に位置する牛穴《うしあな》村を舞台にしていた。しかし牛穴村は、なにしろ〝日本の最後の秘境〟とも呼ばれる、人口わずか三百人の超過疎《かそ》の村である。さらに、その村おこしに関わるユニバーサル広告社も、従業員がたったの四人、明日にも不渡りで倒産の危機にある零細プロダクションだ。ショボさもここまで徹底してくると、なにやらとんでもなく破天荒な物語が生まれそうな予感を抱かせる。

そこへいくと、駒谷市も遠野啓一のキャラも、地味なことこのうえない。地味地味づくしの縛りのなかから、いったいどんなドラマの生まれる余地があるのだろう。

駒谷市には巨額の赤字を抱えるテーマパーク〝アテネ村〟がある。この施設がテーマパークとは名ばかりの、いかに入場客の気分をげんなりさせる場所かを象徴するエピソードがまず序章で語られる。そして、これまで国民健康保険課に配属されていた啓一が、テーマパークを運営する第三セクター「ペガサスリゾート開発」のなかに新設された「アテネ村再建対策室」に出向する日の朝の情景から、小説がスタートする。

アテネ村の累積赤字は四十七億円。普通ならとっくに潰《つぶ》れているところだが、現在六期目となるワンマン市長の威光で辛《かろ》うじて存続している。その市長が直々に設置を決めた〝特命チーム〟が「アテネ村再建対策室」という話だったのだが、室長も含めた他のメンバー四人は、公務員生活にどっぷり首まで漬かった、まったくやる気のない連中ばかり。第一日目、チームの名前が「アテネ村リニューアル推進室」に変更されたエピソードからも、啓一の前途多難が予感される。ペガサスリゾート開発も、社員や理事たちは市役所を定年退職したOBによって占められ、事なかれ主義と既得権益への執着に、とことん毒された組織だ。

話には聞いていたお役所仕事の実態が、もちろん多少の誇張と戯画化も混えてはあるだろうが、簡潔にテンポよく描かれていて、私たちは軽い義憤を覚えながらも、ついつい作中に引きこまれていく。中盤から登場し、ストーリーを引っ張っていくうえでも重要な役割を担《にな》うある男は、つい職場のグチをこぼした啓一に言う。

「ふーん、なんだかすごいな。お前の職場は。前衛芝居よりシュール。そのまんまコントの台本だもな。つまらねぇ脚本より、よっぽど面白い」

面白くはないです。そう答える啓一に、男は重ねて言う。「俺は面白いな。俺にとっちゃ他の惑星上の出来事に思えるよ」

そう、そこは世間一般の常識がまったく通用しない〈不思議の国〉なのだ。役人ワンダーランド！　まさに「他の惑星上の出来事」としか形容しようのないエピソードの連続に、私たちの未知への好奇心がぐいぐい刺激されてゆく。たしかに『メリーゴーランド』は、ある意味で一種のファンタジイ小説なのかもしれない。

邪悪と滑稽《こっけい》、いずれとも判然としないが、面妖《めんよう》な呪術《じゅじゅつ》が支配する土地で、ひとりの男が徒手空拳《としゅくうけん》で闘いを挑み、やがて仲間をつぎつぎと獲得し、勝利を目前にするところまで一気に突き進んでいく。このへんの畳みかけるようなスピード感は爽快《そうかい》そのもので、ある種の冒険小説のような趣さえある。

だから、『メリーゴーランド』は読者を選ばない。公務員をはじめとする勤め人だけが、自分を重ねて身につまされたり、カタルシスを覚えるという間口の狭い小説ではないのだ。『メリーゴーランド』は中学生や高校生が読んでも、充分に楽しめる。なにしろテンポの良いファンタジイで冒険小説なのだから。

ヒロイック・ファンタジイの勇者たちは、強靭《きょうじん》な精神と肉体を持ち、邪悪な相手を一撃で倒す必殺技と魔法の力を身につけている。では、啓一には強大な敵に立ち向かうどんな能力が与えられているのか。

妻の路子《みちこ》は「——ケイちゃんはなかなかいいヤツだと思うよ。だけどね……」。ここで何拍か置いてから、グサリとくることを言うのだ。「ちょっとガツンっていう感じの迫力が足んない」。いくら妻でも、これはないだろう。たしかに俺はと啓一は認める。優柔不断で、家族で外食をしても最後までメニューが決められない。気が弱いから、結婚式のスピーチを頼まれると、当日は下痢になる（なんだ、私と同じじゃないか）。それを、ガツンが足りないとは、あんまりじゃないか、と啓一は思う。「でも、ガツンってなんだ？」

優柔不断で小心者。ガツンが足りない啓一に、どんな才能があるのか？　実は小説の冒頭に置かれた遠野家の朝の情景に、さりげない伏線が張られていた。お気に入りのネクタイを探していた啓一は、妻にネクタイを締めるジェスチャーをしてみせる。「昔、少々演劇をやっていたせいか、人に何か説明する時には、つい言葉より身振り手振りを使ってしまう」。しかし妻からは「どうしたの、喉《のど》が痛いの？」と首をかしげられる始末だ。「アマチュア劇団では端役《はやく》しかもらえず、もっぱら裏方だったから、啓一のボディランゲージはたいていの場合、うまく伝わらない」

しかし、啓一の体の奥には、かつて体得した演劇の才能と、なにより演劇的な空間に身を置くことへの欲求が眠っていたのだ。市役所で同僚にぎっくり腰の様子を聞かれれば「まんずまんず、だ」と穏やかに答え、周囲と波風ひとつ立てずに地方公務員生活をやり過してきた三十五歳の男の中で、本人も自覚しない能力と欲望が、その出番を待っていた。いい話だなあ。

リニューアル推進室の室長、丹波《たんば》が、アテネ村の視察をグズグズいって決断しなかったとき、啓一の中で何かが目覚めた。「さぁ、行きましょう。椅子《いす》は立ち上がるためにあるのです」。かつてアマチュア劇団で口にしたセリフだった。「啓一は死刑囚を電気椅子へ連れていく看守の役だった。命令されることに慣れている丹波が、電気に打たれたように腰をあげた」。上質の笑いを交えながら、啓一が自分のなかに眠っていた力に気づき、それを意識的に初めて行使した、印象に残るシーンだ。

これ以降も、啓一はここぞという場面で、アマチュア劇団の頃は開花していなかった役者としての才能を発揮する。しかし変化を嫌う、地方の役所の体質はそう簡単には変わらない。壁はあまりにも堅固だ。気弱になった啓一に、かつて彼が在籍したアマチュア劇団「ふたこぶらくだ」の座長、来宮《らいみや》が「豆男の話、覚えてるか」と問いかける。

かつて上演した『馬鹿《ばか》豆～千年の春と秋』という芝居の話だ。豆男は来宮が演じた主人公だ。わずか三ページ弱の分量に要約して紹介される〈豆男〉の話は、あとあとまで印象に残る。いわば小説内小説ともいえる〈豆男〉の話が、物語の中盤をやや過ぎたあたり、啓一の能力がときに頓挫《とんざ》することもあるとはいえ、上昇気運のまっ只中《ただなか》にあるとき挿入されることで、『メリーゴーランド』にシニカルな大人の視点が導入され、小説に奥行きが生まれた。

そう、豆男の話だ。舞台は日本のどこかにある、そしてどこにでもある寒村だ。台風や長雨、日照りが多く、活火山のふもとにあるため地震にも見舞われる。米はろくにとれないのに、村人は昔からの言い伝えを守って、ひたすら米をつくる。その村にふらっと一人の男がやってくる。男は火山に近い荒れ地を耕して、豆を植えた。村人たちは、あんな所で何がとれると嘲笑《ちょうしょう》し、男を「豆男」と呼んで馬鹿にした。

しかし豆は実り、その年の干ばつで村の稲は全滅する。豆男は村人に豆を分け与え、一躍、救世主として尊敬されるようになる。しかし稲づくりに固執する村の長老たちは、豆男を憎悪《ぞうお》した。干ばつも村に雨を降らさない呪《のろ》いをかけた豆男のせいだと噂《うわさ》が飛び、やがて彼は村人たちに襲われ、殺される。芝居のクライマックスで、殺される直前に来宮が演じる豆男は、古い因習に染まった村人を呪うように叫ぶのだ。「千年先までそうしてろ」

アレゴリーに満ちた〈豆男〉の話が、この小説に奥行きを与え、重層化した構造を生んだことは指摘した。しかし、それだけではない。「……僕が豆男だと?」。そう尋ねる啓一に「いいや」と来宮は否定する。「誰もが豆男であり村人なのさ」

現実の社会には、汚れたところがまったくないピュアな英雄もいなければ、ただ因習を信じているだけの粗野な村人もいない。来宮はそう言いたそうに見える。このとき山間のワンダーランドを改革する旗手であり、ヒーローだった啓一の存在が、相対化されたのだ。世の中が決して単純な、善と悪の決戦場でないことを示唆《しさ》する豆男と村人の逸話は苦い。しかし、この苦味が数滴、垂らされたことによって、物語には陰影が生じ、やがてこの祝祭的な演劇空間にもピリオドが打たれる日がやってくることが予感されるのだ。

そして苦味があることで、ラストシーンの感動がもたらされる。荻原浩のラストシーンのうまさには定評があるが、『メリーゴーランド』のエンディングに漂う透明な抒情《じょじょう》も、決して『明日の記憶』に引けをとるものではない。ちょっと地味で苦いヒーロー小説に、大人の読者は共感し、また切なさも覚える。一方、年少の読者は未知の世界を垣間《かいま》みることで、想像の世界が一気に拡大していく。荻原浩のように、同時にこんな力業を、淡々とこなせる小説家はそうそういるものではない。

（平成十八年十月、作家・コラムニスト）

この作品は平成十六年六月新潮社より刊行された。

新潮文庫最新刊

宮部みゆき著
小暮写眞館Ⅲ
—カモメの名前—
おかしな〝カモメ〟の写真。少しずつ縮まる垣本順子との距離。英一の暮らしに変化が訪れる。家族の絆に思いを馳せる、心震わす物語。

宮部みゆき著
小暮写眞館Ⅳ
—鉄路の春—
花菱家に根を張る悲しみの記憶。垣本順子の過去。すべてが明かされるとき、英一は……。あらゆる世代の胸を打つ感動の物語、完結。

辻村深月著
盲目的な恋と友情
まだ恋を知らない、大学生の蘭花と留利絵。やがて蘭花に最愛の人ができたとき、留利絵は。男女の、そして女友達の妄執を描く長編。

波多野聖著
メガバンク絶体絶命
頭取をとろかす甘い罠。経済の巨龍・中国の影。日本最大のメガバンク、ＴＥＦＧ銀行を救うため、伝説の相場師が帰ってきた——。

最果タヒ著
グッドモーニング
中原中也賞受賞
見たことのない景色。知らなかった感情。新しい自分がここから始まる。女性として最年少で中原中也賞に輝いた、鮮烈なる第一詩集。

夏目漱石著
石原千秋編
生れて来た以上は、生きねばならぬ
—漱石珠玉の言葉—
人間の「心」を探求し続けた作家・漱石が残した多くの作品から珠玉の言葉を厳選。現代を生きる迷える子《ストレイシープ》に贈る、永久保存版名言集。

メリーゴーランド

新潮文庫　お-65-3

平成十八年十二月一日発行
平成二十九年一月二十五日十四刷

著者　荻《おぎ》原《わら》浩《ひろし》
発行者　佐藤隆信
発行所　株式会社 新潮社
郵便番号　一六二―八七一一
東京都新宿区矢来町七一
電話 編集部（〇三）三二六六―五四四〇
読者係（〇三）三二六六―五一一一
http://www.shinchosha.co.jp

価格はカバーに表示してあります。

乱丁・落丁本は、ご面倒ですが小社読者係宛ご送付ください。送料小社負担にてお取替えいたします。

印刷・株式会社三秀舎　製本・加藤製本株式会社
© Hiroshi Ogiwara 2004　Printed in Japan

ISBN978-4-10-123033-7 C0193